KB118078

홍어

문 학 동 네
한국문학전집
005

김주영
장편소설

홍어

문학동네

차례

홍어 _007

해설 | 김화영(문학평론가)
나비가 되려는 홍어의 꿈 _305

1

새벽이었다. 거위털 같은 함박눈이 한들거리며 내려쌓이고 있었다. 날이 밝아올 무렵인데도, 방안은 여전히 따뜻했다. 눈이 내리는 날의 아침은 그래서 항상 늦잠을 잤다. 이불자락 저편으로, 집힐 듯 말 듯한 어머니의 미동이 느껴졌다. 나 역시 어머니처럼 일찌감치 잠자리를 박차고 일어날 용기가 나지 않았다. 잔허리와 엉덩짝에 착 달라붙는 녹작지근한 온기의 미련 때문이었다. 나는 방바닥 위로 잔허리를 내리깐 채 눈을 감고 있었다. 어머니의 고즈넉한 숨소리와, 천장이 낮은 방에 고여 있는 짙은 살냄새조차 부드러운 피곤으로 희석되어 나를 감싸고 있었다. 문밖으로 내리는 눈발은 우리들의 숨소리조차 차곡차곡 삼켜버리고 있는 듯했다.

방안은 바닷속처럼 고요했다. 저녁 이내처럼 희뿌연 미명과 시간조차 멈추어버린 듯한 방안의 적요는, 새벽잠을 부채질하는 나른한 미약이었다. 미명이라지만, 그것은 날씨가 흐린 날 아침에 일어나는 착각의 요술일 뿐이라는 것을 어머니는 잘 알고 있을 것이었다. 방안은 희붐했지만, 해는 벌써 오래전에 떴을지도 몰랐다. 그러나 눈 내리는 날의 아침은 오히려 그런 착각의 요술을 핑계삼아 마을 전체가 코가 비뚤어지게 늦잠을 자는 염치를 얻는 것이었다. 그 적요의 미약은, 나른함과 게으름의 평온을 넘어 행복스럽기까지 했다. 그때만은 내 몸속에 연결되어 있는 작고 큰 뼈마디들이 삼엄한 고리들을 풀고 저마다 낱낱으로 흩어져 누워 있다는 온전한 평온을 느낄 수 있었다.

그러나 냄새조차 잠재우려드는 그 고요를 어느덧 어머니가 휘젓고 있었다. 어머니의 상반신이 가만히 이불자락 밖으로 빠져나가고 있었다. 문 앞으로 다가간 어머니의 시선이 문풍지 사이에 닿았을 때, 나는 어렴풋이 눈을 떴다. 자리옷을 걸친 어머니의 뒷모습이 얼른 시선에 집혀왔다. 이불 속을 뒤척이며 밤을 새운 어머니의 자리옷은 옷고름 하나 흐트러진 데 없이 단정한 그대로였다. 나는 들쳐진 이불자락을 이마 위까지 끌어당겨 덮었다. 그때, 어머니의 혼잣소리가 들려왔다.

"세상에…… 밤새 내린 눈이 툇마루를 덮었대이."

깜짝 놀라 중얼거린 혼잣소리였으므로 나는 아무런 대꾸도 하지 않았다. 여느 때의 버릇대로 굳이 대꾸를 들으려고 한 말이 아니란 걸 알고 있었기 때문이었다. 그러나 침전물처럼 가라앉은 고요와 게으름을 즐길 시간이 얼마 남지 않은 것은 확실했다. 어머니의 혼잣말은 이어지고 있었다.

"지난밤에 니 코 고는 소리가 어찌나 어수선하던지……"

내가 잠든 척하고 있지만, 잠투정으로 게으름을 피우고 있다는 것을 눈치챈 말투였다. 그런데도 나는 꿈쩍 않고 누워 있었다. 어머니의 말이 전혀 낯설었기 때문이었다. 어머니의 짐작대로 잠은 이미 깨어 있었지만, 잠자리에서 코를 곤 적은 없었다. 감각기관이라면, 어머니와 나는 비교적 예민한 집중력을 가진 더듬이를 가지고 있었다. 전혀 예상되지 않았던 냄새나 소리라 할지라도 남보다 먼저 그 출처를 분별하고 판독해낼 수 있는 기민한 촉수를 가졌다는 것은 어머니와 나에겐 다행스러운 일이었다.

그렇게 날카롭고 가벼운 촉수를 가질 수 있었던 것은, 어머니와 내가 겪어온 오랜 단절감 탓이었다. 넓은 집이라곤 할 수 없지만, 담도 낮고 대문조차 허술한 이 집을 지키며 어머니와 나는 십삼 년을 살아왔다. 가난했으므로 겸손과 오만이 함께 가득했던 우리집은 항상 고요가 가라앉아 있었다. 그 고요의 기류 위로 부유하는 두려움 때문에 우리는 언제나 남몰래 더듬이를 곤두세우며 살아야 했다. 전혀 예측할 수 없었던 낯선 소리가 미세하게 들려왔을 때, 어머니와 나는 그런 경계심으로 그 소리의 출처와 소리로 비롯되는 그림자까지도 탐지하려 하였다. 생소한 것에 대한 자기적磁氣的인 대응은 두 사람의 단출한 식구인 우리에겐 거의 본능적인 반응으로 자리잡게 되었다. 그래서 우리는 더듬이를 투명한 채로 유지하기 위해 잡다한 이웃들로부터 더욱 외로워지기를 원했다. 그 나약한 외로움에 둘러쳐진 차일막이 미처 깨닫지 못하는 사이에 소멸되거나 훼손되어버리는 불상사가 발생하는 것이 두려웠기 때문에.

그런데 어머니는 지금, 자부심조차 갖고 있는 그 더듬이의 기능에 장애가 생겼다고 말하고 있었다. 나는 결단코 잠자리에서 코를 곤 적이 없었다. 나는 깊은 수면 속에서도 부엌 아궁이의 불길이 방구들 속으로 빨려드는 소리를 들을 수 있었고, 대문 밖의 은밀한 발소리조차 분별할 수 있었다. 내가 코를 골았다면, 수면중의 자각증상만으로도 충분히 감지할 수 있었을 것이었다. 게다가 아침에 잠자리에서 일어났을 때도 숙면의 미진함 따위는 느낄 수 없었다. 정녕 다행스러웠던 그 분별과 판독의 예민함에 장애가 생긴 듯한 어머니를 나는 의아스러운 시선으로 바라보았다. 그러나 어머니는 구태여 등을 돌리고 나를 바라보지 않아도 내 기척을 알아챈 듯 말을 이었다.

"니 코 고는 소리에 잠을 설쳤대이."

어머니는 이미 아니라는 내 속마음을 읽고 있었다. 그러나 염려스러운 얼굴로 당신을 바라보고 있는 등뒤쪽 아들의 시선은 의식하지 못하고 있었다. 때로는 섬뜩한 탐욕의 시선으로부터, 혹은 젊은 어머니와 어린 아들이 살아가기엔 적당하기 그지없는 이 조출한 가난으로부터, 그리고 오늘 아침처럼 이토록 나른한 적요의 평온들과 이별하게 될지도 모른다는 불길한 예감이 다소 강압적인 어머니의 말속엔 담겨 있었다. 그러나 나는 말대꾸를 하지 않기로 작정하고 말았다. 어머니가 부엌으로 나가기 위해 채비를 하고 있을 동안, 방안은 미세한 차이를 두고 밝아진 듯 보였다. 얇은 자리옷 사이로 어머니의 흰 살결과 어깨의 가녀린 굴곡이 희미하게 바라보였다.

"니도 좀 거들그라."

문을 열고 있는 어머니의 짜증 섞인 말이었다. 문고리를 양손으로 잡고 바깥쪽으로 밀쳐내려 애쓰고 있었지만, 툇마루 위에까지 수북하게 내려쌓인 눈 때문에 어머니 혼자의 근력으로썬 태부족이었다. 결국 나까지 거들긴 했지만, 안간힘을 써도 사람이 무리 없이 드나들 수 있을 만큼의 공간을 얻어낼 수는 없었다. 그러나 반도 채 열지 못한 문짝 사이로 펼쳐진 설국의 세계가 시선에 들어오는 순간, 우리는 말을 잊어버리고 말았다. 전혀 예상할 수 없었던 많은 눈이 내리고 있었다. 태어나서 지금까지 그토록 많은 눈은 경험한 적이 없었다. 어머니는 등뒤에 있는 내 손을 더듬어 꼭 쥐었다. 높낮이가 삽시간에 소멸되어버린 은세계를 망연자실로 바라보고 있는 어머니의 눈에 눈물이 고이고 있었다. 바깥의 찬 기운 때문이기도 하였지만, 어머니의 오랜 경험에서도 문밖의 설국은 너무나 충격적이었다.

우리는 시린 눈을 훔쳐가며 하염없는 눈발을 바라보았다. 한대중으로 펑펑 쏟아지는 그 눈나비들을 넋을 빼고 앉아 마냥 바라보기만 한다는 것이 그런 경우에만 합당한 일처럼 느껴졌다. 어머니는 다른 한 손으로 자신의 앞가슴을 가만히 움켜쥐었다. 호흡의 주기가 빨라지고 있는 게 분명했다. 그렇게 많은 눈이 쌓였는데도 오히려 가슴속은 텅 빈 것 같은 공허감 때문에 호흡을 제대로 추스를 수 없는 것 같았다. 아니면 문득 착한 이웃들에 대한 염려와 아이들의 운명 같은 것을 생각했을지도 몰랐다. 이상하게도 눈은 발작하거나 포효하고 싶은 아이들의 운명이나 시련을 떠올리게 만들었다. 눈이 발산하는 온화하고도 부드러운 순결성이 철없는 아이들의 시련을 떠올리게 하는지도 몰랐다.

은세계로 채색된 바깥을 바라보며 어머니는 다시 중얼거렸다.

"세상이 이럴 수도 있네."

문창호지 아래쪽 반쯤은 벌써 눈에 젖고 있었다. 어머니는 문을 닫았다.

"풍년이 들 징조라지만, 눈 아닌 비가 내렸더라면 온 동네가 큰 물난리를 겪을 뻔했제."

나는 다시 이불 속으로 몸을 묻어버리고 말았다. 밤새 한 길 넘는 폭설이 내렸다면, 길거리에서 자취를 감춰버린 발자국들처럼 소년인 내가 가지는 그날 하루의 어떤 역할도 무의미하게 되어버린 것을 깨달았기 때문이었다. 방안으로 쏟아져들어온 차가운 공기 때문에 어머니는 몸을 떨었다. 자릿저고리를 벗고 누비저고리로 갈아입는 어머니의 옆모습이, 콧잔등까지 당겨올린 이불깃 밖으로 빠끔하게 바라보였다. 바로 그때였다. 나는 분명 코 고는 소리를 들었다. 후딱 이불깃을 걷어젖혔다.

"어무이요, 이 소리 들립니꺼?"

흠칫하는 어머니의 동요가 느껴졌지만, 내 청각의 더듬이는 반사적으로 방안의 허공을 헤집고 있었다. 그러나 코 고는 소리는 금세 꼬리를 감춰버렸다. 방안에는 침묵이 흘렀다. 그 순간 어머니와 나는 귀를 의심하기 시작했다. 내가 듣기엔 분명 코 고는 소리였다. 그런데 부지중 그 소리는 감쪽같이 소멸되어버린 것이었다. 밤새 어머니가 들었다던 소리의 단서는 내가 아니었다는 사실이 판명되려는 찰나, 그것은 눈 속에 파묻힌 수많은 발자국들처럼 눈 깜짝할 사이에 꼬리를 감춰버린 것이었다.

"이젠 눈과 귀 모두가 어두워질 모양이다."

어머니는 방 윗목에 놓여 있는 낡은 재봉틀과 반짇고리를 흘끗 곁눈질하였다. 반짇고리에는 지난밤에 바느질하다 만 옷감들이 쌓여 있었다. 오륙 년이 넘는 삯바느질에 부대껴온 어머니 자신의 시력조차 의심하고 있는 것이었다. 사소한 일에도 남다른 눈썰미와 정성을 쏟아붓는 올곧은 성품 때문에 어머니의 삯바느질 일감은 치다꺼리를 못다 할 만큼 주문이 많았다. 이제 당신의 귀조차 의심하게 된 것은 항상 자정 가까워서야 잠자리에 들게 만드는 바느질감 때문이란 듯 재봉틀에 두고 있던 시선을 좀처럼 거두지 않았다. 실망은 자기 부재증명의 기회를 놓쳐버린 나 역시 마찬가지였다. 촉각의 선두 다툼은 한동안 계속되었지만, 그 수상한 소리는 다시 들려오지 않았다.

어머니가 문을 열었을 때 시야를 가로막으며 내리던 눈발을 나비들의 춤이라고 보았듯이, 어머니와 나는 똑같이 어떤 불가사의의 환청에 귀를 빼앗겼던 것일까. 그러나 더이상의 무엇을 의심할 만한 낌새는 두 번 다시 일어나지 않았으므로, 다시 옷매무시를 추스른 어머니는 부엌으로 나가는 작은 외짝문을 열고 부뚜막으로 내려서고 있었다. 툇마루의 문을 열 수 없었으므로, 당장은 부엌으로 내려가서 부엌문을 열어볼 심산인 것 같았다.

내가 어머니의 비명소리를 듣고 놀라 발딱 몸을 일으킨 것은 그때였다. 가위에 질린 그 비명소리는 그러나 명치에 걸린 듯 컥컥 막히고 있었다. 그것과 함께 부뚜막을 헛디딘 어머니의 몸뚱이가 부엌바닥으로 나둥그러지고 있다는 것도 충분히 감지할 수 있었다. 이불자락을 걷어젖히고 일어나 앉았던 나는, 그 비명소리와 때를 같이하여 머리통을 이불 속으로 곤두박고 말았다. 그리고 적어도 이삼 분 정도의 시간이 흘러갈 동안 이불자락 밖에서 벌어진 일에 대해서 내가 알고 있는 것은 전혀 없었다. 그러한 행동을 비겁하다고 말할 수는 없었다. 그때의 행동은 일종의 조건반사였을 뿐 어머니가 직면해 있는 위험성 따위는 애초부터 안중에도 없었기 때문이었다.

이삼 분 정도의 시간이 흘렀다고 생각되었을 때부터 그러나 내 청각의 더듬이는 마침내 정상의 기능을 되찾아 부엌 쪽으로 날아가고 있었다. 어느덧 어머니의 외마디소리는 들려오지 않았다. 그 대신 어떤 대상을 향하여 위협하는 듯한 목소리로 바뀌어 있었다. 그러나 겁에 질린 그 목소리는 위협을 당하고 있는 쪽은 오히려 어머니라고 말하고 있었다. 논두렁에 내려앉은 새떼를 손을 흩뿌리며 훠이훠이 쫓고 있는 듯한 성가신 목소리 같은가 하면, 시궁창 속에서 사람을 빤히 마주 노려보며 엎뎌 있는 쥐를 뒤축 구르며 쫓고 있는 뒤숭숭한 목소리 같기도 하였다. 선뜻 접근하기는 두려운 대상이 부엌 어디엔가 웅크리고 있다는 확신이 서긴 하였지만 나 역시 부엌 쪽으로 난 외짝문 가까이로 다가가는 것이 내키지 않았다.

"썩 나가지 못하겠나?"

위협적이라기보다 공허한 어머니의 고함소리가 발뒤축을 구르는 소리와 함께 들려왔다. 그러나 그때까지도 어머니를 가위 질리게 한 대상이 사람인지 짐승인지는 알 수 없었다. 부엌에 있다는 어머니조차, 이게 사람인가 짐승인가 하고 더듬거리는 혼잣소리로 반문하고 있었기 때문이었다.

"이년, 썩 나가지 못하겠나?"

어깨까지 감싼 이불자락을 그대로 이끌고 외짝문으로 다가앉으려는 순간, 외짝문은 부엌 쪽에서 벌컥 열렸다. 그리고 상기된 표정의 어머니는 비로소 자신감에 찬 한마디를 내게 던졌다.

"회초리 가져오그라."

화들짝 놀란 나는 얼떨결에 목덜미 위까지 뒤집어쓰고 있던 이불자락을 놓아버렸다. 통째로 드러난 내 빈약한 하반신을 본의 아니게 곁눈질했던 어머니의 입가에 한순간 미소가 스쳐지나가는 듯했다. 나는 옷매무시를 고치며 선반 위에 놓여 있던 회초리를 찾아 어머니에게 건네주었다. 어머니의 곤욕스러운 실랑이는 시작되었다.

밤사이 우리집 부엌으로 살짝 숨어든 사람은 우리와는 일면식도 없는 낯선 계집아이였다. 계집아이란 것을 알아챈 후부터 자신감을 갖게 된 어머니의 매질은 매서웠다. 정수리와 얼굴, 목덜미를 가릴 것 없이 무턱대고 내리치는 혹독한 매질이었다. 하지만 그녀는 본능적인 반사동작조차 마비된 듯 어머니를 밀막지 않고 매질을 고스란히 받아들이고 있었다. 급소만 파고드는 매질 따위는 감내할지언정 부엌에선 단 한 발짝도 물러날 수 없다는 태도였다. 그것을 참고 견디는 저의를 그러나 어머니는 읽어내지 못하고 있었다. 그녀는 막무가내였다. 어머니 편에서 먼저 지쳐떨어지기를 바라고 있는 게 분명했다. 그녀에게는 전혀 무의미할 수밖에 없는 어머니의 매질은 언제까지 계속될까.

한 개의 회초리가 따끔한 훈육의 기능이 훼손될 만큼 망가지게 되면, 어머니는 그때마다 나를 불러 새로운 회초리를 마련해오도록 했다. 적어도 내가 경험했던 회초리 중에 당신께서 손수 마련했던 예는 단 한 번도 없었다. 그래서 때로는 매질을 당할 때보다, 회초리를 마련하러 다녀야 할 때 겪는 공포감 때문에 등에 식은땀이 날 때가 많았다. 그러나 그 회초리는 단출한 가족 구성이긴 하지만 어머니와 나 사이에서 간간이 생겨나는 소원한 거리감을 거의 운명적으로 연결시켜주는 소도구이기도 했다. 대개의 경우 내가 매질을 당하고 있을 때, 때마침 집 앞을 지나가던 이웃 사람이 달려와서 만류하지 않는 이상, 울음을 터뜨리는 쪽은 언제나 매를 들고 있던 어머니였다. 어머니는 제사상에 떨어지는 촛농처럼 서럽게 흐느꼈다. 울음과 매질의 회오리바람이 지나가고 나면, 어머니와 나는 태풍 속을 무사히 지나온 사람들처럼 망연자실로 천장을 바라보며 목젖에 잠기는 나른한 피곤을 즐기는 것이었다. 말은 언제나 내가 먼저 건넸다. 그러면 어머니는 건네고 있는 내 말의 곗속과는 상관없이, 그리고 끼니때가 되었건 아니건 구애를 두지 않고 대답했다. 우리 밥해 묵자.

그러나 이번의 경우는 달랐다. 매질을 하고 있는 어머니도 그랬지만, 당하고 있는 그녀 편에서도 울음을 터뜨리는 법이 없었다. 사태는 미상불 그녀가 겨냥했던 대로 결말이 날 조짐이었다. 때리고 맞아주는 북새통이 얼마 동안 계속되었는지 가늠할 수는 없었지만, 지쳐버린 쪽은 역시 어머니였다. 어느 순간, 매질을 멈춘 어머니는 그만 부뚜막 위에 털썩 주저앉았다. 가슴앓이로 시달림을 받고 있는 어머니는 두 손으로 저고리 앞섶을 뒤틀어잡고, 목젖으로 치닫는 호흡을 애써 가라앉히고 있었다.

속수무책이랄 수밖에 없는 침묵이 흘렀다. 아주 조용했다. 장옷처럼 뒤집어쓰고 있는 포대기 사이로 반들거리는 눈만 내밀고 아궁이 앞에 쭈그리고 앉은 그녀나 부뚜막에 걸터앉은 어머니 역시, 서로 두어 발짝의 거리를 두고 대치한 채 꼼짝도 않고 있었다. 나는 시종 문틈으로 부엌의 그녀를 훔쳐보았지만, 오랜 시간이 흘러가도 그녀의 얼굴 생김새를 명료하게 알아낼 수 없었다. 어머니의 매질은 온몸을 내맡긴 채 감내하면서도, 얼굴을 가리고 있는 더러운 포대기만은 흘러내리지 않도록 아금받게 감아쥐고 있었기 때문이었다. 마침내 견골이 팰 듯한 긴 한숨이 어머니 입에서 흘러나왔다.

"괘씸한 년, 이런 억지를 부리다이."

키꼴로 가늠한다면, 그녀는 나보다 서너 살 위인 열여섯이나 열일곱 살쯤으로 보였다. 저렇게 숙성하고, 허우대가 멀쩡해 보이는 처녀가 구걸로 살아가다니. 게다가 한대중으로 내리는 눈을 피하기 위해 남의 집 부엌으로 몰래 들어와 아궁이 앞에서 얼어 죽기를 모면했다면, 미련이 남고 내키지는 않더라도 엇 뜨거라 하고 서둘러 나가줘야 할 것이었다. 어머니가 숙성한 계집이라는 것을 알아보고 울화통을 터뜨리고 매질을 시작한 것은 그런 것에 까닭이 있었다.

그런 어머니가 매질을 멈춘 것은, 맵고 따끔한 매질을 아무렇지도 않게 받아넘기는 그녀의 당찬 성깔과 넉살에 질려버렸기 때문이었다. 그리고 그녀가 마냥 매질을 당한다 할지라도 부엌에서 달아날 수 없는 까닭이 있었다. 방문이 그랬듯이, 부엌문 역시 밖에 쌓인 눈 때문에 바깥쪽으로는 한 치도 열 수 없었다. 그녀를 포함한 우리 세 사람은 밤사이에 소문 없이 내린 폭설로 말미암아 비킬 데 없이 집안에 고립되고 만 것이었다. 지금 당장의 처지로선 이웃 사람들의 도움을 받아 이 염치없는 계집아이를 완력으로 몰아낼 수도 없었다.

바람에 흩어진 눈가루가 부엌 문틈 사이로 들어와 민들레 꽃씨처럼 푸스스 날고 있었다. 방문 창호지를 후려치는 눈보라도 모래알을 쥐어 뿌리는 것처럼 요란스러웠다. 소용돌이치고 있는 하늬바람에 눈갈기가 흩날리고 있는 것을 눈치챈 어머니는 쫓기듯 방으로 들어왔다. 어머니의 가파른 숨결은 그때까지도 온전히 가라앉지 않고 있었다. 저고리 앞섶을 틀어쥐고 있는 손도 여전히 떨리고 있었다. 그러나 나는 진작부터 발견하고 있었던 한 가지를 어머니는 경황중에 지나치고 있었다.

그것은 사람들이 가오리라고 말하기도 하는 홍어洪魚였다. 언제나 부엌 문설주에 너부죽하게 꿰어 매달려 연기와 그을음을 뒤집어쓰고 있던 말린 홍어가 보이지 않았다. 하찮은 홍어포 한 마리였지만, 그것이 어머니에겐 내가 열 살 되던 해부터 집을 떠나버린 아버지로 상징될 만한 건어물이었다. 그것이 매달려 있는 자리가 항상 부엌 문설주였기 때문에 부엌문을 열고 닫는 아침저녁으로 어머니는 좋든 싫든 홍어포와 마주칠 수밖에 없었다.

우리가 살고 있는 산골 마을에서는 거리감조차 가늠할 수 없을 정도로 머나먼 흑산도나 백령도라는 섬지방에서 잡힌다는 그 이상하게 생긴 고기를 어머니는 항상 부엌 문설주에다 걸어두고 있었다. 넓적한 네모꼴 몸체에 가시가 돋쳤지만 비늘이 없어 유별나게 생긴데다가, 허연 진액이 묻어 있는 흑갈색의 등허리를 비롯해서 이목구비는 시늉만 했다 할 정도로 오종종하게 박혀 있어 언제나 보기에 혐오감을 자아냈다. 생김새도 흉측스럽고 뛰어난 맛도 없다는 그 홍어를 어머니는 늦여름이나 초가을에 사다가 부엌 문설주에 걸어두고, 겨우내 말리는 일을 게을리하지 않았다. 그렇다고 어머니가 그 이상한 고기를 조리해서 먹는 일도 없었다. 다만 습관적으로 그렇게 하고 있을 뿐이었다.

어떤 고장에서는 홍어를 통째로 뜨락에 있는 두엄 속에 한 이틀씩이나 파묻어 잘 삭힌 후, 그대로 먹거나 불에 살짝 그을렸다가 회로 뼈까지 먹는데, 콧등을 톡 쏘는 내음과 곰삭은 고기맛이 진미라 하였다. 또 말리지 않은 홍어를 손바닥만하게 토막내어 그대로 찌면 숙회가 되고, 양념과 간을 맞추어 찌면 홍어찜이 된다고 하였다. 아버지가 특히 좋아했다던 이 홍어찜은, 살이 결을 따라 쫄깃거려서 구수하고 듬직한 맛이 일품이라 했다. 작은 홍어는 토막을 내어 고추장아찌로도 먹고 말린 건작 중에서 살짝 말린 것은 숙회나 찜으로 먹고, 바싹 말린 것은 물에 불렸다가 조려서 밑반찬으로 쓴다는 말도 있었다. 때로는 손끝이 맵짠 이웃 여자들이 홍어의 조리법에 대해 침을 튀겨가며 가르쳐주기도 하였지만, 체면치레로 듣기만 할 뿐 정작 어머니가 홍어를 도마 위에 올리고 칼질하는 일은 없었다.

그 생선의 이름조차 모르고 있었을 때, 나는 어머니에게 그것이 무엇이냐고 물은 적이 있었다.

"니는 잘 모르겠지만도…… 바닷물 속에도 새가 있다. 깊은 바닷속을 헤엄치며 사는 큰 새다. 그래서 가오리연이란 게 생겨난 기다."

나는 짐짓 고개를 끄덕였었다. 방안 시렁 위에 걸어둔 가오리연과 부엌 문설주에 걸린 홍어와는 그 모양새가 너무나 비슷했기 때문이었다.

나는 음력 정초부터 보름께가 지나도록까지 지치는 법도 없이 겨울 내내 가오리연을 띄우며 살았다. 정월 보름께가 지나서 연을 띄우면 사람들이 고리백장이라고 놀려대기도 하였지만, 나는 귀 기울여 듣지 않았다. 연날리기만치 집요한 긴장감을 유지시켜주는 놀이가 겨울철엔 드물었기 때문이었다. 그래서 바람 부는 날이면, 진펄에 개구리 뛰듯 방천둑을 오가며 해질녘까지 연을 날리곤 하였다. 하늬바람을 타고 하늘 높이 올라간 연이 한 개의 까만 점으로 보일 때까지 얼레의 연줄을 풀고 나면, 높이의 비례를 따라 가슴이 두근거렸다. 가슴속의 방망이질은 살갗을 파고드는 추위를 깡그리 잊기에도 충분했다. 때로는 얼레의 연줄을 모두 풀어서 까마득한 높이까지 연을 띄울 때도 없지 않았다. 그럴 때면, 대개는 연을 잃어버렸다. 연줄을 끊고 달아나는 가오리연이 깝죽깝죽 턱을 들까불면서 먼 산등성이 뒤쪽으로 속절없이 사라지는 모습을 바라보면서, 나는 문득 오래전 우리 두 사람을 버리고 타관으로 떠나버린 아버지를 생각하곤 하였다.

날리던 연을 잃어버려도 어머니가 꾸짖는 일은 없었다. 연을 잃었을 때 느끼는 그 낭패의 쾌감을 어머니도 알고 있는 것일까. 어머니는 잠시 바느질감을 밀쳐두고 새로운 연을 만들기 시작했다. 어머니가 만드는 것은 항상 가오리연이었다. 삯바느질로 단출한 식구의 가계를 위태롭게 꾸려나가고 있었지만, 연을 만들 재료는 많았다. 어머니는 방 윗목에 쌓여 있는 많은 창호지 옷본들 중에서 한 장을 꺼내 가위질하기 시작했다. 사각형이 되도록 맞춤하게 잘라낸 창호지에다 산적 꼬챙이같이 가늘고 길게 깎은 식대海臧竹를 대각선이 되게 세로로 붙였다. 연의 머리 부분에 붙이는 머릿살은 반원으로 휘도록 조정해서 세로로 댄 식대와 열십자로 교차되게 가로로 붙였다. 그리고 자투리로 남은 창호지를 가위질해서 가로로 댄 식대 양쪽 끝에 귀를 짧게 달고, 본래의 홍어보다 훨씬 긴 꼬리를 달았다. 그다음 가로와 세로로 댄 식대에다 명주실 연줄을 연결시키는 것이었다.

새로운 연을 만드는 일만은 내가 짓조르지 않더라도 언제나 어머니가 먼저 서둘렀기 때문에 바느질을 핑계하여 차일피일 미루는 법이 없었다. 연을 만들고 있을 동안 어머니의 표정은 너무나 진지해서 완전히 몰입되어 있는 것처럼 보였다. 그것이 떠돌이 생활을 하고 있는 아버지에게 던지는 어머니 나름대로의 화두話頭였다는 것은 훨씬 뒷날에야 깨달았다. 아버지는 어머니를 잊은 지 오래였겠지만, 어머니가 두고 있는 미련은 끈질긴 것이었다. 그래서 날아가버린 연은 오히려 아버지와의 오랜 단절에 대한 두려움과 공허감을 희석시키고, 피를 졸여가는 기다림의 세월에 조난의 땟국이 진하게 묻어날수록 희미해지려는 아버지에 대한 미련의 끄나풀과 연결되는 것이었다.

그러나 남다른 눈썰미 때문에, 사람들이 입고 있는 옷매무시를 한번 쓱 훑어보기만 하고도 그와 똑같은 옷 한 벌을 지어낼 수 있는 솜씨를 가졌다는 어머니가 경황중이었다지만, 부엌 문설주에서 없어진 홍어를 눈치채지 못했을까. 밝지 않은 접시등경 밑에서 바느질로 밤을 지새우는 날이 많다 하더라도 아직 시력까지 의심받을 나이는 아니었다. 그러나 지금 당장은 나만 눈치챈 듯한 그 사실을 어머니에게 고자질할 수 없었다. 따끔따끔한 바늘 눈총을 받으면서도 그려붙인 듯 미동도 않고 서 있는 그녀에게 막연한 연민도 두고 있었지만, 그 사실을 알았을 때 또다시 벌어질 북새통이 달갑지 않았기 때문이었다. 아니래도 가슴앓이로 시달림을 받고 있는 어머니를 또다시 괴롭히는 결과가 될 것이 뻔했다. 나는 황급히 열어둔 채였던 외짝문을 닫았다. 홍어의 부재를 어머니가 눈치챌 수 없도록 조처하려는 뜻에서였다. 방으로 들어온 어머니는 한동안 허공을 바라보며 적막하게 앉아 있었다. 오랜 침묵 끝에 어머니는 나지막하게 중얼거렸다.

"할 수 없제. 눈길이 녹기를 기다릴 수밖에. 하찮은 짐승도 구멍을 두고 내쫓으라 캤는데, 우리조차 눈에 갇히고 말았으이 지라고 달리 방도가 있을라꼬. 짐승도 눈을 피해 산을 내려왔다면 푸대접하는 법이 없제. 먹을 것이 없어 산을 내려왔다면, 산신령이 딱해서 내려보냈다 하여 오히려 잘 먹여 돌려보내라 캤제. 그해에 내리는 첫눈을 먹으면 집에 꿩이 들어오는 횡재가 있다 캤는데, 첫눈을 먹어본 일은 없지만서도 짐승도 아인 천둥벌거숭이가 뛰어들었으이, 이게 상서로운 일인지 불길한 징조인지 알 수가 있어야제."

나는 문틈에서 시선을 떼지 않고 부엌의 그녀를 훔쳐보았다. 어머니가 방으로 들어와버린 이후까지도, 한동안 꼼짝 않고 서 있던 그녀가 굼뜬 동작이긴 했지만 움직이기 시작한 것은 어렵사리 호흡을 가다듬은 어머니의 푸념이 시작되고부터였다. 그녀는 불기가 가신 지 이미 오래인 아궁이 앞으로 다가와 쪼그리고 앉았다. 그리고 부지깽이를 집어 아궁이의 재 속을 가만가만 헤집고 있었다. 불씨를 찾아내려는 것이었다.

"이리 썩 물러앉지 못하겠노."

어머니의 핀잔에 놀란 나는 방 한가운데로 썩 물러앉았다.

"우리가 아는 척을 하면, 저년의 넉살만 키워주는 꼴이 된다. 저만한 키꼴을 하고 걸부새이로 연명하는 넌이라면, 사람의 눈치 헤아리는 구구속셈 한 가지는 이골이 났을 기다. 모른 척하그라. 등줄기에서 누린내가 나도록 매질을 당했는데도 꿈쩍 않는 강단을 보그라. 설삶아놓은 말대가리라 카디, 뻐대가 얼마나 억센지 내가 감당하기에는 힘에 부치드라."

어머니는 부엌의 그녀가 알아채지 못하도록 소곤소곤 숨죽여 말했다. 그녀의 강단에 어머니의 기백이 한풀 꺾인 것이었다. 그 소동으로 어머니가 터득한 것은, 이웃의 훈수를 얻어내지 못하는 한 그녀를 손쉽게 내쫓을 수 없다는 것이었다. 우리는 그야말로 속수무책이었다. 아침 끼니를 끓일 엄두조차 못 낸 채, 천장만 하염없이 바라보고 있을 뿐이었다.

어머니가 가위 질렀던 가슴을 추스르고, 다시 부엌으로 나간 것은 한참 뒤의 일이었다. 부지깽이를 낚아채어 그녀를 부엌문 쪽으로 내친 어머니는 경계심을 늦추지 않으면서, 아궁이에다 불을 지피기 시작했다. 나는 조바심이 일기 시작했다. 어머니의 비명소리가 또다시 터져나올 것만 같았기 때문이었다. 그러나 삭정이를 부러뜨리는 소리와 불길이 타오르는 소리만 고즈넉할 뿐, 어머니의 비명소리는 끝내 들려오지 않았다. 홍어가 없어진 것을 발견하지 못한 것 같았다.

위태로운 평온은 계속되고 있었다. 물이 끓고 있는 솥에서 김이 솟아올랐다. 어머니가 나를 부엌으로 불러냈다. 그녀와의 대치상태가 아무래도 불안했던 모양이었다. 그때 비로소 나란 존재를 발견한 그녀는 문 곁으로 바짝 붙어 비켜서는 시늉만 했을 뿐, 쑥스러워하는 기색은 전혀 없었다. 내가 부엌으로 나감으로써, 강단에 힘이 실리게 된 어머니는 과장된 목소리로 내게 이것저것 심부름을 시키기 시작했다. 우선 솥에서 끓여낸 물로 부엌문 바깥에 쌓인 눈을 녹인 다음, 문이나 열 수 있는 공간을 확보하자는 것이었다. 내가 물바가지를 들고 아궁이와 부엌문 사이를 대여섯 번이나 오가는 동안 어머니는 아궁이 앞에서, 그리고 그녀는 문 곁에서 조금도 움직이지 않고 꼿꼿하게 서 있었다. 그녀는 끝끝내 얼굴을 가리고 있는 포대기 앞을 열지 않았다.

끓인 물을 뒤집어쓴 눈더미가 물가에 쌓은 모래성처럼 풀썩풀썩 무더기로 주저앉기 시작했다. 가까스로 부엌문을 열 수는 있었지만, 눈어림으로도 잔허리 높이께와 견줄 만치 쌓인 눈무덤은 여전히 완강하게 시선을 가로막고 있었다. 우리는 새삼 이웃들과 철저하게 고립되어버렸다는 것을 깨달았다. 눈이 시리도록 하얀 눈의 벽을 앞에 두고 나는 고함이라도 지르고 싶은 아찔한 절망을 느꼈다. 우리 가족에 대한 이웃들의 자질구레한 관심이나 간섭이 달갑지 않아 스스로 소원한 관계를 갖고자 하였던 어머니와 나는, 원하고 있었던 대로 이웃들과 고립된 것이었다. 그런데 바로 그것이 야금야금 불안해지기 시작했다.

태백산 남쪽 막바지 기슭에 자리잡은 이 마을에 겨울이 닥치면,

언제나 눈 오는 날이 많았다. 밤사이에 많은 눈이 내릴 징조가 보이면 사람들은 잠자리에 들기 전에 자기 집과 가장 가까운 이웃집 사이를 긴 새끼줄로 연결시켜두었다. 그 이튿날 아침 세상의 높낮이를 소멸시켜버릴 만큼의 한눈이 내렸을 땐, 우선 새끼줄을 흔들어 이웃이 무사한지 안부부터 주고받았다. 그리고 오전 내내 그 새끼줄을 마주잡고 흔들어서, 옹색한 대로 작은 통로를 만들곤 하였다. 그런데 지난밤에 내린 한눈은 사람들이 전혀 예상할 수 없었던 일이었다. 뿐만 아니라, 그것을 예견했더라도 우리집과 안부를 주고받기 위해 연락망을 터놓을 사람들은 없을 것이었다. 아버지가 집을 떠난 이후부터 어머니 스스로 이웃들의 품앗이나 훈수 따위를 탐탁하게 여기지 않아왔기 때문이었다.

아버지가 집을 떠난 일은 어머니의 자존심에 돌이키기 어려운 상처를 남긴 것이 분명했다. 나조차 아버지가 집을 떠나 타관살이로 전전하고 있는 까닭을 전혀 모르고 있을 만큼 어머니는 입을 다물고 있었다. 살수록 덧쌓이는 것은 회한뿐인데도 아버지에 대한 푸념은 물론, 매원하는 일이 없었다. 철저하게 입을 다물었다. 가만히 눈물지으며 넋두리를 늘어놓는 모습을 보인 적도 없었다. 이웃의 경멸이 두려웠기 때문이었다. 석고로 빚은 듯 무표정한 얼굴로, 오직 간고등어같이 맵짠 솜씨로 바느질에만 모든 열정을 쏟아붓는 것이었다.

아버지의 행방을 애타게 수소문하는 것 같지도 않았다. 그래서 나는 어머니의 추억으로써는 아버지를 만날 수 없었다. 겨울이 돌아오면 연을 만드는 일은 열심이었지만 몸소 날리지는 않듯이, 아버지 스스로의 발로 돌아오기를 기다리고 있음이 분명했다. 어머니의 가슴속에는 그래서 부를수록 부르고 싶은 아버지가 함께 자리잡고 있었다. 그것은 내게 이래라저래라 아무런 말도 않고 연을 만들어주면서도 그것을 날리는 일에는 애써 무관심한 척하는 태도에서 읽을 수 있었다.

명절 대목을 앞둔 겨울밤 작은 자갈돌이 바위 위로 굴러가는 듯이 아늑한 재봉틀 소리가 자정을 넘기고 있을 때, 무심결에 잠이 깰 때가 있었다. 하얀 가르마가 지나가는 어머니의 쪽찐 머리카락 위로, 쓰다 만 실타래 몇 가닥이 민들레 꽃씨처럼 가볍게 얹혀 있고, 골무 낀 손은 희미한 불빛 아래에서도 언제나 하얗게 반짝거리는 재봉틀 바퀴를 돌리고 있었다. 살아내는 아픔을 한 사발 가득 녹여 마시는 듯한 그런 날 밤에도 어머니는 역시 무표정했다. 그러나 어머니는 문득 일손을 멈추고, 바깥 툇마루에 두었던 사기요강을 내게 디밀어주곤 하였다. 나는 눈만 뜬 상태였지만, 어머니의 주의력은 내 가녀린 기척도 곧장 알아챌 만큼 언제나 예민했다. 선하품을 거푸 하며 바느질로 밤을 지새우는 때가 아니라 할지라도, 어머니의 귀는 언제나 문밖 어딘가를 맴돌고 있는 것 같았다. 원하건대, 제 발로 돌아와 어머니의 자존심에 더이상의 상처는 주지 않을 아버지를 기다리고 있었기 때문에 내 미세한 기척도 눈치챌 수 있었을 것이었다.

어머니는 떠나가버린 아버지를 기다리고 있었고, 나는 보이지 않는 아버지를 기다리고 있었다. 어머니는 당신만 간직하기 위해 아버지의 추억을 내게 말하지 않았고, 나는 그런 어머니를 알지 못했기 때문에 나 혼자만의 아버지를 추억하려 애썼다.

그런 어머니가 두 솥째의 물을 끓여내고 아침밥을 지어낼 동안 홍어가 없어진 사실을 알아채지 못했을까. 만약 눈치를 채고 있으면서도 모른 척하고 있다면, 그건 또 무슨 말 못할 까닭일까. 침묵하고 있는 어머니의 속셈을 알 수 없었다. 그러나 사뭇 가슴 조이게 했던 그 의구심은 곧 풀리고 말았다. 다 지어서 그릇에 담은 아침밥과 찬그릇들을 챙겨 방으로 가지고 들어온 어머니는 말했다.

"아침 묵자."

나는 의아스러운 시선으로 어머니를 바라보았다. 어머니의 냉담한 태도가 평소와는 딴판이었기 때문이었다. 게다가 오늘처럼 한눈이 내린 날, 굶주려서 민가 부근으로 내려온 짐승도 잡지 않고 먹여서 놓아주어야 한다는 말을 했던 사람은 바로 어머니였다. 물론 어머니는 금방 내 의중을 읽었다. 아침상을 내 앞으로 다시 한번 디밀어주면서 말했다.

"니가 걱정 안 해도 된다. 저넌은 저녁 요기까지 든든하게 했을 기다. 밤새 부석아궁이 앞에 앉아서 홍어 한 마리를 꿉지도 않고 몽땅 묵어치웠드라."

“어무이는 처음부터 알고 있었습니껴?”

“그라머. 내가 그걸 모르고 있었는 줄 알았나?”

“지가 다 묵었다 캅디껴?”

“물어볼 건더기도 없제. 지가 딱 잡아뗀다 캐도 뻔하제. 눈 때문에 쥐새끼들도 수챗구멍 속에서 오도 가도 못하고 갇혀 있을 기다. 홍어 한 마리를 귀신이 먹었을라 산신령이 먹었을라. 집안에 걸어둔 걸 올빼미가 채갔을 리도 없을 기고.”

“초저녁에 쥐가 먹었는지도 모르잖습니껴.”

“별소리 다 한다. 쥐가 먹었으면 흔적이 왜 안 남겠노?”

“눈이 많이 오면, 산에서 족제비들도 많이 내려온다 캅디더. 우리집에 닭이 없으이까, 홍어를 물고 갔는지 알 수 없제요.”

“니 말은 그럴싸하다만서도 저년이 먹어 없앤 것은 틀림없제. 저년의 몸에서 구린내가 안 나고 비린내가 등천하는데, 그보다 더 확실한 증거가 어디 있겠노? 얼굴에 코가 있는 것처럼 확실한 일이다. 도망할 구멍도 없는 딱한 처지란 걸 뻔히 알면서 매질한 까닭이 심심풀인 줄 알았나?”

그러나 어머니와 나는 아침밥의 낱알을 헤아리듯 께적거리고 있었다. 항상 게걸스러웠던 아침의 식욕은 달아나버리고 없었다. 가슴속은 뒤숭숭했다. 당장 현실적인 위협은 느낄 수 없다 할지라도, 어머니가 표현했던 대로 구린내보다 비린내가 등천한다는 그녀가 문 하나를 사이에 둔 지척에 서 있다는 낭패감 때문이었다.

서로 스스럼없이 어울릴 수 없다는 개운찮은 처지를 헤아리고 있는 입장의 사람들로서 타협의 길을 찾아볼 여지도 없었다. 설혹 소원한 입장에 있는 이웃의 도움을 받아낸다 할지라도 지금 당장 그녀를 멀리 내쫓을 공간도 없었다.

수저를 놓아버린 어머니의 손이 다시 저고리 앞섶을 틀어쥐고 있었다. 어쩌면 어머니와 나는 지금 눈 속이 아닌 땅속으로 함몰되어버렸거나, 아니면 수백 미터나 되는 지하 깊숙한 곳에 장전되어 있는 덫에 걸려 있는지도 몰랐다. 어머니는 폐소공포증이 있는 사람처럼 얼굴이 창백해졌고 저고리 앞섶을 잡고 있는 손이 떨리기 시작했다. 앉아 있는 자세 역시 평소와 같지 않았다. 안절부절못해서 몇 번인가 고쳐앉곤 하였다.

날이 밝은 지 오래되었을 텐데도 대낮의 시골 마을에서 들려오던 일상의 소리들조차 쌓인 눈과 함께 깡그리 파묻혀버려 귀는 완전히 먹어버린 듯했다. 새벽녘엔 너무나 평온하게 느껴졌던 그 고요가 드디어 공포감으로 엄습하기 시작했다. 어머니와 나는 지금이 세상 어디쯤에 놓여 있는 것일까. 참담한 기분이었다. 우리는 오랫동안 귀를 기울이고 있었다. 이웃의 누군가가 우리의 안부를 고함소리로 물어주기를 바라면서. 그러나 실망은 여전했다.

바로 그때였다. 어머니가 가볍게 몸을 일으켰다. 그리고 외짝문을 열고 나가면서 중얼거렸다.

"안 되겠다. 이러다간 내 먼저 숨막혀 죽겠대이."

어머니가 집을 비우는 일은 거의 없었다. 심란한 일이 있어도 친정이나 이웃 나들이를 스스로 탐탁하게 여기지 않아왔었다. 그리고 아버지가 집을 떠난 이후부턴 더욱 바깥출입을 삼가왔었다. 바느질을 맡길 사람들은 옷감을 싸들고 직접 찾아왔기 때문에, 어머니 편에서 주문받을 집을 수소문하고 다닐 필요도 없었다. 일용할 양식이나 땔감들은 한 달에 한두 번씩 이웃 마을에 있는 단골 나무꾼이 가져왔다. 물론 어머니는 그때마다 비교적 높은 대가를 치러주었다. 홍어를 사기 위해, 혹은 찬거리를 사기 위해 집을 비워야 하는 장터거리 출입도 거의 쏜살같이 다녀오곤 하였다. 남편으로부터 외면당하고 있는 아내로서의 모멸감과 오 년 동안 홀로 스산한 집을 지키며 살아가는 여자로서의 고적감 외에 겉모습만 보면, 어머니의 생활은 그래서 별다른 고통이나 질곡을 겪고 있는 것 같지 않았다. 설령 남모를 고통을 겪고 있다 할지라도, 어머니는 자신의 속내를 걸핏하면 겉으로 드러내는 것을 일삼는 사람들을 천박하게 여기는 것 같았다. 그런 생각은 어머니 자신조차 일찌감치 예단해버려서 거미가 집을 짓듯, 하얀 명주실로 그 예단의 상자를 얽어매며 살아가는지도 몰랐다. 부엌에서 마주친 그녀와의 실랑이에서 보여준 미숙함도 오랜 칩거생활에서 얻어진 당혹감을 속시원하게 수습할 수 있는 해법을 찾지 못한 때문이었을 것이다.

드디어 부엌의 솥에서 물이 끓어 김이 세차게 솟아오르는 소리가 들려왔다. 그리고 끓인 물을 덜어내고, 다시 찬물을 한 솥 가득하게 채우는 소리가 들려왔다. 내게 주의를 일깨우는 어머니의 목소리가 들려왔다.

"저년을 목간시킬란다. 저년이 내외를 차릴 만한 나이는 되었으이, 자발없이 문 열면 안 된대이."

나는 가슴에서 억 하는 소리가 났다고 생각했으리만큼 놀랐다. 그러나 짐작되는 것도 없었다. 그녀와 정면으로 대치하고 있던 어머니가, 순식간에 정반대의 입장으로 돌아서서 그녀를 용납하게 된 까닭을 찾아낼 수 없었다. 어머니의 낮은 목소리가 그녀를 설득하고 있었다.

"네년이 우리집으로 뛰어든 것이 오감해서다행으로 생각해서가 아이다. 네년을 당장 내쫓지 못할 처지가 되었다는 것은 니도 알고 있제? 네년을 이 눈발 천지로 내쫓고 나면, 나는 벼락 치는 날은 바깥출입을 못 할 처지가 되어뿌리제. 무슨 억하심정인지는 모르겠다만 네년의 넉살을 볼라치면, 눈길이 얼추 녹기까지는 우리집에서 갇혀 지내기는 매일반이라는 속내를 가지고도 남을 년이제. 내가 만약 니 입장이 됐다 캐도 그런 구구야 없었을까. 그런데 니가 며칠 동안 지내야 될 이 부석바닥이 하루 세 끼 밥하는 곳이라는 것은 알고 있제? 이런 곳에서 니가 밤낮없이 송장 썩는 냄새를 풍기고 있어서는 안 될 일이제? 내가 무슨 말을 하고 있는지 알아듣지러?"

어머니가 그녀를 유인하기 위해, 큰 자배기에 퍼담은 목욕물에 손을 넣어 내젓고 있는 소리가 들려왔다. 꽤나 설득력이 있어 보이는 말인데도 그녀는 이렇다 할 반응을 보이지 않고 있는 모양이었다. 어머니는 뜨거운 물과 찬물을 몸 담그기에 거북하지 않도록 뒤섞고 나서, 치미는 울화를 억누르며 말했다.

"니캉 내캉은 같은 여자끼린데, 쓰잘데없는 내외 길게 차릴 것 없다. 고집을 부리면, 방에 있는 사내자슥을 불러내서라도 네년을 억지로 물통에 처박아넣을 기다. 귓구멍이 뚫렸으면, 솔깃하지 않더라도 내 말을 알아듣는 척이라도 해야제. 쇠뻐다귀처럼 버티기만 하면, 내가 물러설 것 같으노?"

문설주 틈 사이로 그녀의 거동을 훔쳐보고 싶은 충동은 가슴에 사무칠 정도였다. 그녀가 설령 비럭질로 연명하고 있는 동냥아치라 하더라도, 그리고 몸에서 고약한 냄새를 풍기고 있다 하더라도 그녀의 난데없는 출현은 내 호기심의 뇌관에다 불을 댕길 충분한 폭발력을 갖고 있었다. 그녀는 다만 폭설과 추위에 떨다 못해 우리 집 부엌을 넘보았을 뿐, 우리를 위협하려 들거나 위험에 빠뜨릴 아무런 징조도 보이지 않는다는 것을 깨닫게 된 이후부터 내 호기심의 휘발성에는 어느새 불이 댕겨지고 있었다. 그리고 아버지로 상징될 만했던 홍어까지도 먹어치운 그녀에 대한 어머니의 돌연한 배려도 풀리지 않는 수수께끼였기 때문에 나는 군침까지 삼켜가며 그녀를 관찰하고 있었다.

그때 어머니가 외짝문을 열고 방으로 들어오면서, 부엌의 그녀에게 볼멘소리를 하였다.

"그래, 내가 옆에 있는 것도 남사스럽다면 비켜주마. 하지만, 네 년이 혼자서라도 구린내 나는 몸뚱이를 당장 안 씻고는 안 될 기다. 부석에 있도록 놔두지도 않을 기고, 밥 얻어묵을 요량을 해서도 안 될 기다. 이 고집이 쇠뿔 같은 년."

방으로 들어온 어머니는 나를 외면한 채 곧장 윗목으로 가서 반짇고리를 뒤적여 일감을 꺼내들었다. 그러나 곧장 옷감을 내려놓고, 엉덩이를 밀어서 외짝문으로 다가앉았다. 부엌에서 기척이 들려왔기 때문이었다. 문틈으로 눈을 갖다대고 있는 어머니의 한 손은 어느새 나를 향해 흩뿌리고 있었다. 가까이 다가오지 말라는 신호였다. 부엌에선 손으로 조심스럽게 물을 튀겨보는 소리가 들렸다. 그리고 잠시 간격을 두었다가 드디어 물을 끼얹는 소리가 들려오기 시작했다. 어머니는 방안에 같이 있는 나에게도 들릴까 말까 한 혼잣소리로 중얼거리고 있었다.

"저년 보그래이. 지 손으로 옷 벗고 목간할 줄 아는 년이 내 말에는 콧방귀도 안 뀌더이. 내가 지를 잡아묵을 줄 알았나보제. 손가락 하나 삐뚤어진 데 없이 멀쩡한 육신을 가진 년이 여태까지 삼통 얻어만 묵고 댕겼다면, 천성이 게을러터진 탓이겠제."

그 순간, 어머니는 문틈에서 시선을 거두었다. 그 시선이 마땅히 멈출 곳을 찾지 못한 듯 한동안 허공을 헤매고 있었다.

"앞가슴에 얼옻이 묵었네…… 하기사 얼옻이든 백납이든 고질

병은 아이제. 그래서 얼굴을 싸매고 있었구먼."

"백납이 뭡니꺼?"

"글쎄, 낸들 자세히 알까마는……"

살가죽에 흰 어루러기가 생겨 차차 퍼져가는 그 피부병을 한방에서는 백납이나 백전풍이라 부르고 있었다. 전염성이 없어 민간에서는 대수롭지 않게 여기는 피부병이었지만, 신통한 의원도 없는 이런 시골에선 깨끗하게 치료하기도 쉽지 않은 병이란 것쯤은 나도 알고 있었다. 아버지가 그 피부병을 갖고 있었기 때문이었다. 그제야 나는 마을 사람들이 아버지에게 붙여준 별명이 생각났다.

아버지의 별명은 홍어였다. 때로는 가오리라 부르는 사람도 있었다. 얼굴 생김새가 갸름하기보다는 네모진 편인 아버지는 목덜미께에 백납까지 들어 있었기 때문에 언뜻 홍어의 살가죽을 떠올릴 수 있다는 데서 붙여진 별명인 것 같았다. 보기에 따라선 다소의 거부감을 느낄 수 있었지만, 번지는 속도도 빠르지 않을뿐더러 아프거나 가려운 증세 따위도 없었기 때문에 시골에선 그럭저럭 방치하는 병이기도 했다.

그녀가 아버지와 같은 병을 갖고 있다는 것은 전혀 우연이었지만, 그것으로 어머니가 아버지를 떠올린 낌새는 보이지 않았다. 어머니의 관심이 그것에 집착하고 있을 틈조차 없어 보였다. 어머니는 등뒤의 나를 돌아다보았다. 안도의 표정이 역력했다. 몸을 씻고 있는 그녀의 거동에서 두려움이나 긴장감이 가신 것이 분명했다.

내게 눈길을 건넨 어머니는 빠른 동작으로 농짝 속을 뒤지기 시작했다. 그리고 헌옷이긴 했지만, 깨끗하게 세탁해서 보관하고 있던 치마저고리와 내의들을 꺼내들었다. 어머니가 헌옷들을 챙겨들고 부엌으로 내려서고 있는데도, 부엌바닥의 물 끼얹는 소리는 계속되고 있었다. 한참 뒤에 어머니의 분부가 떨어졌다.

"세영世永아, 이리 좀 나오그라."

나는 용수철처럼 튀어올라 부엌으로 나섰다. 어머니가 건네준 옷으로 갈아입은 그녀는 바람벽을 향해 뒤돌아서 있었다.

"같이 들자."

소택지에 떠 있는 물이끼처럼, 땟국이 켜켜로 앉은 자배기가 부엌 한가운데 놓여 있었다. 소낙비가 지나간 한길바닥의 웅덩이처럼 부엌바닥 여기저기에도 송홧가루같이 누르칙칙한 땟국물이 고여 있었다. 어머니와 나는 힘겹게 물동이를 들어 부엌문 밖으로 내쏟았다. 어머니가 내키지 않는 듯 혀를 차며 자배기를 헹구고 있는 사이, 나는 흘끗 그녀의 얼굴을 훔쳐보았다. 벗겨지다 만 살비듬이 오줌장군에 낀 버캐자국처럼 남아 있는 갸름한 얼굴은 홍조를 띠고 있었고 콧잔등에는 파리똥 같은 주근깨가 다문다문 박혀 있었다. 흰 목덜미에선 모락모락 김이 피어오르고 있었다. 사지는 멀쩡했지만, 몽당치마 아래로 드러난 왼쪽 발등이 익은 복숭아처럼 부어올라 있었다. 한뎃잠으로 전전하다가 얻은 동상이 분명했다. 일순간 눈이 마주쳤다고 느꼈을 때, 나는 얼른 시선을 돌려버렸다.

그녀가 쑥스러워할지도 몰랐기 때문이었다.

"사내자슥이 부엌바닥에서 맴돌지 말고, 퍼뜩 나가 눈 치울 궁리나 해보그라."

내게 핀잔을 준 어머니는 그녀를 돌아보며 부뚜막을 가리켰다. 줄곧 이래라저래라 하고 있는 어머니가 성가시긴 하였지만, 그녀는 체념한 듯 시키는 대로 부뚜막에 걸터앉았다. 어머니는 된장찌개를 버무린 보리밥 그릇에 숟가락을 찔러 그녀에게 건네주고 있었다.

삽 한 자루를 들고 부엌문 앞으로 나서긴 하였지만, 눈앞이 아득할 만큼 내려쌓인 눈더미와 다시 마주치는 순간, 나는 암담했다. 이 설국 어느 곳에 요행으로 눈이 내리지 않은 별개의 공간이 없는 한, 눈을 치운다는 일 자체가 무의미하다는 것을 어머니는 모르고 있는 것일까. 내 앞쪽에서 치워진 눈은 필경 내 발 뒤쪽에 다시 쌓일 뿐, 그녀를 밖으로 내쫓지 못했던 것처럼, 노동의 성과를 전혀 노릴 수 없는 미련한 짓이었다. 오히려 나만 두더지처럼 눈의 수렁 속에 외톨이로 갇히게 되는 신세가 될지도 몰랐다. 그리고 산소 부족으로 이끼만 번성한 소택지에 갇힌 물고기들처럼, 끝내는 숨이 막혀 헐떡이다가 죽게 될 것이었다.

우리 마을 뒤편, 방천둑 아래에는 항상 뜨뜻미지근한 물이 고여 있는 작은 소택지가 서너 군데나 있었다. 잡초도 무성하지 않은 그곳에는, 언제나 싱싱한 담녹색의 물이끼들이 두꺼운 카펫처럼 무겁게 덮여 자라고 있었다. 그곳에 돌을 던지면, 카펫을 연상시키는 물이끼 자락은 흡사 엉켜 있는 지방덩어리처럼 흐느적흐느적 가녘으로 떠밀리곤 하였다.

언젠가 떠들기 좋아하는 마을 청년들이 냇가에서 잡은 붕어들을 그곳에 풀어준 일이 있었다. 그러나 사흘도 지나지 않아, 붕어들은 허옇게 변색된 입을 벌리고 죽은 채로 물이끼 위에 떠올랐다. 하지만 물고기조차 살 수 없는 폐정에서 자라고 있는 물이끼들의 파란 색깔은 망가지는 법 없이 언제나 눈이 섬뜩하도록 신선하게 살아 있었다. 마을 청년들은, 물이끼들이 맹렬하게 발산하고 있는 그 녹색대綠色帶의 유혹을 좀처럼 뿌리칠 수 없었던지, 그 이후에도 몇 번인가 고기들을 잡아넣곤 하였다. 그러나 그때마다 미련한 짓이란 것이 여축없이 증명되곤 하였다.

나는 내키지 않았으므로 다만 삽 끝으로 눈덩이를 긁적거리는 시늉만 하고 있었다. 눈밭 너머에서 간혹 사람들의 말소리가 가느다랗게 들려오기도 하였고, 가까이에선 개가 짖는 소리도 들렸다. 우리집의 안부를 묻고 있을지도 몰랐다. 나는 삽자루를 눈더미 바깥으로 한껏 치켜들고 내저어 보였다. 그러나 아는 체하는 반응은 없었다. 두려움으로 몸이 떨리고 가슴이 뛰기 시작했다. 그러나 한편으로는 겁에 질린 내 모습이 어머니에게 들통날까봐서 헛기침으로 뱃심을 위장하곤 하였다. 그러나 나는 이미 어머니의 관심 밖에 있었다. 나직나직한 어머니의 말소리가 등뒤에서 들려오고 있었다.

"니 고향이 어디노?"

"몰라요."

목이 잠긴 듯한 목소리는 거칠었다. 그러나 그것은 그녀가 우리 집 부엌으로 뛰어든 이후, 끈질기게 계속되어오던 질문에 대한 최초의 대꾸이기도 했다. 그런데 그녀의 말문이 터지기까지 상당한 노력을 기울여왔음에도 불구하고, 어머니는 한동안 침묵을 지켰다. 그녀가 어렵사리 작정했던 말문을 얼른 삼켜버리면 어쩌나, 조마조마한 가운데 어머니는 다시 물었다.

"니가 버버리 아인 것은 안다마는, 그라머 니는 소낙비 오는 날 하늘에서 뚜꺼비 떨어지드키, 소낙비 인편에 뚝 떨어진 고깃덩어리가? 니가 사람 명색 하고 이승에 태어났다면, 필경 고향이 있고 니를 낳아준 애비 에미가 있게 마련 아이가? 애비 에미가 누구라 카면, 내가 쫓아가서 잡아묵을까 해서 말 못 하고 있나? 잡아묵을라캐도 눈 때문에 문밖출입도 못할 판국이니, 걱정 말고 대보그라."

"부모가 살아 있으면, 내가 빌어먹고 살겠어요?"

고분고분하다기보다는 어머니를 면박하는 말투였다. 한주먹 쥐어박힌 꼴이 된 어머니는 반은 우는 얼굴로 실소하고 나서 말했다.

"죽은 부모를 들춰낸 꼴이 되어 민망하게 되었다만, 시방 니캉 내캉은 통성명을 하고 있는 거 아이가. 그렇다면, 니 사람된 근본을 대강은 알아둬야 할 거 아이가. 이름은 뭐제?"

"이름도 잊어버렸는데요."

"니가 말대꾸 한 가지는 분명하다만, 귀여겨듣자니 모르는 것 빼고 나면 니가 아는 것은 한 가지도 없다는 말이제?"

"예."

"점입가경이라더이…… 가만있자, 오늘이 며칠이드라?"

그녀를 삼례三禮라 부르기로 작정한 것은 그때부터였다. 어머니가 처음에 떠올린 이름은 삼래三來였다. 그녀가 우리집 부엌으로 뛰어들었던 날이 음력으로 12월 3일이 되는 날 밤이었기에 붙여주려 했던 이름이었다. 그러나 이름의 품위를 다시 생각했던 어머니는, 래來를 례禮로 고쳐 부르기로 한 것이었다.

"이름 없는 잡초라고 말들은 쉽게 하지만, 알고 보면 이름 없는 풀이 어디 있겠노. 하찮은 맨드라미도 맨드라미라는 이름이 있제. 하물며 사람인 니가 이름 없이 떠돌아서야 되겠나. 말대꾸도 또렷한 니가 뚜렷이 가진 이름이 없었기에 여태까지 걸부새이로 살아왔제."

그녀와의 화해를 위해 무심코 꺼낸 말인지도 몰랐다. 그러나 나는 그때 속으로 묻고 있었다. 그럼 아버지의 떠돌이 생활은 이름은 없고 홍어라는 별명만 가진 때문일까. 어머니의 태도가 돌변하여, 그녀를 수습하려는 쪽으로 기울었던 처음의 까닭은 알 것 같았지만, 수습의 진도에 가속도가 붙어 핑계만 있으면 당장 끌어안고 입이라도 맞출 듯한 태도를 감지하고부턴 불안감이 일기 시작했다.

어쩌면 눈이 녹기까지가 아니라, 눈이 녹아 길이 뚫린 뒤까지 어머니는 그녀를 슬하에 거두고 싶은 속셈이 있는지도 몰랐다. 아득바득 그녀를 설득하여, 협소한 부엌간에서 목욕을 핑계로 그녀의 벗은 몸을 훔쳐보고자 했던 것에 그런 계산이 깔려 있음직했다.

사지가 멀쩡한 년이라고, 어머니는 혼잣소리로 되뇌곤 했다. 그러나 어머니의 속셈이 정녕 그러하더라도 그녀가 고분고분 따라줄지는 의문이었다. 왜냐하면 그녀는 아직도 교묘하게 위장된 폭발물처럼 위험천만이었고, 어머니의 재빠른 수습을 썩 달가워하는 기색도 아니었기 때문이었다. 자신을 부엌데기로 부려먹고자 하는 알량한 속셈을 읽어버렸다면, 어머니의 시도는 조만간 실패로 끝날지도 몰랐다.

어머니는 항상 모자라는 일손 때문에 고통받고 있었다. 아버지가 집을 떠난 이후 모든 가계운영을 어머니 혼자 감당해오고 있었기 때문이다. 그런 처지에 있었으면서도 어머니는, 이웃의 남정네들과는 철저한 단절을 두었고, 아낙네들끼리라도 야단스러운 교류를 하지 않았다. 가슴앓이를 하고 있었는데도 지병 하나쯤은 앓아가며 살아야 하는 것처럼 약도 쓰지 않았다. 소모적인 감정 발산을 최대한으로 절제하려는 그 이면에는 남편으로부터 외면당하고 있다는 모멸감이 자리잡고 있었다. 그러나 나를 닦달하는 일만은 매우 따끔한 편이었는데, 그것은 아비 없이 자란 버릇없는 자식이란 평판을 들을까봐서였다.

어머니는 내가 느끼고 있는 못마땅함 따위는 아랑곳 않고, 이젠 몸에서 구린내가 싹 가신 그녀를 꼬드겨 방으로 데리고 들어갔다. 그제야 나는 야금야금 발이 시려왔다. 잔허리 높이로 바라보이는 먼 눈밭에는 한결같이 눈나비들이 흩날리고 있었다. 개 짖는 소리가 간간이 들리고 있었지만, 방향을 정확하게 가늠할 수는 없었다. 나는 긁적거리다 만 삽자루를 내려놓고는 걸터앉고 말았다. 문득 숨쉬기가 거북하게 느껴졌다.

소택지에 풀어준 붕어들은 몇 시간이 지나지 않아서 물이끼들이 떠 있는 수면 위로 솟구쳐올랐다. 그리고 주둥이를 크게 벌리고 벌렁벌렁 심호흡을 하였다. 마을 청년들의 의도와는 달리 오히려 소택지에 갇혀버린 그 붕어들처럼 나도 이 눈밭 속에 갇혀버린 것이었다. 잘못 뛰어들었다가 죽은 떡개구리가 퉁퉁 부어오른 흰 뱃바닥을 뒤집고 떠다니는 그 소택지는 지금쯤 어느 방향일까. 한 길이 넘게 내린 이 눈발들이 그 소택지를 덮고 있던 물이끼들을 모조리 녹여버린 것은 아닐까. 그래서 산소를 듬뿍 빨아들인 그곳에는 그녀가 먹어치우고 말았다는 홍어가 우아한 가슴지느러미를 파상으로 움직이며 유유히 헤엄치고 있는 것은 아닐까. 한 마리의 오징어나 북어라면 가능한 일이겠지만, 그녀의 이빨이 상어처럼 파괴적인 저작력咀嚼力을 가졌다 할지라도, 큰 홍어 한 마리를 흔적도 없이 먹어 소화시키고 말았다는 것은 당치 않은 말 같았다. 어머니의 말은, 사건을 세세하게 따지고 드는 것보다 스스로 위안받기 위해 얼버무린 것일 수도 있었다.

나는 눈발이 이끼를 말끔히 녹여버린 소택지의 맑은 물속을 헤엄치고 있었다. 두루마기 소맷자락보다 더 넓은 가슴지느러미를 천천히 갈개치며, 눈나비처럼 가볍게 움직였다. 아가미로 신선한 물을 한껏 빨아들였다가 힘껏 내뿜었다. 내 폐장은 삽시간에 고무풍선처럼 부풀어올랐다. 내 입에선 하얀 입김이 눈보라처럼 솟아올랐다. 기운차게 그리고 가볍게 헤엄치고 있었지만, 쾌적한 속도감을 방해하는 장애물은 없었다. 어머니가 말했던 것처럼, 이곳은 끝간데없는 바닷속인지도 몰랐다. 나는 어느덧 우리 마을의 그 작은 소택지를 벗어나고 말았다. 그러나 두렵지 않았다. 내 몸은 정오 때의 햇살을 받고 있는 가오리연처럼 투명했기 때문에, 상어나 고래 들이 나를 발견할 수는 없을 것이었다. 나에게는 그들의 탐욕스러운 추격쯤이야 단숨에 따돌릴 수 있는 기민한 촉각과, 위기를 만났을 때마다 방향전환이 자유자재인 날렵하면서도 지치지 않는 날개를 가지고 있다는 자부심이 있었다.

나는 고개를 들었다. 하얀 포말이 바닷물 갈개 속으로 얼룩무늬를 드리우며 끝없이 밀려가고 있었다. 그 위로 햇살이 비치고 있었기 때문에, 바닷속은 빛과 그림자의 무늬가 섬세한 간격으로 재빠르게 교차되고 있었다. 눈나비들이 수면 위의 물이끼들을 깨끗하게 삼켜버린 것이 틀림없었다. 수면 위로 떠오른다 할지라도, 붕어들처럼 주둥이를 한껏 벌리고 애타게 호흡을 고르지 않아도 될 것이었다. 나는 대각선으로 나래를 쳐서 수면 위로 몸을 솟구쳤다. 어느새 눈발은 그쳐 있었고, 맑은 햇살이 부챗살처럼 거침없는 기세로 설국의 바다 위를 비추고 있었다. 가슴이 터져나갈 것 같은 상쾌한 기운이 내 온몸을 감싸고 한 바퀴 휘그르르 돌았다. 나의 그 부드럽고 쾌적한 유영은 계속되고 있었다.

문득 개 짖는 소리가 요란했다. 그리고 맹렬한 속도로 나를 향해 눈밭 위를 달려온 그 개는 어느새 꼬리를 치며 내 얼굴과 목덜미를 핥고 있었다. 나를 만나면, 항상 길길이 뛰며 반기던 옆집 개 누룽지였다. 녀석은 비린내가 훅 풍기는 주둥이로 계속 내 볼따구니를 짓이기듯 마구잡이로 핥아대고 있었다. 쉴새없이 흔들어대는 꼬리에서는 눈보라까지 풀썩거렸다. 녀석은 내 행방이 궁금했던 나머지, 아침 일찍부터 우리집 주변의 눈밭 위를 배회하며 짖어댄 것 같았다. 나는 눈투성이가 된 녀석을 끌어안아준 다음 목덜미를 내쳤다. 그러나 녀석은 괄시를 당하고도 내 발치에서 맴돌고 있을 뿐, 멀찌감치 물러나질 않았다. 내 두 다리는 눈밭 속으로 깊숙이 빠져 있었다.

눈에 파묻힌 우리집이 바라보였다. 두 개의 방을 허리띠처럼 두르고 있는 툇마루는, 비탈진 산 구릉의 경사각을 따라 비스듬하게 덮인 눈 때문에 보이지 않았다. 그러나 부엌문과 방문 두 개는 아랫부분이 눈 속에 묻힌 채였지만 뚜렷하게 분별할 수 있었다. 지붕 뒤쪽으로, 지붕마루 높이보다 훨씬 길게 뽑아올린 굴뚝이 하얀 털

모자를 뒤집어쓴 채 새록새록 연기를 뿜어내고 있었다. 마을에 내린 눈의 용적은 집안에서 보았을 때처럼, 가공스러운 수준은 아니었다. 산비탈이 우리집 뒤뜰에서부터 곧장 가파르게 시작되고 있었고, 앞쪽으로는 한길을 향해 마주 달려오던 통바람이, 산비탈의 경사각을 따라 회유하기 때문에 유독 우리집 앞으로 많은 눈이 쌓인 것이었다.

"이 눈을 치우자면, 부역꾼들을 동원해야 안 되겠나. 낭패가 났다만, 모두들 자기 집 앞 눈 치우는 일에도 손을 놓고 있는데, 일꾼들을 동원하기가 여의치 않을 기다."

흘끗 뒤돌아보았다. 누룽지의 주인이기도 한 옆집 남자였다. 그는 아버지와 흉허물 없이 사귀던 사이였다. 또 우리집과 바로 이웃하고 살기 때문에 나를 발견하고 다가와서 걱정을 해준 것이었다. 소스라쳐 꾸벅 인사를 건네자, 그는 물었다.

"어무이께서도 무사하시고?"

"예."

어른들에게 말대답을 할 적엔 줏대 있는 집 자식답게 묻는 말만, 그리고 짧고 분명하게 하라던 어머니의 말을 떠올렸다. 묻는 말의 골자를 머뭇거림 없이 알아채고, 분명하게 대답하되 고개를 약간 숙여라. 어른들을 똑바로 쳐다보면 버르장머리 없다는 평판을 듣는다. 어머니는 언제나 그 평판이란 것을 두려워했다.

"엄동설한이라, 눈이 쉽게 녹을 것 같지도 않다. 그러나 한 사나

흘만 견디면, 이웃 간의 길이야 얼추 트이겠제."

"부석문 앞은 뜨거운 물로 조금 치웠습니더."

"땔거리가 아직도 넉넉하다면, 눈을 끓여서 치우는 방도가 안 있겠나. 그러나 당장 시급한 일은 지붕 위에 있는 눈을 치우는 일이제. 대들보가 실하지 못한 집이면, 무거운 눈더미를 지탱하기가 수월치 않을 기라. 태무심하고 있다간 나도 모르는 사이에 횡액 당하기 십상이제. 너그 어무이도 그런 것은 알고 계시겠제?"

나는 뭐라고 대답할 말을 찾을 수 없었다. 지붕 위에 쌓인 눈의 중량을 버텨내지 못한 대들보나 서까래가 부러진다면, 바로 집이 무너진다는 얘기였다.

"칠 년 전인가 육 년 전에 너그 부친께서 초가를 걷어내고 기와를 얹을 때 대들보가 위태로운 것은 염두에 두지 않고 욕심만 앞서 덜컥 기와를 얹었제. 내가 말렸지만 들은 척도 않았제. 기와가 좀 무겁나. 지금은 너그 부친 대신 니가 너그 집 대들보드키, 집이란 게 대들보 한 가지만 튼튼해도 무너질 걱정은 없는 기다. 내가 공연한 소리를 하고 있는지는 모르겠다만, 집에서 이상한 소리라도 못 들었나? 이상한 소리가 없었드라도 눈을 치우지 않으면 어떤 횡액을 당할지 알 수 없제. 퍼뜩 가서 어무이께 말씀드려라. 꾸물거리고 있을 일이 아이대이."

나는 다시 눈 속을 허우적대며, 부엌문을 찾아들어갔다. 누룽지가 내 뒤를 따라왔지만, 옆집 남자는 만류하지 않았다. 그의 말을 전해들은 어머니의 표정이 질리기 시작했다. 앓는 소리를 하며 부엌바닥의 냄새를 탐지하고 있던 누룽지가 외짝문 앞으로 가서 부엌 천장이 무너져라 하고 짖어대기 시작했다. 내가 핀잔을 주었는데도 짖기를 멈추지 않았다. 어머니의 외마디소리가 들렸다.

"세영아, 그놈의 개 쫓아내그라."

어머니가 회초리를 찾아 치켜들자, 누룽지는 쏜살같이 밖으로 달아났다. 그러나 어느새, 다시 부엌으로 뛰어들어 안방 외짝문을 향해 맹렬하게 짖어댔다. 눈에 익숙하지 않은 사람이 방안에 있다는 것을 대뜸 눈치챈 것이었다. 내두르는 부지깽이 위협에 놀라 문밖으로 쫓겨났던 누룽지가 그때마다 눈발을 휘젓고 다시 부엌으로 뛰어드는 일이 몇 번인가 반복되면서 부엌문에서 뜨락으로 나갈 만한 통로는 저절로 마련되었다.

그녀의 존재 따위는 이미 내 안중에도 없었다. 웬만한 충격 따위에는 흐트러짐이 없었던 어머니의 표정이 모처럼 질려 있었기 때문이었다. 포대기를 뒤집어쓰고 코를 골며 잠들어 있는 그녀를 방에 남긴 채, 우리는 누룽지가 뚫어놓은 통로를 따라 밖으로 나섰다. 옆집 남자가 우려했던 현실을 어머니는 당신의 눈으로 직접 확인한 셈이었다. 어머니의 두 다리가 눈발 속에서 떨리고 있었다. 숨소리조차 빠르게 교차되고 있었다. 어머니가 나서기엔 힘에 겨운 노동이었다.

나는 낡은 기왓장을 갈아끼울 때를 대비해 항상 추녀 끝에 기대

세워두는 사닥다리를 발견하였다. 자꾸만 미끄러져내리는 발뒤축을 가까스로 가다듬으며 지붕 위로 기어올랐다. 끝간데가 보이지 않는 설국이 시야에 펼쳐졌다. 때마침 맑게 갠 하늘이 손에 잡힐 듯 지붕의 눈발 위에 드리워져 있었다. 민들레꽃과 같이 섬세하게 흐드러진 눈발 하나하나들이 저마다 햇살을 되받아 반짝거리고 있었으므로 눈이 금방 시려왔다. 나는 눈 가장자리로 자꾸만 흘러나오는 눈물을 닦아내며, 불당그래로 눈덩이를 추녀 아래로 밀어내기 시작했다. 지붕 위의 눈덩이는 아래로 밀려나고 있었지만, 처마 아래로는 더 많은 눈이 쌓이는 셈이었다.

옆집 남자가 자기 집 축담 곁에 팔짱을 끼고 서서 지붕 위의 나를 줄곧 지켜보고 있었다. 흥분한 누룽지가 나를 따라 지붕 위로 오르려고 안간힘을 쓰고 있었지만 허사였다. 어머니는 옆집 남자 쪽으로는 등을 돌린 채, 나만 지켜보고 있었다. 어머니는 내가 벌이고 있는 작업이 굼뜨고 서툰데도, 어떤 핀잔도 간섭도 하지 않았다. 나는 어머니의 내심을 꿰뚫어보고 있었다. 어머니는 내게 어떤 간섭도 하지 않음으로써, 옆집 남자가 우리 둘 사이로 끼어들어 참견할 여지를 주지 않으려는 것이었다. 그 속내를 알아차리지 못하고 그 남자가 몇 마디 조언이라도 하려 든다면, 어머니는 지체 없이 집안으로 자취를 감춰버릴 것이었다. 옆집 남자 역시 오랜 경험으로 그것을 알고 있었기 때문에, 입술이 간질간질했을 텐데도 말없이 바라만 보고 있는 것이었다.

처음에는 굳어가던 손발이 어느덧 뜨거워지기 시작했고, 목덜미에선 김이 솟아올랐다. 지붕 위에 더 머물 것인가 아니면 내려갈까 주저해도 좋을 만큼 지붕 위의 눈 치우기 작업은 대충 마무리가 된 셈이었다. 그 순간, 어머니의 모습이 바람처럼 온데간데없어지고 말았다. 그러나 대들보가 부러질 위험은 아직도 가시지 않았다는 듯, 옆집 남자는 그때까지 나를 지켜보고 있었다. 나는 지붕 용마루에 사추리를 걸치고 앉았다.

마을 동쪽으로, 연을 띄우던 방천둑의 흔적이 뭉게구름처럼 기다랗게 가로누워 반짝거리고 있었다. 그 아래로 흩어져 있던 소택지는 물론, 창궐하던 녹색대의 물이끼도 사라지고 없었다. 나는 눈나비들이 삼켜버린 그 물이끼들을 다시 게워내는 일이 없기를 빌었다. 그리고 한 마리의 홍어가 그곳에서 마음껏 산소를 들이켜고 오래도록 헤엄치며 살 수 있기를 바랐다. 그녀는 물론이거니와 우리집을 무상출입하고 있는 누룽지도, 높은 문설주에 걸린 그 홍어의 올가미를 쉽게 낚아챌 수는 없을 것이었다. 누룽지는 밥누룽지가 주식이었기 때문에 붙여진 이름이었다.

숨을 고르고 있던 나는 사닥다리를 내려가기 시작했다.

"조심하그라."

그때에야 옆집 남자는, 방으로 들어간 어머니도 충분히 들을 수 있을 만큼 목청을 돋워 참견을 하였다.

부엌으로 돌아온 내 기척을 알아챈 어머니가 말했다.

"들어오그라."

내가 방으로 들어서는 찰나, 어머니는 턱짓으로 옆집을 가리키며 물었다.

"그 사람, 성가신 사람이대이. 수다스럽게 웬 참견이제?"

"참견하지 않았습니더. 조심하라고 했제."

퉁명스럽게 되받는 말이 분명했는데도, 더이상 말이 없었다.

그녀는 방 아랫목에 일어나 앉아 있었다. 아랫목이 그처럼 따뜻했는데도 어머니가 꺼내준 포대기를 뒤집어쓰고 있는 것을 보면, 뭔가를 뒤집어쓴다는 것은 몸에 밴 그녀의 오랜 버릇인 것 같았다. 헌 포대기가 내겐 어머니가 그녀에게 던진 투망처럼 보였는데, 그녀는 마침 그 투망 그물코 사이로 두 눈을 치뜨고 나를 뚫어져라 바라보고 있었다. 나는 목덜미에서 따가운 시선을 느끼면서도 애써 태연한 척 젖은 바짓가랑이를 쥐어짜고 있었다.

"너 몇 살이야?"

어머니도 놀라도록 나를 똑바로 바라보며 그렇게 물어온 사람은 그녀였다.

"왜 묻노?"

"궁금하니까 묻지. 너네 엄마도 내 나이를 귀찮도록 물었잖아."

"열세 살이다. 우짤래?"

"내 동생뻘이구나."

전혀 염치나 쑥스러움을 두지 않고, 내게 대뜸 말을 건네는 대담성을 보였을 뿐만 아니라, 꽤나 긴 시간 동안 내게 박고 있는 시선을 거두지도 않았다. 어머니는 대견한 것이라도 발견한 것처럼 그녀를 핀잔주지 않고 바라보기만 했다.

그녀가 도망하지 않는 한, 어머니는 그녀를 우리집에 거두기로 작정한 것이 틀림없었다. 어머니는 될수록 그녀가 문밖으로 나갈 수 있는 기회를 만들지 않으려 애쓰는 것 같았다. 그녀를 문밖으로 내보내지 않으려는 데는, 그녀가 한곳에서 진득이 눌러살 수 있는 성품을 가지고 있는지 관찰해보자는 것이었고, 다른 한 가지는 일찍부터 이웃의 구설수에 오르는 것이 싫었기 때문이었다. 어머니의 그런 노력은 눈길밖에는 보이는 것이 없게 된 문밖의 정상으로 말미암아 당장은 크게 힘들이지 않고 효과를 거두고 있었다. 눈 치우기 역시, 코앞에 닥친 위험은 우선 제거된 셈이었으므로 한숨을 돌리게 되었다. 또다른 눈 치우기는 오히려 그녀 때문에 게을리했다는 것이 옳은 말일지 몰랐다.

그녀가 앓고 있는 동상 치료는 그녀를 방안에 잡아둘 수 있는 비길 데 없는 핑계가 되었다. 그녀는 그 핑계 속에 갇혀 진력이 나도록 어머니와 나로부터 관찰당하고 있었다. 그러나 그녀는 개의치 않았다. 어머니가 기회 있을 때마다 아득바득 그녀의 실체를 밝히려 든다 해도, 한번 모른다고 했던 말은 애물단지란 핀잔이나 손찌검을 당한다 해도 다시 고쳐 말하지 않았기 때문이었다. 그런 고집이 내게는 너무나 생소한 것이었다. 어머니는 평소 당신의 뜻에 합당한 대답을 받아낼 때까지, 내가 했던 말을 여러 번 바꾸도록 닦달했기 때문이었다. 어머니는 그처럼 고집을 싫어했다. 당신의 고집을 간직하기 위해 내 고집을 용서하지 않았다.

사흘이 흘러갔는데도 밖에 쌓인 눈은 좀처럼 녹을 줄 몰랐다. 눈 내리기가 바쁘게 매서운 추위가 들이닥친 까닭이었다. 내 거처는 그녀의 출현으로 말미암아 안방 옆에 있는 도장방으로 옮겨졌다. 음습한 곰팡이와 먼지 내를 서둘러 털어내고 마련한 그 거처는, 장정 한 사람이 겨우 발을 뻗고 몸을 누일 수 있을 만한 협소한 공간이었다. 추위가 기승을 떨수록 따뜻해지는 안방에서 쫓겨났다는 서운함은 없지 않았지만, 그 협소한 공간이 마련해주는 정서적 팽만감이 오히려 나를 편안하게 안정시켰다. 게다가 내 잠자리가 언제 부러질지도 모를 위태위태한 대들보 아래에서 비켜나게 되었다는 안도감은, 위로의 차원을 넘어 행복하기까지 하였다. 안방에서의 내 잠자리는 언제나 대들보가 가로지른 정면 아래쪽이었다. 지금까지 까맣게 잊혀 있던 도장방이란 공간이 미닫이문 하나를 사이에 둔 안방 옆에 존재하고 있었다는 사실이 믿어지지 않을 정도였다. 미닫이문 하나를 사이에 둔 그 비밀스러운 공간이 장차 내게 제공해줄 은밀함에 전율마저 느꼈다. 나 혼자만의 그 공간은, 열세 살이라는 미흡한 성장도에도 불구하고 남자라는 징표를 얻어냈다는 우쭐한 기분이 들게 만들었다.

적요와 평온은 다시 우리집을 찾아왔다. 재봉틀 소리가 들려오기 시작했다. 따뜻한 방안에는 새 옷감들을 들썩거릴 때마다 풍기는 신선한 내음이 설핏하게 고이기 시작했다. 돌아가던 재봉틀이 간간이 멈추는 사이, 그녀와 도란도란 얘기를 나누는 어머니의 목소리는 어느 때보다 편안하게 느껴졌다. 눈이 내린 이후, 어머니의 태도는 더욱 조심스러워졌다. 아버지와 절친한 사이였던 옆집 남자의 주선으로 부역꾼들이 우리집 앞의 눈을 치워주었을 때도, 어머니는 거의 알은척을 하지 않았을 만큼 냉담하게 절제된 모습을 보여주었다.

어머니는 바느질에서 일손이 떨어지면, 오직 삼례의 동상을 구완하는 일에만 집착하는 듯 보였다. 연뿌리를 짓찧어서 손바닥만 한 크기의 전병처럼 만든 다음, 식초로 씻어낸 환부에 발라주거나, 생강즙을 달여 고약처럼 응고시켜 발등에 발라주는 일을 조금도 지겨워하는 기색을 보이지 않고 아침저녁으로 반복하였다. 그때, 그녀는 자신의 발등 위로 상반신을 깊숙이 숙이고 있는 어머니의 어깨 너머로 나를 뚫어져라 바라보곤 하였다. 그런 때 그녀가 내게 보내는 위압적인 시선은 막연한 불량기를 느끼게 하는 것이었지만, 온 삭신이 옥죄어드는 듯한 섬뜩한 흡인력도 함께 갖고 있었다. 평소에는 아무런 초점도 없이 눈앞을 응시하고 있던 그녀의 시선이 나를 바라볼 때만 그토록 강렬한 눈빛으로 돌변하는 것 같았다. 그 시선이 가진 진정한 의중을 나는 알아챌 수 없었다. 그러나 그 눈빛엔 흡사 달려가서 자폭이라도 할 것 같은 섬뜩한 진실의 무늬 같은 게 담겨 있었다.

어느 날, 그녀가 측간으로 나간 사이, 어머니는 나를 손짓으로 불러 타일렀다.

"누가 너더러 삼례가 웬 아이냐고 묻거든, 에미의 친정 고장 먼 친척 되는 누부라고 대답하그라. 나이도 니보단 서너 살이나 손위이고, 염치를 차리는 심성도 남의 허물 될 것 같지 않아 보이드라. 총기도 그만하면 반편이란 말은 듣지 않겠으이, 누부라 불러도 크게 챙피스러운 일은 아일 기다."

"그렇게 말한다고 동네 사람들이 덮어놓고 믿을라 카겠습니꺼? 우리집에 오기 전에 다른 집에도 동냥하러 다녔으면, 얼굴 아는 사람들이 많을 긴데……"

"눈 오던 날, 해거름에 난생처음 우리 동네로 발을 들여놓았다면, 누가 삼례의 모색을 알겠노. 어디 그뿐이가. 그날 이후로 대문밖으로는 한 번도 나간 일이 없으이, 니만 딱 잡아떼면 의심 둘 사람이 없제. 설마 그애가 챙피스러운 지 본색이 이러저러하다고 지절거리고 다니지는 않겠제."

"꼭 누부라고 불러야 되겠습니꺼?"

"누부라고 안 부르면 우짤래? 얻어묵으러 들어온 걸부새이를 거두었다면, 십중팔구 자발없는 여편네들의 구설수에 오르게 될 기다. 속사정은 모르고 우리를 걸부새이하고 같이 살고 있는 이상한 사람들이라고 수군거리겠제."

"꼭 같이 데불고 살아야 되겠습니껴? 누부라고 부를라 카이 입이 안 떨어집니더."

"곱다시 얼어 죽을 목숨 하나를 활인한 셈 잡아야제…… 그 몹쓸 죄를 대신 탕감하자면, 몇 곱절 되는 활인인들 주저할 처지가 아이다."

"뭐라 카셨습니껴?"

"뭐 그렇다는 이바구다. 니가 한사코 싫다 카모 할 수 없지만, 에미의 심사를 조금이라도 짐작하거들랑, 눈꼴사납드라도 누부로 대접하그라."

어머니가 말꼬리를 서둘러 얼버무리는 것은 흔치 않은 일이었다. 남다른 눈썰미를 가진 덕분에 삯바느질로 연명하게 되었지만, 사리분별을 가리는 성깔과 언변 역시 분명한 여자로 평판이 나 있다는 것을 나는 알고 있었다. 그런 어머니의 얼버무리는 말꼬리에는 분명 남모를 비밀이 숨겨져 있는 듯했다. 그러나 그 비밀의 문 앞에는 언제나 어머니가 버티고 서 있었다.

눈이 내린 이후, 처음 있었던 외출은 삼례와 동행이었다. 곱게 지어서 다림질까지 한 한복 한 벌을 주문했던 사람에게 전달하는 심부름이었다. 마을 동쪽 끝에 있는 약국집이었는데, 삼례와 동행시킨 이면에는 장차 그 일을 삼례에게 대신 시키겠다는 어머니의 속셈이 있는 듯했다.

파헤쳐진 길바닥과 곳곳에 쌓아서 방치해둔 눈더미들 때문에,

평소엔 눈 감고도 찾아갈 수 있던 길인데도 약국집까지 갈 동안 나는 두 번이나 엉덩방아를 찧고 말았다. 그러나 발등의 동상으로 뒤뚱거리는 걸음걸이던 삼례가 넘어지는 경우는 없었다. 그래서 집을 출발할 당시에는 내 손에 들려 있던 옷보퉁이가 그 집 앞에 이르렀을 땐, 어느새 삼례의 손에 들려 있었다. 게다가 삼례는 내가 미처 만류할 사이도 없이 나보다 먼저 달려가 약방 문을 열고 성큼 안으로 들어섰다. 순식간에 삼례에게 기선을 빼앗긴 것이었다. 단골이었던 그 집 아주머니가 굳이 나를 불러들이지 않는 한, 밖에서 기다릴 수밖에 없었다. 물론 그런 일은 일어나지 않았다. 내가 해진 소매 속으로 옹골지게 파고드는 추위에 떨어가며 약방 문 곁에서 사뭇 삼례를 기다리고 있었던 것은, 집안으로 들어갔을 경우 그 집 아주머니로부터 필경 삼례가 누구냐는 추궁을 받으리라는 예상 때문이었다.

멀리 바라보이는 방천둑 위로 뽀얗게 밀려가는 눈보라를 바라보며 오들오들 떨고 서 있는데, 드디어 약방 문이 드르륵 열렸다. 삼례가 나를 향해 손짓하고 있었다. 그녀의 손 안에는 어머니의 품삯이 들려 있었다. 나는 삼례의 경솔함이나 부주의를 나무랄 수 없었다. 지어진 옷을 정확하게 전달하고 약속되었던 품삯을 받아쥔 이상, 그녀를 면박할 핑계가 없었다. 자칫 볼멘소리로 나무라고 들었다가는 기선을 빼앗긴 알량한 분풀이로만 비칠 것 같기도 했다. 외갓집 친척 누나라는 거짓말로 그녀를 두둔해야 할 일이 벌어지지 않은 것만도 고맙게 여길 일이었다.

놀랄 만한 일은 그것뿐만 아니었다. 우리집으로 뛰어들었던 그날 이후, 단 한 번도 바깥출입이 없었던 그녀가 우리 동네의 지리를 나 못지않게 꿰고 있었기 때문이다. 눈 오던 날, 해 질 무렵 처음으로 우리 동네를 찾게 되었다는 어머니의 짐작은 빗나간 것인지도 몰랐다. 그 약국을 찾아갔을 때도 삼례는 전혀 초행길의 서투름을 보이지 않았다.

집으로 돌아오는 길에 시큰둥한 내게 먼저 말을 걸어왔던 것은 삼례였다.

"그 여자가 보자기를 풀어보기도 전에 눈깔을 치뜨고 누구냐고 꼬치꼬치 묻더라."

"그래서 뭐라 캤노?"

"옷이나 주문한 대로 되었는지 꼼꼼하게 살펴보시라고 되받아줬지."

"버릇없이 대꾸하면, 어무이가 화내신대이."

"누구냐고 묻는 말도 한두 번이어야 말이지. 내가 누군지 나도 모르는데 만나는 사람마다 한결같이 너 누구냐고 파고들면, 넌 짜증 안 나겠니?"

"니가 누군지 참말로 모르나?"

"그렇다니까. 나도 답답해서 죽겠는데, 생판 얼굴도 모르는 사람들이 더 궁금해하는 꼴에 기가 찰 노릇이라니까."

"그래도 말대꾸가 버릇없으면, 어무이한테 혼난대이."

"혼날 것 없어. 서로 처음 만나면, 그 사람이 누군지 궁금한 건 나도 마찬가지야. 그렇지만 내가 묻지 않는데, 어째서 자기네들만 나보고 꼬치꼬치 묻냔 말이야."

"하늘에서 뚝 떨어졌다 카제."

"그럴 수야 없지."

그럴싸하게 둘러대는 듯한 그 변명이 가지고 있는 뜻을 송두리째 알아들을 수는 없었다. 하지만 삼례의 성깔도 만만치 않다는 것만은 알 수 있었다.

그 첫나들이에서 얻은 성과에 어머니는 만족했다. 받아온 품삯도 정확했을뿐더러, 몇 번인가 눈구덩이 속에 꼬꾸라져서 허우적거리던 나를 부축하느라 숱한 곤욕을 치렀다고 떠벌린 삼례의 느닷없는 거짓말에 감동했기 때문이었다. 이상한 것은, 그리고 나였다. 약국까지 다녀올 동안 눈길 위에서 치렀던 경험들은 전혀 대수롭지 않은 것들이었다. 소년들이 눈길에서 아차 해서 엉덩방아를 찧는 일 따위는 다반사였다. 그런데 그 하찮았던 일들이 그녀의 입을 통해 턱없이 과장되거나 위장되면서 조금도 의심받거나 모순됨이 없는 진실로 포장되고 있었다. 내가 빤히 바라보고 있는 면전이라는 것조차 무시하고 들었기 때문에 어머니는 물론이었고, 나까지도 그녀의 말을 믿어 의심할 수 없을 정도였다. 그런 터무니없는 언동에도 진실의 무게가 고스란히 담겨 있게 만드는 괴력을 삼례는 갖고 있었다.

이상한 일은 그날 밤에도 있었다. 언제 갖다놓은 것인지는 알 수 없었지만, 내가 거처하고 있는 도장방의 궤짝 위에 꼭 움켜쥐었다가 가만히 내려놓은 듯한 한 줌의 사탕이 놓여 있는 것을 발견하였다. 삼례의 짓이라는 것을 당장 알아차릴 수 있었다. 그 사탕은 잡화상을 겸하고 있는 약국의 진열대 위에 놓인 함석통 속의 것이었다. 삼례가 그것을 훔친 것이었다. 약국집 아주머니가 수고의 대가로 사탕을 집어줄 만큼 심덕이 좋은 여자도 아니었고, 살림살이를 망조 들게 하려면 군것질이 제일이라고 훈육하길 좋아하는 어머니의 배려는 더욱 아니란 것을 알고 있었기 때문이다. 그것을 발견하는 순간, 나는 전율을 느낄 만큼 놀랐다. 그러나 삼례가 훔치는 일에 능숙하다는 그 비밀의 수렁에는, 지독하게 매운 고추를 먹었을 때처럼 고통스러움을 통한 파괴적 쾌감이 있었다. 그것을 소리나지 않게 먹어치우느라 나는 잠을 설쳤고, 이튿날 아침에는 혓바늘까지 돋아 아침 끼니를 께적거리다 말았다.

아침나절 동안 몇 번인가 삼례를 훔쳐보았지만, 내가 그렇게 해주기를 바라고 있었듯이 시치미를 딱 잡아떼고 알은척을 하지 않았다. 그날 밤, 뼛속까지 녹아드는 듯 달고 달았던 맛의 경험과 경이적인 도둑질의 추억은, 눈앞에 펼쳐진 채로 걷힐 줄 모르는 설국의 은세계와 더불어 나를 혼란 속으로 몰고 갔다.

내 상상력의 가녘 바깥에 존재하였다가, 불쑥 몸체를 드러낸 설국의 세계 역시 몸 떨림이 가시지 않은 열병과 같은 강도로 나를 흥분시켰다. 눈부신 설원 위에 한 사람의 무희가 나타났기 때문이었다. 무희는 아득하게 펼쳐진 눈밭 위를 거침없이 헤엄치거나 날아다니는 것처럼 보였다. 오랜 구걸생활을 경험하는 동안, 가슴속에는 경멸과 험담으로 인한 구김살이 켜켜로 쌓여 있을 텐데도, 남의 속내를 요리조리 훔쳐보는 용렬하고 얄미운 버릇도 없었다. 그래서 그녀가 보여주는 설원 위의 춤사위는 활달할 수밖에 없었다.

그녀는 마을의 몇몇 청년들과 어느새 친숙한 사이가 되어 있었다. 사람들은 삼례가 어머니 친정집 고장의 동기간이라는 것도 알고 있었고, 어머니의 바쁜 일손을 품앗이하려고 달려온 처지란 것까지 알고 있었다. 어머니의 극진한 조섭으로 발싸개까지 벗어던질 수 있게 된 삼례의 발길은 그래서 어머니가 금기로 여기던 곳까지 닿아 있었다.

삼례에게는 먼 곳에까지 나들이를 시켜도 틀림없이 돌아오는 회귀본능이 있다는 것에, 어머니는 자긍심까지 갖고 있었다. 그러나 그녀가 이웃 동네까지 출입을 하게 되면서 어머니는 더욱 움츠러들었다. 바깥출입이 더욱 번거로워진 탓이었다. 예전처럼 번다한 문밖출입을 하지 않아도 견딜 수 있게 되었다는 평온함이 어머니의 얼굴에 자리잡았다. 그녀는 이제 주문받은 옷을 전달하는 데 그치지 않고, 돌아오는 길에 새로운 주문을 받아오기 시작했다. 주문과 생산의 주기가 빠르게 교차되면서 어머니에겐 밤샘하는 날이 많아지기 시작했다.

그러던 어느 날, 어머니는 먼지와 실밥투성이를 뒤집어쓴 옷을 벗고 서둘러 나들이옷으로 갈아입고 있었다. 그리고 말 한마디 없이 집을 나섰다. 바느질한 옷 두 벌을 삼례를 시켜 전달하고 돌아오라는 분부를 내린 조금 뒤의 일이었다. 꽤나 오랜 시간이 흘러간 뒤, 어머니는 삼례보다 한발 앞서 집으로 돌아왔다. 그토록 평온했던 얼굴이 파랗게 질려 있었다. 양미간에 서린 살벌한 기운이 만만치 않았다. 반짇고리와 재봉틀에서 시선을 거둘 줄 모르던 어머니는 문득 뇌까렸다.

"회초리 만들어오그라."

나지막했으나 목소리에 담긴 긴장감은 치가 떨릴 지경이었다. 눈이 내린 이후 어머니의 첫 외출은 삼례를 미행하기 위한 것이었다. 간격을 두고 집으로 돌아온 삼례를 어머니는 부엌으로 불러냈다. 부엌 앞뒷문을 꼭꼭 걸어잠근 뒤, 내가 마련한 회초리 두 개가 부러져 거덜나도록 불문곡직, 그리고 무슨 결딴이라도 낼 듯 삼례를 매질하기 시작했다. 지친 어머니가 매질을 멈추었을 때, 구태여 매를 피하지 않고 암팡스럽게 받아내던 삼례의 얼굴과 목덜미 여기저기에는 회초리 끝이 할퀴고 지나간 상처 자국이 쇠톱날이 긋고 지나간 것처럼 선명하게 남아 있었다. 동상을 조섭하던 정성스러움과 비교하면, 너무나 돌발적이고 참혹한 매질이었다. 그것은 삼례가 십 리 거리에 있는 읍내의 춘일옥春日屋이란 곳을 출입한 까닭이었다.

춘일옥엔 화사한 옷차림의 작부들이 살고 있었다. 이웃 마을 여러 집의 바느질감을 도맡기 시작한 이후에도 어머니는 유독 춘일옥의 일감만은 거두지 않았다. 바느질 솜씨가 탐났던 춘일옥의 여자들은 인색한 여느 품삯의 배를 주겠다는 제안도 했었지만, 그때 역시 거두절미하고 들은 척도 않았다. 춘일옥과는 거래를 하지 않는다는 닦달을 받았을 텐데도, 삼례는 어머니 모르게 춘일옥의 일감을 주문받았던 게 틀림없었다. 미처 깨닫지 못했던 어머니가 뒤늦게 눈치를 챈 것은 요구해왔던 옷모양새가 유별났기 때문이었다. 저고리의 옷본과 옷감을 보내면서, 양쪽 곁마기 치수를 짧게 재단해 겨드랑이 속살이 살짝 드러나게 지어달라는 주문이 화근의 실마리가 되었다. 미심쩍었던 어머니는 삼례의 뒤를 밟아 춘일옥의 출입을 확인한 것이었다.

삼례에게 참혹한 매질을 내린 그날, 어머니는 끝내 바느질감을 손에 들지 않았다. 어머니가 춘일옥에 그토록 매몰찬 경계심을 두고 있는 까닭은 무엇일까. 그것이 아버지와 관련이 있는 것은 아닐까.

"경주慶州 최씨崔氏 가문을 욕되게 한 계집사람이 된 것도 몹쓸 일이제. 그런데 팔자조차 기박해서 지금은 또 바느질품을 팔아서 지탱하고 있는 못난 처지가 됐지만, 한길가에 나와 서서 희희낙락 웃음을 팔고 있는 가시나들의 옷치레까지 내가 나서서 골몰을 겪어야 한다면, 차라리 도둑질로 연명하는 게 낫제."

회초리에 할퀸 자국이 덧나지 말라고, 들기름에 솥검댕이를 으깨어 발라주며 어머니는 혼잣소리로 그렇게 중얼거렸을 뿐이었다. 어머니에게 목덜미를 내맡기고 앉아 있던 삼례는 그때도 어머니의 어깨 너머로 나를 뚫어져라 바라보았다. 그리고 어머니가 방을 비우고 나간 사이 삼례는 정색하고 내게 핀잔을 주었다.

"넌 누나가 매질을 당하고 있는데도, 방구석에 숨어서 문틈으로 훔쳐보기만 하는 거니? 나쁜 자식."

나는 그 순간 뜨끔하였지만, 아니라고 둘러댔다.

"문구멍으로 내다본 적 없대이."

"거짓말 마. 내가 다 본걸."

"매맞느라고 정신없던데, 언제 봤노?"

"그깟 매질 따위는 하루종일 맞아도 난 아무렇지 않아. 너네 엄마가 나를 매질했다고 생각하니? 그게 아냐. 너네 엄마는 한풀이를 한 거야. 너 그거 알고 있니?"

"한풀이는 무당들이 하는 거 아이가?"

"무당이 하는 한풀이는 돈 받고 하는 거구, 너네 엄마 한풀이는 약 발라줘가며 하는 거다. 너 그거 알고 있니?"

"지금, 우리 어무이 흉보고 있는 거제?"

"흉 좀 보면 어때. 나도 바늘쌈지 같은 입이 있는데. 고분고분 맞아주는 것만도 하루 세끼 밥값은 톡톡히 하는 셈이라는 거 너 알기나 하니?"

"그래도 어무이 흉보면 안 된대이."

"주제에 핏줄이라고 편들고 있구나."

밖으로 나간 뒤 한동안 기척이 없던 어머니가 방으로 들어왔을 때, 양쪽 눈 가장자리가 붉게 상기되어 있었다. 어머니는 아무런 말도 없이 방 윗목으로 가서 앉았다. 그리고 만들기 시작한 것이 가오리연이었다.

연이 완성되었을 때는 먼 산자락 아래로부터 저녁 이내가 설핏하게 고이기 시작할 무렵이었다. 삼례와 나는 연을 받아들고 집을 나섰다. 마을에서 방천둑이 있는 곳까지는 가까운 거리가 아니었다. 그러나 눈밭 속에는 어느새, 우리보다 앞서 방천둑까지 내왕했던 어른들의 발자국이 남아 있었다. 삼례와 나는 어른들이 남긴 큼직한 발자국들을 따라 방천둑 아래까지 걸어갔다. 남겨진 발자국을 덧밟으며 조심스럽게 걸었기 때문에, 엉덩방아를 찧고 넘어지거나 미끄러지는 봉변 따위는 겪지 않았다. 나는 소택지들이 자리잡고 있던 곳을 어림잡아 살펴보았다. 그러나 눈에 덮인 설원만 펼쳐져 있을 뿐, 그곳들을 도무지 가늠할 수 없었다. 다만 지난번에 내린 폭설이, 완강하게 덮여 있던 소택지의 물이끼들을 깡그리 녹여버린 것은 확실해 보였다. 그때, 나는 정말 궁금했던 한마디를 삼례에게 던졌다.

"우리집 부엌문에 달아두었던 홍어 한 마리 니가 먹었드노?"

"너네 집에 홍어가 있었니?"

"그래, 있었대이."

"그게 없어졌다는 얘기지?"

"그래."

"그걸 내 탓으로 돌리는구나. 그 홍어가 바다를 떠나 이 산골 동네까지 와서 또다시 종적을 감춰버렸으니, 그 홍어 팔자도 나만치 기구한 편이구나. 하지만 난 그 홍어 모른다. 배가 고팠다 할지라도 그 짜고 못난 홍어 한 마리를 내가 무슨 재간으로 먹을 수 있겠니?"

와락 화를 돋우며 쏘아붙일 줄 알았는데, 다소 비아냥거리긴 했지만 차근차근 알아듣도록 얘기해주었다. 우리는 어른들이 다녀간 흔적이 없는 방천둑의 경사면을 미끄러지고 넘어지면서 가까스로 기어올랐다. 그리고 삼례를 저만치 내쳐 세워 연을 띄우게 한 뒤, 재빨리 얼레의 연줄을 풀었다. 그러나 지붕 높이만큼 떠오르던 연은 금방 꼬리를 눈밭 위로 질질 끌면서 깝죽깝죽 내려앉고 말았다. 바람이 불고 있는 날인데도 그랬다. 몇 번이나 고쳐 띄워보았는데도 그때마다 연머리는 눈밭 위로 곤두박이고 말았다. 전혀 예상하지 못했던 일이었다. 연을 거두어 꼼꼼하게 살펴보기도 했었지만, 결함은 발견할 수 없었다.

나는 참담한 심정으로 방천둑의 끝간데를 물끄러미 바라보고 있었다. 날지 않는 연은 내 탓인 것 같았고, 가슴에 켕기는 것은 어머니의 실망이었다. 연을 날리지 못하고 돌아갔을 때, 내가 보아야 할 어머니의 우울한 얼굴이 눈에 선하게 떠올랐다. 그때였다. 쿡쿡 웃음을 삼키는 소리가 들려왔다.

"세영이 너, 처음부터 연이 뜰 줄 알고 여기 온 거니?"

삼례와 나는 옷소매 속으로 지악스럽게 기어드는 추위 때문에 이빨 마주치는 소리가 나도록 떨고 있었다. 우리는 잔뜩 쪼그린 채, 서로의 어깨짬을 비비며 눈 위에 앉아 있었다. 사위는 바람 한 점 느낄 수 없었고, 자우룩하게 찌푸린 회색 구름이 앞산 등성이 위로 무겁게 내려앉아 있었다. 또다시 폭설이 내릴 조짐이었다.

"너도 눈깔이 있다면 하늘을 쳐다봐. 이런 날씨에도 연이 뜬다면, 올챙이가 개구리를 낳겠다."

"언제부터 구름이 끼었드노?"

"오후부터다. 넌 그것도 모르고 있었니?"

"니는 연이 안 뜰 줄 알았으면서 입도 안 떼고 왜 날 따라왔노?"

"너네 엄마가 정성 들여 연을 만드는 꼴을 보고 차마 훼방놓는 말을 할 수 있어야지."

삼례는 이미 어머니의 가슴속에 자리잡은 비밀스러운 앙금조차 눈치채고 있는 듯했다. 삼례가 나를 꼬드기기 시작했다.

"눈 내리기를 빈다면 모를까, 여기서 바람이 불어주기를 기다리는 건 바보짓이다. 어둡기 전에 내려가자."

"연 못 날리고 가면, 어무이한테 혼날 기다. 어무이가 언짢아할 긴데."

"그럴 법도 하겠다. 그렇지만 시치미 딱 잡아떼고, 연을 날리고 왔다고 말하면 알 게 뭐야. 너네 엄마가 우릴 감시하고 있는 것은 아니잖아."

"내보고 거짓말하라꼬?"

"넌 곧이곧대로 꼬아바쳐서 너네 엄마를 언짢게 만드는 게 좋으냐, 아니면 거짓말해서 시무룩한 엄마를 기쁘게 해주는 게 좋으냐? 너 그런 거 알기나 하니?"

썩 내키지는 않았지만 연과 얼레를 거두었다. 그리고 올라올 때 만들어놓은 눈길을 따라 방천둑에서 내려왔다. 마을 뒤쪽을 완만하게 감고 돌아가는 길목에 당도했을 때였다. 삼례가 불쑥 물었다.

"넌 새를 산 채로 잡을 줄 아니?"

"새총으로는 잡아봤제."

"죽은 새를 잡아봤자, 구워먹기밖에 더하겠니. 이렇게 눈이 억수로 내리게 되면, 새들도 춥기만 한 숲속에선 살지 않는다. 사람 냄새가 나는 따뜻한 동네로 내려와서 살지. 쪼아먹을 씨앗이며 번데기 들이 사그리 눈 속에 묻혀버렸고 설한풍이 불어닥치는데, 용빼 재간이 있겠니. 사람이 무섭긴 하겠지만, 이쯤 되면 새들 눈에도 보이는 게 없어지는 거지. 너 같은 시골뜨기가 그걸 알기나 하겠니."

"니는 왜 말끝마다 내보고 시골뜨기라고 머티면박를 주노? 내가 니 공깃돌이가?"

"아쭈! 가진 쓸개는 있어서 눈깔을 똑바로 뜨고 발끈하네. 너한테 놈 자 붙여주기 싫어서 시골뜨기라 했는데, 지금부턴 촌놈이라고 불러줄까."

"기분 나쁘게 촌놈이라 카지 마라."

"알겠다, 이 촌놈아."

저녁 이내가 희뿌옇게 내려앉은 지도 오래전 일이었지만, 설국의 밤은 선불리 어두워지지 않았다. 오히려 낮보다 더 밝은 듯한 시퍼런 설야가 골목길 안쪽까지 쌓여 있는 눈밭 위로 속살을 드러낸 채 누워 있었다.

뽀드득거리는 발소리를 죽여가며, 이 집 저 집 기웃거리던 삼례가 뒤따라가는 시늉만 하고 있던 내게 손짓하였다. 그녀가 표적으로 삼고 있는 집은 지은 지가 꽤 오래된 초가였다. 오래된 초가는 한 해의 추수를 끝낼 때마다, 볏짚 이엉으로 지붕을 덧씌웠다. 그래서 처마에 실려 있는 볏짚의 두께가 껑충할 뿐 아니라, 구새먹은 통나무처럼 구멍 뚫린 곳이 많아 혹한을 건너가야 할 새들이 보금자리로 삼기에 안성맞춤이었다. 더욱이나 굴뚝이 처마를 스치며 가로질러 올라간 볏짚 구멍에는 응당 새들이 깃을 틀고 있었다. 그곳이 새들에게도 따뜻했기 때문이었다.

우리는 그 초가의 뒤꼍으로 숨어들었다. 흙벽을 뚫어낸 작은 봉창으로 초저녁 불빛이 흘러나오고 있었지만, 한동안 귀를 기울여 보아도 사람의 말소리는 들려오지 않았다. 식구들은 등잔을 켜둔 채로 밤나들이를 간 모양이었다. 방에 인적이 없다고 짐작한 우리들의 거동은 좀더 대담해졌다. 삼례는 굳이 발소리를 죽이려 들지 않았고, 나는 까닭 없이 쿡쿡 웃기 시작했다. 굴뚝을 발견한 삼례는 그 처마 아래에 이르자, 나를 향해 상반신을 기울였다. 그리고 손으로 자신의 어깨를 가리켰다. 나더러 무동을 타라는 것이었다. 처마의 높이가 실망을 안길 만치 높지는 않았지만, 우리 둘 중 한 사람의 키꼴로는 볏짚 구멍 끝까지 팔을 집어넣기에 역부족이었다. 발뒤꿈치를 들어 처마 끝머리까지는 가까스로 손이 닿는다 할지라도, 놀라서 발버둥칠 새들은 놓치기 십상일 것이었다. 나를 어깨 위에 올린 삼례는 이빨을 사리물며 상반신을 곧추세웠다. 나는 반사적으로 두 다리의 사타구니로 삼례의 목덜미를 죄어 끼웠고, 나도 모르게 그녀의 얼굴을 두 손으로 감싸안고 말았다. 그런데 아래쪽에서 비명에 가까운 외마디소리가 들려왔다.

"이 촌놈의 새끼야, 눈을 가리면 난 어떡하니?"

소스라친 나는 삼례의 눈두덩을 가리고 있던 손바닥을 얼른 쳐들었다. 내 몸무게에 부대낀 삼례가 발을 헛디디며 휘청거렸고, 내 두 팔은 허공을 짚고 허우적거렸다. 그 순간 내 시선에는 또다른 은세계가 펼쳐진 것을 보았다. 밤빛 아래로, 고요조차 가라앉은 그 밤빛의 설원 위로, 나는 순간적이나마 날아가고 있다는 몽환을 맛본 것이었다. 이마를 스치는 신선한 바람은, 어느새 내 폐부 깊숙한 곳까지 스며들었고 홍어의 그것보다 더 크고 투명한 날개를 겨드랑이에 달아주었다. 나를 몸달게 면박하고 있는 삼례의 목소리가 들려오기까지 짧았던 그 순간에도, 설원 위를 날았던 나의 비상은 끝간데없이 길었다.

"니 거기서 뭐하고 있노?"

내 사투리를 흉내내어 앙칼지게 쏘아붙인 삼례가, 홉뜬 눈으로 나를 치떠보았다. 휘청거리던 삼례의 발짝이 처마도리에 있는 볏짚 구멍 가까이로 다가서는 찰나, 나는 한 손으로 얼른 처마끝을 낚아챘다. 그와 함께 삼례도 구심력을 되찾아 허리를 꼿꼿하게 세우고 곧바로 섰다. 주저하고 있을 사이도 없이 얼른 새집 구멍 속으로 손을 집어넣었다. 촉각이 곤두설 대로 곤두선 손을 야금야금 밀어넣고 있었으나, 손끝에 얼른 와닿는 것이 없었다. 초조해지기 시작했다. 덜컥 두려움이 앞서기도 했다.

그 순간이었다. 큼직한 무엇이 손끝에 물컹 와닿았다. 물컹할 뿐만 아니라, 꿈틀하는 것 같기도 했다. 간이 툭 터질 것같이 놀란 나는 볏짚 구멍에서 와락 손을 빼버리고 말았다. 겨울잠 자던 구렁이는 아니었을까. 등골을 칼날로 긋는 듯 오싹했던 그 순간, 나는 보았다. 검은 돌처럼 생긴 한 마리의 작은 새가 날개를 퍼덕이며 허공으로 날고 있었다. 그러나 새는 갈피를 잡지 못하고 갈팡질팡이었다. 눈 덮인 지붕의 물매를 따라 팔매질한 돌처럼 일직선으로 날아가는가 하였더니, 곧장 지붕마루 위로 꽂혔다. 땅에 떨어진 새우가 튀듯, 눈밭 위를 뒹굴던 새는 그러나 곧장 방향감각을 되찾아

먼 하늘 저편으로 날아가버렸다. 우리는 넋을 뺀 채 허공으로 시선을 박고 있었으나, 새는 다시 돌아오지 않았다. 연을 날려보냈을 때보다 더욱 애틋한 후회와 허탈이 가슴에 남았다. 새가 날아다니는 특질을 가지고 있는 동물이란 것을 그때처럼 섬뜩하게 느껴보기는 처음이었다.

"놓치긴 했지만, 새는 얼마나 속시원할까."

그때까지도 시선을 허공에 박고 있던 삼례가 혼잣소리로 중얼거렸다.

"아비새는 날아갔지만 어미새는 아직 있을 거야. 널 시켰던 내가 바보지."

흥분한 삼례가 새를 놓쳐버린 내게 주먹질을 할 것이란 예상은 빗나갔다. 나를 내려놓은 삼례는 그대로 눈밭 위에 앉아 배설을 하고 있었다. 눈밭을 파고드는 오줌줄기 소리가 옷감을 찢는 소리처럼 앙칼졌다. 그녀는 가랑이를 벌리고 앉은 자세 그대로 내게 말했다.

"저기 있는 지게 이리 끌고 와."

축담에 기대 세운 지게는 눈밭 속에 반쯤 묻혀 있었다. 나를 다시 무동 태우는 대신 삼례는 굴뚝에 기댄 지겟다리를 밟고 올라섰다. 그녀의 손놀림은 민첩하고 침착했다. 그녀는 우선 구멍 속에 있는 볏짚 부스러기부터 차근차근 밖으로 긁어내고 있었다. 시꺼멓게 썩은 볏짚 부스러기들이 시큼한 냄새를 풍기며 우수수 아래로 떨어졌다. 삼례는 견대팔이 처마도리에 묻히도록 손을 구멍 속 끝까지 밀어넣고 있었다. 오랜 시간이 흘러간 것 같은데도 그녀는 얼른 새를 잡아내지 않았다. 삼례는 자신의 손끝에 와닿고 있는 무엇과의 교감을 즐기고 있는 듯했다. 드디어 삼례가 말했다.

"이거 받아. 너무 꽉 눌러쥐면 안 돼. 심장이 터지면 금방 죽을 테니깐."

나는 그녀가 조심스럽게 넘겨주는 새를 두 손으로 감싸서 넘겨받았다. 새는 온몸으로 소리내어 울고 있었다. 파르르 떨고 있는 새가 내뿜고 있는 옹골진 체온은 손바닥이 뜨거울 정도였다.

"실꾸리 이리 가져와."

삼례는 날렵한 솜씨로 새의 다리에다 연실을 잡아매었다.

"날려봐. 달아나진 못할 거야. 네가 띄우는 연보다 몇 배나 더 멀리 더 높이 날 거다. 그깟 연이 대수겠어."

그러나 나는 역시 두 손으로 새를 감싸쥐고 있었다.

"촌놈, 겁먹었잖아. 날려보내기 싫거든 집으로 가. 이쯤 되면 내가 널 끌고 도망간 줄 알고, 너네 엄마 눈깔이 뒤집혀버렸을 거다."

그러나 우리들이 집에 당도했을 때, 불 켜진 방안에서는 재봉틀 돌아가는 소리가 고즈넉했다. 부엌의 외짝문에는 보리밥 익는 냄새가 설핏했다. 날리지 못하고 돌아온 연에 대해서도, 그리고 새집 털기에서 포획한 참새에 대해서도 어머니는 별다른 관심을 보이지 않았다.

"밥이 뜸들 때가 되었다. 나가보그라."

바느질이 잘못된 치마폭의 실밥을 후드득 뜯어내면서 어머니가 말했다. 그리고 삼례가 부엌으로 나간 사이 도장방 문을 열어보며, 어머니는 침울한 목소리로 말했다.

"또 눈이 오네. 새도 하늘님이 지펴준 목숨이다. 날려보내그라. 그 새는 성질이 급해서 니가 붙잡고 있으면, 모이를 줘도 먹지 않고 이틀이 못 가서 죽을 기다. 날아다니는 짐승은 날아다니며 살도록 놔둬야제. 그래야 지레 죽지 않고 지 신명껏 살다가 죽는 법이제."

어머니의 침묵이 두렵기 시작했다. 그러나 늦게 돌아온 까닭에 대해 변명을 늘어놓는다는 것은 내키지 않았다. 오히려 그것이 화근이 되어 이 평온을 깨뜨려버릴 수 있기 때문이었다. 어머니가 먼저 추궁하고 들 때까지 기다리자는 심산이었다. 그러나 재봉틀 돌아가는 소리는 밤늦도록 고즈넉했다. 그러던 어머니가 나를 들깨운 것은, 새를 날려보내고 잠든 지 서너 시간이나 되는 한밤중이었다. 어머니는 가까스로 눈을 뜬 내게 텅 빈 안방 아랫목을 가리켰다. 따뜻한 방에서도 오그린 몸을 다시 꼬부려야 가까스로 잠드는 버릇이 있던 삼례가 보이지 않았다.

"측간에 간 지 한 식경이나 되었는데…… 흔적도 없어졌대이."

희끗희끗 날리고 있는 눈발을 바라보며 나는 툇마루에서 내려왔다. 측간부터 살펴보았으나, 어머니 짐작대로였다. 툇마루에 서 있던 어머니가 나를 손짓하였다.

"아직 발자국이 지워지지 않았을지도 모르니, 발자국만 따라가 보그라."

한밤중에 삼례가 집을 나간 것이었다. 그러나 발자국을 따라가 보라는 어머니의 말을 나는 챙겨듣지 않았다. 그것은 삼례가 가졌던 그 깜찍한 지혜를 짐작하지 못한 말이기 때문이었다. 초저녁, 우리가 그 초가에서 새집 털기를 하고 막 나서려 할 때였다. 삼례는 서둘러 고무신의 앞쪽이 뒤쪽으로 가게 돌려신었다. 그리고 나를 들쳐업었다. 나는 우리들 등뒤로 남는 발자국을 돌아보았다. 다식판으로 꼭꼭 눌러찍은 듯 눈밭 위로 선명하게 남는 그 발자국들을 보면, 세 사람이 그 집 안으로 들어간 흔적은 있어도 밖으로 나간 흔적은 없었다. 그녀는 한길로 나와서야 나를 내려주고 신발을 바로 고쳐신었다.

그러나 어머니의 짐작이나 내 짐작 모두가 빗나가고 말았다. 눈밭 위에선 그녀가 집을 나선 흔적은 물론, 들어온 흔적도 찾아낼 수 없었다. 지난번의 눈처럼 끔찍스러운 폭설은 아니었는데도, 한길까지 나설 동안 그녀의 발자국은 전혀 찾아낼 수 없었다. 허공에선 회색 눈발이 간간이 날리고 있었다. 그녀는 분명 날아간 것이었다. 나 때문에 집에서 쫓겨난 그 새처럼, 삼례도 어디론가 날아가 버린 것이 분명했다. 두 사람의 발자국을 세 사람의 발자국으로 만들 수 있는 지혜가 있었다면, 민들레 씨처럼 가볍게 날아 큰 산등성이를 넘을 수 있는 지혜까지도 가졌을 만하였다.

나는 수없이 날려보낸 연들을 생각했다. 앞머리를 깝죽깝죽 키질하며 까마득하게 뒷걸음질쳐 사라지던 연들은 언제나 나를 비웃는 듯했다. 나는 갈피를 잡을 수 없었다. 어디론가 간다는 일이 절벽과 마주친 것처럼 아득하고 막막하기만 했다. 그러나 가야 하는 것이 삼례의 행방을 찾아나선 내가 해야 할 일이었다. 그런데 그런 중압감에 시달림을 받을수록 나는 갈 곳이 없었다. 나는 산정에 오른 늑대처럼 턱을 쳐들고 하늘을 보았다. 울어버린다는 해결책이 있긴 하였다. 그러나 이제 열세 살이 된 나에겐 비겁한 일이었다. 바로 그때였다. 어디선가 거칠게 몰아쉬는 숨소리가 빠른 속도로 다가오고 있었다. 내 두 다리를 감으며 엎어질 듯 와서 안기는 것은 옆집 누룽지였다. 그러나 누룽지가 가진 본능적 지혜 역시 이 눈 속에선 아무런 쓸모가 없었다. 마을에서 풍기던 모든 냄새들이 눈 속에 묻힌 지 오래되었기 때문이었다. 누룽지는 냄새 아닌 방법으로 나를 발견하고 달려왔을 것이었다. 누룽지는 때때로 주둥이를 내 바짓가랑이에다 비비곤 하였다. 그리고 누룽지와 나는 그렇게 서 있었다.

나도 모르게 눈물이 흘러내렸으나 가슴속은 더없이 편안했다. 한밤중을 지나고 있는 마을은 지층 아래로 침몰해버린 것처럼 고요했다. 아니 소택지에 있는 물이끼들 아래로 가라앉고 있는지도 몰랐다. 한 마리의 홍어가 앞머리를 날개처럼 출렁이며 헤엄치고 있을 그 소택지의 개흙 위로 가라앉고 있을지도 몰랐다. 홍어는 수

심 삼백 미터 가까운 심해에서도 인어의 지갑이라고 부르는 주머니에다 스스로 알을 낳아 보관할 만큼 질긴 생명력을 가지고 있었다. 그렇다면 아버지도 살아 있겠지.

문득 등뒤로부터 발소리가 들렸다.

"니 거기서 뭐하고 섰노?"

어머니가 마주치기 싫어하는 옆집 남자였다. 한자리에 붙박여 눈을 맞고 서 있었던 탓으로 뼈마디들이 굳어 얼른 몸을 돌릴 수조차 없었다.

"소피 보러 나왔다가 누룽지가 없어졌길래 살쾡이한테 끌려갔는가 싶어 놀래가지고 쫓아나왔다. 내가 불쑥 나타나서 니도 마이 놀랬나?"

"예."

"니같이 한참 부시댈잠시도 가만있지 않고 설칠 나이에 밤잠이 없는 것도 아일 긴데, 한밤중에 한길가에 나와서 눈 맞고 서 있는 까닭이 뭐로? ……짐작은 간다. 너그 아부지가 없어 심란하나? 그래도 어쩌겠노, 너그 어무이맨치로 참고 살아야제. 춘일옥 부인네하고 그런 불미스러운 일만 없었드라도 너그 어무이가 삯바느질로 고생스럽게 살지는 않을 긴데…… 너그 아부지가 허우대가 멀끔한 편이어서 싸가지 없는 여편네들 입초에 심심풀이로 자주 오르내렸던 게 탈이라면 탈이었제."

옆집 남자는 담배를 꺼내 입에 물었다. 메스꺼운 담배연기가 허공으로 흩어지지 않고 아래로 깔리면서 내 콧등을 간지럽혔다. 나는 옆집 남자가 들으라 하고 허리까지 꼬아가며 밭은기침을 토해냈다. 아버지를 은근히 헐뜯고 있는 듯한 그의 말이 귀에 거슬렸기 때문이었다. 그러나 그는 내 속내를 알아채지 못한 듯했다.

"멀쩡한 남의 여편네와 불미스러운 일을 저질러놨으이, 거리매질을 당하지 않으려면, 야밤 줄행랑밖에는 딴 방도가 없었제. 하지만 죄 없는 니가 마음고생 겪고 있는 것을 보자니, 이웃에 살고 있는 나조차 심란하대이. 그러나 니도 명색 너그 집 장손이라는 것을 항상 염두에 둬서 매사에 신중하고 의젓해야제."

옆집 남자에게 훈육당하고 있는데, 등뒤에서 삼례의 외마디소리가 들려왔다.

"야, 너 거기서 뭣 하고 있어?"

삼례가 오히려 나를 찾아나서기까지 오랜 시간이 흘러간 것이었다. 옆집 남자로부터 놓여나게 된 것을 천만다행으로 생각했던 나는 저만치서 손짓하고 있는 그녀에게 다가가며 물었다.

"니는 잠자다 말고 어디로 도망갔드노?"

"엉뚱한 소리 하구 있네. 도망간 내가 어째서 널 찾아나섰을까. 빨리 들어가, 얼어 뒈지기 전에."

"니 오줌 누러 갔드나?"

"오줌 누러? 마렵지도 않은 오줌을 어디 가서 눈다는 거냐?"

"니 거짓말 자꾸 하면 어무이한테 혼난다는 거 모르나?"

그날 밤, 자다 말고 일어난 그녀가 행방을 감췄던 사건에 대해 삼례 본인은 물론, 어머니 역시 입을 굳게 다물었다. 옷에 묻은 눈을 털고 방안으로 들어갔을 때도, 그리고 삼례와 내가 제각각의 잠자리로 찾아들기까지 어머니는 구린 입도 떼지 않고 고개를 숙인 채, 바느질에만 열중하고 있었다. 삼례가 오히려 나를 찾아나서게 된 전도된 입장에 대해서도 전혀 이렇다 할 해명이 없었다.

그러나 두 사람만 알고 있었던 그날 밤의 비밀은, 그로부터 닷새가 지난 날 밤중에 내게 들통나고 말았다. 어머니가 도장방의 미닫이문을 열고 나를 깨웠다. 닷새 전 날 밤의 해괴했던 기억이 지워지지 않았던 나는, 잽싼 기동력으로 자리에서 몸을 일으켰다. 긴장된 얼굴의 어머니는 빠른 목소리로 말했다.

"삼례가 금방 밖으로 나갔다. 니는 끽소리도 말고 뒤만 밟아보그라. 삼례보고 말을 건네도 안 되고 손목을 잡아끌어서도 안 된대이. 삼례가 어딜 가든 니는 입 꾹 다물고 뒤만 따라가그라. 내 말 명심하그래이."

문을 열자, 금방 삼례의 뒷모습이 바라보였다. 그녀는 이제 막 집 앞 골목길을 벗어나는 참이었다. 그녀의 걸음걸이는 빠르지 않았다. 한 걸음 한 걸음을 매우 신중하게 떼어놓고 있었다. 흡사 흩어진 관절뼈를 걸을 때마다 다시 꿰맞추어 한 발 한 발 떼어놓는 것처럼 보였다. 삼례와 일정한 거리를 두고 뒤따라야 했던 나 역시 몽환의 공간을 떠다니는 듯한 그녀의 발걸음을 그대로 흉내낼 수밖에 없었다.

어느덧 한길로 나선 그녀는 양쪽 팔을 몸과 기역자가 되도록 벌렸다. 그리고 조무래기들이 비행놀이 하듯, 빠른 걸음으로 한길의 북쪽을 향해 달려가기 시작했다. 춤사위를 고르고 있는 것처럼 보이기도 했고, 날아가는 새를 흉내내는 것처럼 보이기도 했다. 그러나 일정한 목표를 두고 달려가고 있는 것 같지는 않았다. 개 짖는 소리조차 들리지 않는 적막한 설국의 한길에 인적이라곤 삼례와 나뿐이었다. 물갈퀴로 수면을 박차고 비상하는 새처럼 우리는 눈보라를 일으키며 한길 끝까지 숨가쁘게 달려갔다. 그 자리에서 삼례는 절벽과 맞닥뜨린 것처럼 문득 걸음을 멈추었다. 그리고 사뭇 뒤따르던 나를 돌아다보았다. 불과 대여섯 발짝을 사이에 두고 바짝 뒤따르고 있었는데도, 그녀는 내가 누군지 알아채지 못하는 것 같았다. 잠깐 사이였지만, 초점이 흐트러진 눈으로 나를 물끄러미 바라보기도 했다. 그런데 알은척도 않았고, 말을 건네지도 않았다. 나를 알아채는 것은 고사하고 사람이 앞에 있다는 사실조차 의식하지 못하는 듯했다. 그녀는 눈 내린 한길 복판이란 것을 전혀 의식하지 않고 털썩 앉았다. 그리고 치맛자락을 걷고 나를 향해 허연 엉덩이를 까내렸다. 그녀가 시원스럽게 배설을 하는 동안 나는 외면하고 서 있었다. 우리들의 이상한 비행은 그녀가 소변을 마침으로써 막을 내렸다. 나를 일별한 그녀는 천연덕스럽게 집으로 돌아가는 길로 접어들었다. 집을 나선 그녀가 다시 방으로 들어가 아무 일도 없었다는 듯이, 이불 속으로 몸을 묻기까지는 삼십 분도 채 안 되는 시간이었다.

그 이튿날도 그녀의 밤나들이는 계속되었다. 그때마다 어머니는 처연한 얼굴로 삼례를 바라보기만 할 뿐, 그녀를 책망하거나 혼찌검하지 않았다. 밤나들이를 하고 돌아온 이튿날 아침이면 그녀는 으레껏 늦잠을 잤고, 하루종일 몹시 피곤해 보였다. 어머니는 비로소 삼례가 몽유병이란 것을 알아챈 것이었다. 그러나 속수무책이었다. 약으로 고쳐질 병이 아니기 때문이었다. 또 그때마다 섣불리 자극 주는 일을 저지를 수도 없었다. 발작을 일으키거나 혼란의 증세를 보이면, 수습은커녕 걷잡을 수 없다는 것도 알고 있었다.

"자고 먹는 일이 들쭉날쭉이거나, 어릴 때 집안에서 큰 변고를 겪었던 아이들이 곧잘 저런 병에 걸리지만, 철이 들라치면 씻은 듯이 없어지는 법인데……"

어머니는 그녀의 동상을 조섭해줄 때처럼 강한 집착은 보이지 않았다. 조만간 자연치유가 될 때까지 기다리자는 심산인 것 같았다. 나는 밤을 기다리기 시작했다. 달빛조차 무더기로 녹아내려 눈이 되어버리는 그 밤의 설원 위에서 그녀와 내가 함께 펼치는 몽환의 춤사위에 나 스스로 매료되어 있었기 때문이었다.

단조롭기 그지없는 산골의 겨울생활에 밤은 어김없이 찾아왔고, 삼례의 외출 때문에 나는 밤잠을 설치기 일쑤였다. 밤새 재봉틀을 돌리던 어머니가 언제 나를 깨울지 몰랐기 때문이었다. 그때마다 나는 엉덩이에 용수철을 꿰매어 단 아이처럼 가차없이 발딱 일어나곤 하였다. 밤나들이를 할 동안만은 삼례가 나를 알아보지 못했기 때문에 그녀로부터 어떤 간섭이나 제지도 받지 않았다. 어떤 날은 나도 어머니처럼 거의 뜬눈으로 밤을 새울 때도 있었다.

그러던 어느 날, 고즈넉하게 돌아가던 어머니의 재봉틀 소리가 갑자기 멈추었다. 깨어 있던 나는 일순 도장방 문이 열리기를 기다렸다. 삼례가 밤나들이할 채비를 하고 있는 게 틀림없다고 생각했다. 그러나 공교롭게도 문은 열리지 않았다. 그 대신 툇마루로 나가는 안방 문이 가만히 열리는 소리가 들려왔다. 문설주에 옷깃을 끌며 툇마루로 나서는 어머니의 모습이 손에 잡힐 듯 명료하게 떠올랐다. 그리고 어머니는 밤이 이슥도록 방으로 돌아오지 않았다. 나는 속으로 셈을 하기 시작했다. 하나에서 오백까지, 그리고 다시 천에서 오천까지 수치를 한 번도 건너뛰지 않고 차근차근 헤아려 나갔다. 그리고 나도 모르는 사이 잠이 들었다. 이튿날 아침에 일어났을 때, 어머니는 삼례가 그랬던 것처럼 지난밤의 흔적을 전혀 예측할 수 없는 모호한 얼굴로 부엌에서 군불을 지피고 있었다. 드디어 삼례를 포함한 우리 세 식구는 저마다 남이 알아선 개운찮은 비밀을 간직하게 된 것인지도 몰랐다. 세월의 거센 물결이 켜켜로 밀려온다 할지라도 가라앉지 않는 부표처럼, 언제나 부엌 문설주에 걸려 있던 홍어를 어머니는 다시 사다 걸지 않았다.

삼례와의 동거가 시작되고부터, 어머니가 밤샘하는 날은 늘어나기 시작했다. 읍내에서까지 주문이 쇄도하고 있었기 때문이었다. 삼례가 그 모든 것을 만들어놓은 것이었다. 그와 함께, 내가 내키지 않았던 일이라 할지라도 그녀는 이제 비킬 데 없는 외가댁 친척 누나가 되어 있었다. 사람들이 보기에 조작되었다는 의구심이 있거나 모순이 빤히 들여다보이는 일이라 할지라도, 그것이 삼례의 입을 통해 나온 말이라면 사람들로 하여금 믿게 만드는 주술적 수완까지 그녀는 갖고 있는 것 같았다.

춘일옥의 일감을 가져온 것이 어머니에게 발견되어 참혹한 매질을 당했는데도 삼례는 전혀 찔끔하는 기색이 아니었다. 그녀는 그 이후로도 계속 춘일옥 작부들의 일감을 가져왔다. 애써 그것을 노출시키려 하지도 않았지만, 애써 감추려 하지도 않았다. 어머니 역시 그것을 알면서도 샅샅이 따지고 들려 하지 않았다.

어느덧 삼례는 어머니에겐 없어서는 안 될 동반자가 되어 있었다. 그것은 아버지가 떠난 이후 은둔에 버금가는 칩거를 고집해온 어머니로선 응당 받아들일 수밖에 없는 결과로도 이해할 수 있었다. 바람둥이 남편을 둔 어머니로서도 어차피 생계만은 꾸려가야 했고, 지금 당장의 방법으로선 바느질품을 파는 길밖에 없었다.

아버지와 헤어져 있는 시간이 쌓여갈수록 흐트러지려는 자신을 품위 있게 추스르고 정돈하려는 어머니의 괴팍스럽고 고답적인 노력을 나는 눈여겨보아왔었다. 그러나 그런 안간힘에 삼례가 개입하게 되면서 비로소 앙금이 지고 있는 것 같았다. 그래서 그날 밤에 있었던 어머니의 돌연한 외출의 기억은 가슴 한구석을 차지한 채 좀처럼 지워지지 않았다. 어머니에게도 삼례와 같은 몽유병이 있었다면, 나는 그 닷새 뒤에도 있었던 어머니의 비밀스러운 외출 때 주저 없이 뒤를 밟아보았을 것이었다. 그러나 까닭 모를 전율마저 느끼면서 나는 미행의 욕구를 기어코 참아냈다. 문득 내 가슴속을 휘젓고 지나는 그 전율의 정체는 뭉클한 배신감과 허탈, 그리고 급전직하의 좌절감이었다. 어머니와 같은 나이의 여자가 저지를 부정한 일이 아닌 이상, 자식 몰래 집을 나서야 할 일은 없겠기 때문이었다.

어머니는 항상 그 자리에 있어야 했다. 지금까지 어머니는 안방 윗목 재봉틀 앞에 흡사 만들어놓아둔 인형처럼 앉아 있었으므로, 나에겐 액자 속에 담긴 인물화처럼 안정감을 주었었다. 내게 있어 어머니는 그렇기 때문에 상상할 필요가 없는 여자였다. 어머니가 고집스럽게 지켜와주었던 현실적 안정감이 그것을 차단해왔었다. 오 년째나 아버지의 종적을 찾지 못하고 있는 막막한 가운데서도 우리집에 고여 있던 평온과 고요는, 바로 그런 어머니로부터 비롯되고 있다는 것을 나는 알고 있었다.

우리 마을에서 서북쪽으로 육십여 킬로 거리인 길안吉安이란 외성바지 고장에 어머니가 태어난 곳이기도 한 친정집이 있었다. 어머니의 손위 오라버니가 객지로 나가지 않고 그곳에서 과수원을 지키며 살고 있었다. 아버지가 집을 떠난 이후, 외삼촌은 몇 번에 걸쳐 어머니를 만나자는 통지를 보내왔었다. 그러나 어머니는 그 때마다 외삼촌의 관심과 걱정을 야박하게 차단해버렸다. 외삼촌의 훈수를 받고 싶지 않았던 어머니의 자존심 때문이었다. 어느 해 가을, 그 과수원의 인부가 추수한 과일상자를 전달하러 왔었다. 어머니는 그 인부에게 끼니 대접은 했지만, 친정 동기들의 안부조차 묻는 법 없이 과일상자를 되돌려보냈다. 동기간끼리의 가없는 정리조차 단절하고 담을 쌓아버리는 데 가차없었던 어머니가, 몽유병을 앓고 있는 삼례와는 스스럼없는 동업자가 된 것이었다.

그즈음까지도 삼례의 몽유병 증세는 차도를 보이지 않고 오히려 중증으로 치닫고 있었다. 자다 말고 일어나 밖으로 나서는 빈도수가 잦아졌기 때문이었다. 그러나 삼례는 시간의 차이를 두긴 했지만 그때마다 시계추처럼 반드시 제자리로 돌아왔기 때문에, 이젠 어머니도 나를 깨우지 않았다. 그리고 그녀의 밤나들이는 여러 차례나 반복되면서 점차 몽환의 세계를 잃어가고 있었으므로 내 호기심의 관심 밖으로 밀려나고 있기도 했다.

그런데 그날 밤 삼례가 보여준 행동은 어머니의 의심을 받기에 충분했다. 그날 밤은 초저녁이었는데, 도장방 문이 가만히 열렸다. 잠들지 않았기 때문에 나를 깨울 필요도 없었던 어머니는 숨죽여 말했다.

"삼례가 금방 나갔다. 따라가보그라."

내 거동이 굼떠 보였던 어머니는 채근하고 있었다.

"바짝 뒤쫓지 말고 멀찌감치 따라가보그라."

"기다리면 지 발로 찾아올 긴데 왜 또 가보라 캅니껴?"

"그게 아인 것 같대이."

"그라면요?"

"이번에는 안 돌아올지도 모른다."

"안 온다고 말하고 나갔습니껴?"

"내가 빤히 바라보고 있는 앞에서 누운 지 일 분도 안 돼서 코를 고는 척하다가 나갔다."

어쩌나 하는 낭패감이 와락 가슴을 쳤다. 나는 미끄러지듯 툇마루로 나섰다. 골목길을 벗어나고 있는 삼례의 마지막 뒷모습이 축담 너머로 스쳐가고 있었다. 그러나 삼례를 놓치지는 않았다. 한길로 나서면서 저만치 걸어가는 삼례를 다시 발견할 수 있었기 때문이었다. 그러나 그녀가 걷고 있는 모습은, 나를 몽환의 세계와 연결시켜주었던 낯익은 걸음걸이는 아니었다. 하마터면 놓칠세라 조바심이 날 만큼 재빠른 걸음이었고, 주위에 경계심도 두지 않았다. 게다가 한길가로 나와 앉은 집들에선 한껏 과장된 사람들의 목소리가 밝은 불빛에 실려나오고 있었다. 마을 한가운데를 관통하던 한길이 읍내 쪽을 바라보면서 완만하게 꼬부라진 지점에 이르렀다. 그 길가 왼쪽 후미진 곳에 함석으로 벽을 두른 창고가 있었다. 6·25를 겪은 이후부턴 사뭇 비어 있었지만, 해방 이후까지도 소금섬이나 구호물자 들을 보관하던 장소였다.

삼례는 아무런 주저 없이 창고 안으로 들어섰다. 잠시 놓쳐버렸던 그녀를 어렵사리 찾아낸 벽 틈새로 다시 발견했을 때, 그녀는 벌써 갈아입은 새 옷의 매무새를 고치고 있었다. 삼례는 입고 왔던 옷을 보자기에 싸서 섬거적 사이에다 쑤셔박았다. 그리고 새 옷으로 갈아입은 자신의 모습을 잔허리를 활처럼 휘어 살펴보았다. 어두운 창고 속에서 다시 나타난 그녀의 모습은 지금까지 보아왔던 삼례가 아니었다. 치맛자락이 발등까지 가닿는 분홍 치마에 연두색 반회장저고리였는데, 저고리엔 분홍색의 곁마기와 끝동이 달려 있었다. 그 저고리 등뒤로 엉덩짝까지 내려간 편발머리가 드리워져 있었다. 삼례는 스스로 도취된 듯 한동안 자신의 옷차림에서 시선을 뗄 줄 몰랐다. 마술과 같았던 그녀의 완벽한 변신에 아연했던 것은 나도 마찬가지였다.

한동안 자신의 요염한 모습에 시선을 뗄 줄 모르던 그녀가 밖으로 나섰다. 그리고 한길의 남쪽을 향해 천천히 걸어갔다. 길가에 쌓인 눈더미나 팬 웅덩이가 나서면 조심스럽게 비켜갔다. 그리곤 주변을 주의깊게 살펴보지도 않고 얄기죽얄기죽 앞만 바라보며 걸었다. 몽유병은 아직도 그녀를 지키고 있었다. 그것을 믿었기 때문에 나는 거리를 좁혀 그녀를 바짝 뒤쫓았다.

어느새 그녀와 나는 날아가고 있었다. 까마득하게 내려다보이는 저 아래로 낯익은 설국은 펼쳐지고 있었다. 분홍색과 연두색으로 어우러진 날개를 가진 삼례는 불과 댓 발짝 앞에서 날고 있었다. 아버지가 살고 있는 방천둑 아래의 소택지를 비껴가는 남쪽 길 끝에 이르자, 삼례는 다시 한길 북쪽으로 방향을 바꾸었다. 그리고 좀더 빨리 북쪽에 두고 온 창고를 향해 날았다. 이제 벗어둔 헌옷으로 갈아입고 집으로 돌아갈 차례였다. 그러나 그녀는 입고 있던 옷차림 그대로 섬거적 위에 사뿐히 걸터앉아 있었다. 나는 창고 뒤쪽 모퉁이에 숨어서 그녀의 거동을 훔쳐보기 시작했다.

낮은 목소리만 있고 얼굴은 기억할 수 없었던 한 남자가 창고에 나타난 것은, 내가 헤아리던 속셈이 하나에서 오백까지 이르렀을 때였다. 멋을 부려 휙휙 날리던 휘파람소리에 비해 낮은 목소리를 가졌던 그 사내가 삼례 앞에 모습을 드러낸 그 순간, 나는 금세 눈이 멀고 말았다. 느닷없이 날아오르는 동굴 박쥐떼에 놀랐을 때처럼 눈앞이 아찔해왔다. 눈보라를 몰고 온 겨울바람이 내 눈을 멀게 했을지도 몰랐고, 눈동자에 고여 있던 눈물이 시야를 흐렸을 수도 있었다. 나는 아무것도 볼 수 없었다. 한동안이 지난 뒤, 나는 그 창고에서 한길로 걸어나왔다. 그러면서 속으로는 아직도 삼례가 몽유병을 앓고 있는 것이라고 생각했다.

혼자 돌아왔지만, 집안으로 들어설 엄두는 나지 않았다. 내가 방으로 들어가면, 어머니는 그녀를 미행한 이후의 모든 것을 소상하게 털어놓으라고 윽박지를 것이었다. 어찌할 바를 몰랐던 나는 축담 아래 쪼그리고 앉아 까만 하늘에 떠 있는 달만 쳐다보았다. 바로 그때였다. 누군가가 내 뒷덜미를 거칠게 낚아채며 말했다.

"너네 엄마한테 고자질하면, 아가리를 찢어놓을 테다. 내 말 새겨들어둬."

삼례였다. 내가 삼례를 미행했던 것이 아니라, 삼례가 나를 미행하고 있었다는 것을 깨달았다. 아니 그녀는 당초부터 있었던 모든 일들을 죄다 꿰뚫고 있는 것 같았다. 틀어쥐고 흔들던 덜미를 아쉬운 듯 놓아주며 그녀가 말했다.

"너 먼저 들어가. 입만 뻥긋해봐라."

엉덩이를 걷어차인 듯 나는 쏜살같이 방으로 뛰어들었다. 일손을 놓고 기다리고 있던 어머니도 놀라 흠칫 몸을 일으켰을 정도였다. 그러나 어머니는 금세 안정을 되찾고 물었다.

"어째서 삼례보다 니가 먼저 들어오노?"

나는 흠칫하고 말았다. 방으로 들어와야 할 순서가 뒤바뀌었다는 어머니의 지적은 날카로웠다. 내가 삼례를 미행했었다면, 집으로 돌아오는 순서도 응당 삼례가 먼저여야 옳았다. 그러나 바로 문밖에서 처지가 뒤바뀌어버린 일을 조리 있게 설명하다보면, 필경 삼례에게 아가리를 찢기고 말 것이었다. 나는 어머니를 외면한 채, 도장방 문을 열고 들어서면서 마뜩잖은 기색으로 목청을 높였다.

"문밖에서 오줌 누고 있는데, 그것도 지켜봐야 됩니꺼."

"삼례가 어디로 헤매고 다니드노?"

"늘 하던 대로 창고 쪽으로 갔다가 다부곧장 돌아옵디더."

"누구 만나는 사람은 없었드나?"

"길에 사람들도 없고 내조차도 몰라보는데, 만나기는 누굴 만납니껴."

"낭패다. 병이 차도는 안 나고 점점 더하이 큰일이다."

"추워죽겠네……"

"얼른 자그라. 삼례 때문에 애꿎은 니가 사서 고생이다."

문을 닫고 이부자리를 끌어당기는데, 안방 문 열리는 소리가 들렸다. 흐리터분한 표정의 삼례가 곁도 돌아보지 않고, 이불 속으로 들어가는 모습이 손에 잡힐 듯했다. 가슴 조이는 침묵이 흘러간 뒤, 비로소 재봉틀 돌아가는 소리가 들려오기 시작했다.

두 차례나 덧내렸던 폭설 뒤에 연이어 혹한이 닥쳤다. 자고 일어나면 눈이 내려 있었고, 해가 뜨면 코를 떼어갈 것 같은 매서운 삭풍이 불어닥쳤다. 이제 눈 치우는 일에 진력이 나버린 마을 사람들도 아예 문을 닫고 들어앉아버렸다. 한낮의 길거리에서도 좀처럼 사람의 모습을 찾아보기가 힘들었다.

그러나 단 한 사람의 예외가 있었다. 바로 삼례였다. 자칫 엉덩방아를 찧고 넘어지면 사금파리 끝처럼 예리해진 언 눈발에 살점이 찢겨날 때도 있었다. 그런데도 삼례는 춤을 추듯 눈길을 누비고 다니면서 어머니에게 끊임없이 새 옷감을 잇대고 있었고, 어머니는 그때마다 새로 지은 옷들을 삼례에게 건네주었다. 춘일옥에서 일하고 있는 대여섯 명의 작부들은 한 달이 멀다 하고 새로운 얼굴들로 바뀌었고, 바뀌어온 작부들은 대부분 어머니에게 바느질을 맡겼다. 한복을 지을 줄 모르거나 천성이 게을러터진 이웃 마을 아낙네들의 새 옷감들은 모두 우리집으로 몰려드는 것처럼 보였다.

어머니는 일감 속에 파묻혀 끼니를 짓는 일조차 잊어버릴 때가 많았다. 등경에서 아주까리기름 찌꺼기마저 끓어 타는 소리가 자주 들렸다. 그뿐만 아니었다. 수면 부족으로 눈에 띄게 수척해가고 있었다. 부어오른 목젖으로 자주 기침을 토해냈고, 어떤 땐 일감을 손에 들고 벽에 기댄 채 선잠이 들어 있기도 했다. 때론 바늘에 찔린 집게손가락에서 배어나온 피가 골무를 적시기도 했다. 그러나 어머니는 찌들어가고 있는 당신의 건강에 전혀 관심을 두지 않았다. 그러다가 죽을 것처럼 바느질에만 온 열정을 쏟아부었고, 측간 출입조차 내켜 하지 않을 정도로 안으로만 파고들었다. 아버지에게 두고 있는 미움과 포한의 짐이 무거워 당신 스스로에게 안기는 앙갚음이 아니었다면, 어머니는 분명 삼례의 최면술에 걸려든 것 같았다.

어느새, 삼례는 부엌일을 포함한 우리집 문밖에서 치러야 할 모든 일들을 혼자서 감당하고 있었다. 그런데도 전혀 힘에 겨워하는 기색이 아니었다. 홍어가 삼백 미터에 가까운 심해의 수압을 견딜 수 있듯이 이토록 황량하고 메마른 설국에서도 삼례만은, 눈 속을 헤집고 씀바귀 뿌리를 찾아내는 예리한 관찰력과 실수가 용납되지 않는 물갈퀴를 갖고 있었다. 그녀는 밭두렁이나 텃밭의 눈 속을 헤치고 양지꽃 뿌리나 복수초미나리아재비의 싹을 캐내어, 얼음물에 헹구어 자근자근 날로 씹어먹곤 하였다. 그 잡초의 뿌리에는 추위를 덜 타게 하는 효험이 있기 때문이었다. 설혹 심해의 모랫바닥에 파묻혔다 할지라도 등뒤쪽의 구멍으로 숨쉴 수 있는 홍어처럼, 삼례는 폭설의 눈발 속에 파묻혀 살아도 자기만의 독특한 호흡법을 터득하고 있었다. 그래서 어머니와 나는, 삼례의 지갑 속에 산란되어 있는 홍어의 알과 다를 바 없게 되었다. 그러나 그 알이 부화의 꿈을 꾸고 있다 할지라도 삼례가 지갑을 열어주지 않는 이상, 제출물로제 힘으로 놓여날 가망은 없을 것 같았다.

그러나 어느 날 밤, 어머니는 우연한 기회에 삼례의 지갑을 찾아내고 말았다. 잠들었던 그녀가 한밤에 또다시 일어나 밖으로 나간 사이였다. 그녀의 나들이는 이제 밤이면 치러야 할 통과의례처럼 되어 있었기 때문에, 어머니와 나는 전혀 당황하지 않았다. 그러려니 하고 있을 따름이었다. 삼례의 지갑이 발견된 것은 그녀의 부주의 탓이었다. 어머니는 삼례가 빠져나간 이부자리 속에서, 명주천에 보라색 나팔꽃 한 송이가 붓으로 그린 듯 정교하게 수놓인 손지갑을 발견하였다. 지갑 안은 놀랍게도 열다섯 장의 크고 작은 지폐들로 채워져 있었다. 나를 들깨워 안방으로 불러낸 어머니는 그 지갑을 손에 든 채, 하얗게 질려 있었다. 나 역시 어머니의 실망을 알고 있었다. 그러나 삼례의 악덕에 어지간히 익숙해져 있던 나도 그녀를 변명해줄 말을 찾지 못했다. 게다가 삼례는 예상을 뒤엎고 곧장 방으로 돌아왔다. 그리고 항상 그랬던 것처럼, 내심을 읽을 수 없는 아득한 표정을 하고 게걸스럽게 이불 속으로 기어들었다. 그러나 이불 속으로 기어든 그녀의 손바닥이 흡사 물을 찾아 개펄을 건너가는 바닷가재의 집게발처럼 민첩하고 맹렬한 탐색의 욕구를 보이며, 발치 쪽 이불자락 밖으로 쑥 비어져나왔을 때, 어머니는 비로소 그녀의 몽유병은 치유된 지 오래라는 것을 깨달았다. 어머니는 이불자락을 들치며, 낮은 목소리로 말했다.

"니가 찾고 있는 게, 바로 이거제?"

홍당무가 된 삼례의 얼굴이 어머니 손에 들린 손지갑에 꽂혔다. 그러나 삼례는 눈 깜짝할 사이에 지갑을 낚아챘다.

"내 지갑이 왜 거기 있어요?"

악다구니가 시퍼렇게 살아 있는 반격을 예견하지 못했던 어머니의 표정은 또다시 하얗게 질렸고 명치끝이 아파오는 듯, 두 손으로 앞가슴을 움켜쥐며 꼬꾸라질 듯 조아렸다. 어머니의 거친 숨소리가 시작되려는 찰나였다. 삼례는 낚아챈 손지갑을 방 한가운데로 미련 없이 내던졌다. 그리고 얼른 부엌으로 나가서 냉수 한 사발을 떠왔다. 꽤나 붙임성 있게 굴었으나, 충격이 컸던 어머니는 냉수를 들이켜고 나서도 몰아쉬는 숨소리를 진정시키는 데 애를 먹었다.

"회초리 가져오그라."

내가 굼뜬 거동으로 회초리를 찾으려 하자, 삼례가 말했다.

"넌 앉아 있어."

벌떡 몸을 일으킨 삼례는 손수 선반 위의 회초리 두 개를 찾아 어머니 앞에 놓았다.

"종아리 걷그라."

삼례의 거동은 전에 없이 시원시원했다. 그녀는 몽당치마를 허연 실다리가 통째로 드러나게 한껏 치켜들었다. 그 나이까지 가꾸어진 그 희고 매끄러운 실다리는 화증이 머리끝까지 오른 어머니를 비웃고 있는 것처럼 보였다. 그녀의 아랫도리가 시원스럽게 노출되는 그 순간, 어머니의 외마디소리가 들려왔다.

"세영이 니는 썩 비켜나그라."

종아리에 회초리가 닿는 순간마다, 삼례가 아닌 어머니의 신음소리가 들려왔다. 그러나 그날의 매질은 오래가지 않았다. 무슨 영문인지 어머니는 일찌감치 회초리를 던지고 말았다. 그 대신 흐느끼는 소리가 터져나왔다. 삼례는 드디어 어머니의 메마른 가슴속에 응고되어 있던 회한의 심지에 불을 댕긴 것이었다. 울음소리가 문밖으로 새어나가지 않도록 자제력을 보여주는 흐느낌은 오랫동안 계속되고 있었다. 그러나 방안의 적요를 가만가만 흐트러뜨리는 그 울음소리가 내게는 막연한 두려움으로 다가왔다. 아버지가 그랬던 것처럼 어머니도 어느 날 밤, 집을 나가버리지는 않을까. 어머니도 밤이 되면 삼례처럼 몰래 만나는 사람이 있다는 것이 그런 불행을 어렴풋이 예고하고 있었다. 어머니의 떨리고 있는 어깨와 극도의 자제력을 보여주고 있는 흐느낌에는 그런 이별에 대한 주저와 연민이 깔려 있음직했다. 그런데도 삼례만은 전혀 두려운 기색을 보이지 않았다. 어머니를 외면한 채 벽을 마주하고 앉아 있을 뿐이었다.

"이게 웬 돈이고?"

콧물에 젖어 목이 멘 한마디였다.

"그 집 색시들이 준 거예요."

"니가 고생스럽다고 신발값을 주더란 말이제?"

"예."

"거짓말하면 주둥아리를 찢어놓을 기다?"

"거짓말 아니에요."

"이 지갑은 내가 보관하고 있으마. 그래도 되겠제?"

"예."

그러나 나는 삼례의 말 모두를 믿지는 않았다. 그녀가 훔치는 일에 능숙하다는 것을 알고 있기 때문이었다. 삼례에게는 그 자신만 알고 있다고 믿어 의심치 않는 숨겨놓은 소굴도 있었다. 그 소굴은 우리집 뒤곁 담벼락 틈이었다. 초가의 볏짚 구멍과 같이 소낙비가 퍼부어도 물에 젖지 않을 담구멍을 골라 훔친 물건들을 은닉하고 있었다. 그 구멍 속에 있는 한 켤레의 고무신 속에는 부엉이 둥지와 같이 자질구레한 것들이 들어 있었다. 내가 보기엔 쓰잘데없는 것들이기도 했다. 구리반지, 낡은 노리개, 색실, 바늘쌈지, 자투리 천조각, 알뜰하게 접어서 부피를 작게 만든 보자기 같은 것들이 사람의 손때가 한 번도 닿지 않은 하얀 고무신 두 짝 속에 감춰져 있었다.

그것을 발견했지만, 나는 어머니에게 고자질할 수는 없었다. 삼례로부터 아가리가 찢기는 봉변을 당하기 싫었기 때문이었다. 어머니는 그 지폐의 출처가 얼추 밝혀졌는데도 불구하고, 지갑을 삼례에게 다시 건네주지 않았다. 그렇다고 딱 자르듯 가로채어 은밀한 곳에 숨겨놓지도 않았다. 누구나 볼 수 있게 한쪽 귀퉁이에 던져둔 채 며칠 동안 방치하고 있었다. 그 손지갑이 놓여 있는 애매모호한 위치는, 어머니와 삼례 사이에 생겨난 앙금의 깊이를 호소력 있게 말하고 있는 것처럼 보였다. 지갑이 갖고 있는 수월찮은 값어치에도 불구하고 어머니는 방 귀퉁이로는 될수록 시선을 돌리지 않으려 애쓰고 있었다. 어머니가 느낀 배신감은 그 지갑이 갖는 혐오감의 두께를 넘어서고 있는 것 같았다. 몽유병 증세가 말끔하게 가셨는데도 불구하고 그것을 눈치채지 못하게 숨기며 밤나들이를 계속해왔다는 것과, 그녀가 우리로부터 떠날 준비를 하고 있을지도 모른다는 불길한 예감 때문이었다. 그런데도 어머니는 그녀의 빈번했던 밤나들이를 들춰 트집잡지 않았다. 새로운 근심거리에 말려들 것이 두려웠는지도 몰랐고, 삼례에게 둔 배신감의 거리가 너무나 멀었기 때문일 수도 있었다.

그러나 삼례는 달랐다. 언제 그런 일이 있었느냐는 듯이 멀쩡했다. 그리고 빈도의 차이는 두었지만, 밤나들이도 계속하고 있었다. 치유되었던 몽유병이 재발되었는지도 모른다는 의심이 진하게 들 만큼 거리낌이 없었다. 어머니 역시 내게 뒤따라가보라는 말을 하지 않았다. 내가 다시 그녀를 미행한다 하더라도 어머니가 들어야 할 말은 전과 다를 바 없으리란 것을 알고 있는지도 몰랐다. 몽유병의 재발이든, 아니면 어떤 청년을 만나고 다닌다는 소식이든 어머니를 실망시킬 것은 매일반이었다. 그녀의 밤나들이를 용납하고 있는 근저에는, 어쩌면 어머니 자신의 은밀한 밤나들이에 대한 죄의식도 없지 않을 것이란 짐작도 있었다.

그런데 그로부터 며칠 뒤의 일이었다. 어머니가 나를 들깨우며 귓속말을 하였다.

"세영아, 얼른 일어나그라."

나는 도장방 문을 열고 안방 아랫목을 살펴보았다. 이불깃을 목덜미까지 당겨 올린 삼례는 잠들어 있었다. 나는 눈을 비비며 말했다.

"삼례가 자고 있네요."

"엉뚱한 소리 말고 퍼뜩 옷 입고 날 따라나서그라."

어머니는 어느새 나들이옷으로 갈아입은 뒤였다. 초저녁잠에 취해 있던 나는 옷을 제대로 갖춰입기까지 몹시도 꾸물거렸다. 그렇지만 어머니의 재촉은 듣지 않았다. 삼례가 깰까 해서였다. 우리는 뱀처럼 소리없이 집을 빠져나와 눈길로 나섰다.

"윗도리 단추 제대로 끼웠나?"

집을 나서자마자, 어머니는 그렇게 물었다. 옷매무시를 걱정하는 것으로 보아 가야 할 곳이 이웃집은 아닌 것 같았다. 도대체 어디로 가려는 것일까.

"밤중에 어디로 갈라 캅니꺼?"

"읍내까지 간다. 가보면 안대이."

미주알고주알 캐고 들 것이 없다는 듯 어머니는 잘라 말했다. 달빛과 별빛이 한데 어우러진 눈길은 은빛으로 빛나고 있었다.

"바지주메이에서 손 빼그라. 그라다 넘어지면 머리 깨진대이."

눈길에 발이 쑥쑥 빠져들었다. 눈보라를 일으키며 징징거리던 혹한이 어느덧 조금씩 물러나고 있다는 조짐이었다. 마을의 집들에서 흘러나온 불빛들이 한길을 희끗희끗 비추고 있었다. 청년들의 우렁찬 웃음소리가 한길로 흘러나와 흩어지지 않고 떠돌았다. 나는 그때에야 저만치서 누룽지가 뒤따라오고 있다는 것을 깨달았다. 그러나 누룽지는 대뜸 달려와 내 아랫도리에 감기지 않고 일정한 간격을 두고 있었다. 나이를 먹은 그 짐승은, 어머니가 저를 달가워하지 않는다는 것을 알고 있었다. 어머니가 누룽지를 개운찮아하는 것은, 옆집 남자 곁에는 언제나 누룽지가 붙어다녔고 누룽지 곁에는 항상 옆집 남자가 있었기 때문이었다. 누룽지와 친숙하게 지내게 되면, 옆집 남자와 이렇고 저렇다는 구설수에 오를 위험이 있었다. 그러나 어머니는 당신의 내심을 뚫어보고 있는 누룽지가 일정한 거리를 유지하며 뒤따라오고 있다는 것은 알아채지 못하고 있었다.

한길의 북쪽 끝으로 나서자 시야가 탁 트이면서, 이젠 밤빛 아래에서도 높낮이가 분명하게 드러난 방천둑이 바라보였다. 눈어림으로도 소택지들이 들어선 자리들을 짐작할 만하였다. 소택지에 덮여 있던 눈도 녹아 여기저기로 작은 논둑들이 희검게 드러나 있었다. 눈 녹은 물이 메말랐던 소택지로 흘러들어 가득가득 산소를 뿜어내고, 가녘으로 넘쳐난 물은 또다른 소택지를 만들 것이 틀림없었다. 그래서 마을의 청년들은 여름이 되면, 또다시 그곳에다 붕어를 풀어줄 것이었다. 이제 그곳에 창궐하던 물이끼는 나타나지 않을 것이었다.

가슴을 움츠리게 했던 추위가 가시고, 온몸이 화톳불을 쬔 듯 후끈후끈 달아올랐다. 우리는 눈길을 십 리 걸어 읍내에 당도했다. 읍내 초입, 불빛이 새어나오는 어느 건어물가게 앞에서 어머니는 걸음을 멈추고 옷매무시를 고쳤다. 그리고 내 윗도리의 단추가 제대로 채워졌는지 꼼꼼하게 살펴보았다.

"그 사람이 니보고 뭘 묻거든, 말을 입안에 넣고 우물거리지 말고 의젓하게 대답하그라. 말발이 또록또록 잘도 영글었다는 말을 들어야제."

내가 만나야 할 그 사람이 나보다 손위 어른이라는 것은 짐작으로 알아차렸지만, 그가 누구라는 것은 가르쳐주지 않았다. 그 단호한 침묵이 궁금했지만, 채근하여 되묻지 못한 것도 어머니의 안색이 집을 나선 이후 사뭇 굳어 있었기 때문이었다. 그러나 집을 떠나면서부터 내 가슴속에서 불기둥같이 치밀어오르곤 하던 어머니에 대한 배신감과 좌절은 전혀 안중에 없는 듯했다. 읍내까지 당도할 동안 어머니는 객쩍은 말 한마디도 건네지 않았다. 나 또한 자포자기의 심정이었으므로 구태여 묻고 싶지 않았다. 그날의 밤외출은 분명 평소에 있었던 어머니의 밤나들이와 깊이 연관되어 있다고 생각했기 때문이었다.

어머니는 몇 번의 내왕에서 익숙해진 길인 듯, 건어물가게 앞에서 왼편으로 돌아가는 넓은 골목길로 들어섰다. 그 골목 오른편 막바지에 방마다 남포등으로 환하게 불을 밝힌 집이 바라보였다. 놀랍게도 춘일옥이었다. 그보다 먼저 나를 놀라게 만든 것은 어머니가 나를 데리고 찾아온 집이 춘일옥이라는 것에 있지 않았다. 내가 놀란 것은 누룽지 때문이었다. 읍내 길로 들어선 이후부터, 사뭇 꾸벅꾸벅 이마를 조아리며 뒤따라오던 누룽지를 발견할 수 없었다. 그런데 술꾼들이 떠들어대는 소리가 흐드러지던 춘일옥 마당으로 들어섰을 때, 어느새 길을 먼저 질러온 누룽지가 그 집 축대위에 앉아 있는 것을 발견하였다. 어머니가 찾아갈 집을 누룽지는 알고 있었다. 어머니와의 습관적인 동행이 없었다면, 그 집에서 먼저 누룽지를 발견할 수는 없었을 것이었다. 누룽지는 우리를 물끄러미 바라보며 꼬리만 치고 있을 뿐, 야단스럽게 굴지도 않았다.

어머니가 느릿느릿하던 발걸음을 멈춘 것은 춘일옥 맨 오른편에 있는 방문 앞에서였다. 여러 번 기척을 해서야 내키지 않는 듯 문이 열렸다. 체수가 왜소하게 생긴데다가 코가 유난히 작아 보이는 사십대의 사내가 불빛을 등지고 상반신을 툇마루 밖으로 내밀었다. 그는 마당에 서 있는 어머니를 발견했으면서도 반색은커녕 못마땅하게 뇌까렸다.

"왜 또 왔소?"

어머니가 허리를 조아렸다. 그리고 사내가 반색을 않는데도 나를 돌아보며 말했다.

"들어가자."

어머니와 나는 썰렁한 기운이 감돌고 있는 방으로 들어섰다. 빗자루 한 개가 걸려 있을 뿐, 사방의 벽은 혀로 핥아놓은 듯 아무런 장식도 없었다. 안주접시가 빈약해 보이는 작은 술상을 앞에 두고 자작으로 강술을 마시고 있던 사내는, 우리들의 거동을 부릅뜬 사발눈으로 바라보고만 있었다.

"이 댁 어른이시다. 공손하게 인사 올리그라."

나는 물론 공손하게 인사 올리는 법을 알고 있었다. 그러나 이런 경우, 그런 인사법이 합당한 것인지는 의문이었다. 갈피를 못 잡고 있던 내 태도가 자연 애매할 수밖에 없었다. 어머니는 그런 속내를 당장 눈치챈 듯 따끔한 어조로 채근하고 들었다.

"뭘 하고 있노. 공손하게 인사드리라는데?"

나는 풀썩 방바닥에 주저앉았다. 그리고 그 사내가 아닌, 차라리 개다리소반이 받아주기를 바라며 엉거주춤 엎드려 절을 올렸다. 그러자 시큰둥하던 사내의 반응이 있었다.

"야가 누구요?"

"자식놈입니더."

그러나 사내는 내가 누구라는 걸 익히 알고 있는 눈치였다. 누구냐고 건성으로 한번 물었을 뿐, 사내는 주전자를 들어 빈 사발그릇에다 가득 술을 채웠다. 그리고 목을 길게 뽑아올리고 단숨에 쭉 들이켜고 나서 물었다.

"밤중만 골라 날 찾아오는 까닭이 뭐요?"

"남의 이목이 번거롭지 않은 밤중에 찾아오는 까닭을 몰라서 물으십니껴?"

사내가 그 말을 냉큼 되받아 가시 돋친 한마디를 뇌까렸다.

"난 아줌씨 공방살이가 견디기 어려워 밤중만 골라 찾아오는 줄로 알았소."

"만에 하나 그럴 리가 있겠습니껴."

"자식놈은 왜 데려왔소?"

"오 년이란 세월이 흘러갔으면 이제 댁의 포한도 얼추 가라앉았을 성싶고, 이 철없이 커가는 소생을 물끄러미 바라보시게 되면 죄 없는 아이의 장래도 염두에 두시리라 해서 염치 불고하고 데리고 왔습니더."

"죄 없는 아이 장래는 그토록 막중한 일이고, 다 큰 남자 숯검정

된 복장은 수챗구멍에다 던지라 그 말이오?"

"오 년 동안 설한풍 속을 동가식서가숙으로 떠돌아다니며 겪은 그 사람의 고초도 어찌 그만 못하겠습니껴. 그만하면 저지른 죗값은 얼추 치른 셈이 아이겠습니껴."

"다 쓸데없는 소리. 몇 번 곱씹어 얘기해봤자, 물에다 물 탄 말인데 수다스럽고 번잡스럽기만 하요. 내가 내쫓은 기집도 그만한 고초 안 겪었을까. 내가 그 잡놈을 고소할라 캐도 똥 밟은 주제꼴에 누워서 가래침 뱉는 일까지 벌여서 전국적인 챙피를 안 당할라꼬 참고만 있자니 술고래가 된 것 알기나 하요? 허나, 두고보시오. 내가 주태백이 되어서도 아직 길목을 지키고 있는 것은 그놈이 사람의 면목을 가지고는 이 고장에 두 번 다시 나타나지 못하도록 작신 밟아줄 작정이 있기 때문이라요."

"어째 그걸 모르겠습니껴. 그러나 세월이 약이란 말이 있듯이, 이제는 분을 삭이시고 그 사람이 집으로 돌아올 수 있도록 양해를 해주이소. 여기 앉아 있는 철없는 소생이 보고 있는 면전에서 백배 사죄 올립니더. 아량을 베풀어주시소. 그리고 듣자 카이 이 댁 아지마씨는 처음부터 객지로 나가지 않고, 친정에서 반성하고 지내면서 댁과 서로 통기를 주고받는다는 소식도 있습디더."

"흥, 아줌씨 오지랖 한번 어지간히 넓소. 남의 가내사까지 모두 꿰고 있는 걸 보이."

사내는 콧방귀까지 뀌어가며 빈정거렸다. 그러나 시종일관 목청을 돋워 비아냥거리기만 하던 말투는 시간이 흐르면서 어느덧 누그러져 있었다. 끈질긴 담판이 시작되고부터 어머니는 처음으로 한풀 꺾인 듯한 사내의 태도에 희망을 예견한 듯했다. 죄 없는 자식의 장래도 염두에 두라 했던 어머니의 애틋한 치성에 서릿발 같기만 했던 사내의 가슴이 다소 누그러진 것인지도 몰랐다. 한동안 침묵을 지키고 있던 그는 흘끗 어머니를 일별하며 다시 자작으로 술을 따르려고 주전자를 집어들었다. 바로 그때, 어머니의 분부가 떨어졌다.

"세영아, 술 따라 올리그라."

사태의 추이를 한눈팔지 않고 지켜보던 나는 자기감응磁氣感應하듯 지체 없이 술상 앞으로 당겨앉으며 주전자를 건네받으려고 두 손을 내밀었다. 그러나 사내는 손을 내저었다. 그리고 어머니에게 말했다.

"아줌씨가 한잔 따라주시오."

귀를 의심하였던 어머니가 반문했다.

"날더러 따라달라꼬 했습니껴?"

"왜, 떫으요? 크게 어려운 요청도 아이지 않소. 아줌씨 하얀 손으로 따라준 술 한잔 딱 마시고 싶소. 그러면 꼬여 있던 일이 원만하게 풀릴지 누가 압니껴……"

"그 말씀이 정말입니껴?"

"한 입으로 두말하겠소."

"환골탈태가 된다 캐도 그렇게는 못합니더."

취기 돌던 사내의 표정이 머쓱해진 그 순간, 어머니가 말했다.

"퍼뜩 일어서그라. 가자."

우리는 서둘러 춘일옥을 나섰다. 어머니는 코를 팽 풀어서 춘일옥 대문 설주에다 쓱 문질러 닦았다. 그러고는 아무 일도 일어나지 않았다. 어머니가 감춰두고 있던 비장의 수단까지도 한낱 물거품으로 끝장나버린 것이었다. 그리고 자폭의 말로 일을 그르치고 말았는데도 다만 침묵 속에서 걸음을 빨리할 뿐이었다. 누룽지는 어느새 우리 앞쪽에서 꾸벅꾸벅 걸어가고 있었다.

"그 집에 갔던 일은 비밀로 하그라."

집으로 들어서려 하였을 때, 잠긴 목소리로 어머니는 그렇게 말했다. 삼례는 그때까지 잠들어 있었다.

이튿날 삼례가 깨어났을 때 어머니는 삼례를 불러앉히고 말했다.

"오늘부터 춘일옥 일감은 받지 말그라. 내가 어젯밤에 그 집으로 찾아가서 그렇게 하기로 담판을 짓고 왔다. 내가 아이라 캐서 춘일옥 기집들이 홀딱 벗고 지내지도 않을 기고, 내 또한 그 집 일감이 없다 캐서 당장 굶어죽을 일도 없제. 내 말 명심하그라. 알아들었제?"

어머니가 몸소 찾아가서 담판을 짓고 왔다는 말에 찔끔했던 삼례는, 바로 그날부터 춘일옥 출입을 삼가기에 이르렀다. 그러나 눈길 위를 춤꾼처럼 훠이훠이 종횡무진으로 쏘다녔던 그녀는 어느덧 풀이 죽어 있었다. 밤이 아닌 낮에 혼자 나가서 눈이 녹아가는 밭두렁을 헤매다 돌아오곤 하였다. 예전처럼 마을 여기저기를 들쑤시고 다닐 필요도 없게 되었지만, 그녀 자신이 허탈감에 빠져 있는 것 같았다. 어머니의 반응도 냉담했다. 삼례가 낮에 나다니든 밤에 나다니든 간섭하는 일이 없었다. 그러나 그녀가 가진 허탈감은 어머니의 냉담함에 있는 것 같지도 않았다. 그것은 그녀 자신이 만들어낸 상념인 것 같았다.

어느 날 어머니가 방을 비운 사이, 삼례가 내게 물었다.

"너네 아버지 바람둥이지?"

너무나 놀랐던 나는 숨이 막힐 지경이었다.

"그치?"

"니 무슨 소리 하고 있노? 우리 아부지 얼굴도 모르면서 그런 말 함부로 하면 못쓴대이. 어무이한테 혼날라 카나?"

"이 촌놈아, 말 안 해도 난 다 알아. 내가 모르는 건 없어."

"니가 아는 게 뭐꼬?"

삼례는 가당치 않다는 듯 선웃음 치며 말했다.

"너네 아버지 별명이 홍어지?"

"나는 그런 거 모른다."

"그럴 테지. 하지만 너네 아버지 별명이 왜 홍언지 알아? 홍어는 한 몸에 자지가 두 개 달렸거든. 그래서 바람둥이였던 거구."

"걸부새이 주제에 똑똑한 척하지 마라."

아버지를 가차없이 헐뜯고 있었기 때문에 앞뒤 견줘볼 여유도 없었던 나는, 발설해서는 안 될 말까지 하고 말았다. 그러나 삼례는 태연하게 말머리를 돌렸다.

"나는 삼백 리 밖에 있는 도회지 길도 빤히 알고 있어. 그만하면 똑똑하지. 너 그거 알기나 해?"

삼례가 마을에서 자취를 감춘 것은 그로부터 열흘 뒤의 일이었다. 그녀가 마을을 떠나는 모습을 본 사람은 아무도 없었다. 그러나 사실을 확인할 수 없는 뜬소문은 있었다. 마을의 한길 북쪽 끝의 창고 옆엔 비좁고 허름한 자전거포가 있었다. 낡고 녹슨 헌 자전거 몇 대가 금방 쓰러질 것 같은 벽 아래 항상 기대서 있었다. 찾아오는 사람들도 별로 없었던 그곳에선 하루종일 휘파람소리만 들렸다. 눈이 내린 이후엔 더욱 그랬다. 그 자전거포에서 일하던 청년이 삼례를 고물 자전거에 태우고 읍내 길로 가더란 소문이었다. 그러나 어머니는 그 소문의 진위를 캐려 들지 않았다. 예상하고 있었던 일이기 때문인지 몰랐다. 그녀의 소굴이었던 담구멍의 고무신 한 켤레도 보이지 않았다. 그녀가 자취를 감추었던 그날 밤 나는 도장방에 쪼그리고 누워, 보라색 나팔꽃 한 송이가 붓으로 그린 듯 정교하게 수놓인 그 손지갑을 머릿속에 그려보았다.

그리고 이튿날 아침, 아침밥을 지으려고 부엌으로 나간 어머니가 또다시 비명을 지르며 놀라는 소리를 들었다. 놀란 나는 얼른 기어나가 외짝문을 열었다. 어머니는 내게 부엌문을 가리키고 있었다. 홍어포가 걸려 있었던 부엌 문설주에는 반 아름이나 될까 말까 한 씀바귀 한 묶음이 대롱대롱 매달려 있었다. 밭두렁의 눈 속을 헤집고 캐내었을 씀바귀들은 파릇파릇한 기운을 아직도 그대로 간직하고 있었다. 어머니의 시선은 문설주에 걸린 채 흩어질 줄 몰랐다. 바느질로 밤새우기를 일삼았던 어머니는 간혹 씀바귀 뿌리를 씹곤 하였다. 그 뿌리에서 배어나는 하얀색 즙에는 잠을 쫓아주는 묘약이 들어 있기 때문이었다.

폭설이 마을을 덮쳐 오랫동안 머물렀던 그해 겨울, 우리 마을에서 살아 있었던 사람은 삼례 한 사람뿐이었다.

2

아버지가 집을 떠난 지 육 년째가 되었다. 뱀이 똬리를 틀듯 오직 외곬으로 버티고 앉아 간절하게 아버지를 기다리고 있었으나, 아버지의 거처를 수소문하지 않는 어머니의 공허한 기다림만은 여전했다.

삼례가 훌쩍 떠나고 말았던 겨울이 지나, 산기슭 아래의 논두렁에 자운영꽃이 붉게 피는 봄이 왔고, 지느러미에 살이 오른 붕어새끼들과 송사리떼들이 방천둑 아래의 봇도랑 여울을 거슬러오르고 있었다. 겨울을 지낸 송사리떼들의 경계심은 지진계地震計와 같이 예민했다. 재빠르게 헤엄을 치다가도 얼른 스쳐지나는 사람의 그림자나, 바람에 흔들리는 풀잎에도 놀라 삽시간에 흩어지거나 하류 쪽으로 쏜살같이 사라지곤 하였다.

흐린 날을 좀처럼 볼 수 없었던 그해 5월 하순의 햇살은 언제나 아침나절부터 깨진 유리그릇처럼 눈부셨다. 산등성이 위로 까치발을 하고 성큼 올라선 햇살이, 밤사이 달빛이 걸러낸 마을 뒤쪽 숲속으로 흐드러지고, 새순 냄새가 듬뿍 밴 하늬바람이 일어나 떡갈나무와 오리나무 잎사귀들을 해작이기 시작하면, 먼 산속에선 뻐꾸기 소리가 고즈넉했고, 마을 뒤 숲속에선 이따금씩 수꿩의 울음소리가 들려왔다. 그러나 단 두 음절로 끝맺음되는 수꿩의 울부짖는 듯한 울음소리는, 맑고 깨끗한 서정적 여운이 진하게 남는 여느 새소리와는 딴판이었다. 누적된 회한이 내장을 송두리째 훑어나가는 듯한 그 열적은 울음소리는, 오감을 만개시키는 음률 따위가 실려 있지 않았고, 정서적 친밀감을 이끌어내는 유채화와 같은 감상적 회상력도 없었다. 느닷없이 시작해서 겁에 질린 것처럼 꾸엑꾸엑 단 두 음절만 가파르게 토해내는 그 울음소리는, 투정 섞인 정한은 듬뿍 묻어 있었지만 암꿩의 화답도 없었으므로, 목멘 만큼 비생산적인 악보를 갖고 있었다.

어머니는 아침나절 한때, 마른 풀잎같이 여윈 몸으로 툇마루로 나와 앉아 나른한 시선을 막연하게 던진 채, 해바라기를 하면서 뒷산 숲속에서 들려오는 수꿩의 울음소리를 귀 기울여 듣곤 하였다. 먼 산자락 아래로 아득하게 가라앉는 뻐꾸기 소리보다, 구토하는 수꿩의 울음소리에 어머니가 귀를 기울이는 까닭을 짐작하기란 쉽지 않았다. 아마도 어머니는 그 울음소리에서, 객지생활에 고초를 겪고 있을 아버지의 구차스러운 삶을 연상하는지도 몰랐다.

그러고는 하반신을 마룻바닥에 끌면서 조용히 방으로 들어가, 손톱 밑을 바늘로 찔러가며 졸여두었던 지난밤의 피곤을 때늦은 아침잠으로 풀곤 하였다. 자릿저고리 앞섶을 단단하게 여민 어머니의 그 조촐한 수면은, 기역자로 쪼그린 몸을 다시 꼬부려야 잠이 들던, 그래서 자다가도 벌떡 일어나 몇백 리의 밤길이라도 기꺼이 달려갈 것만 같았던, 어딘가 사무친 회한을 가진 삼례의 수면과 너무나 흡사했다. 삼례가 우리들 곁을 떠난 이후, 어머니가 갖기 시작한 우울한 잠버릇이었다.

아침나절의 단잠에서 깨어난 어머니의 얼굴에는 잠 속에서나마 아버지가 남기고 간 그리움의 자리를 서성거리다 돌아온 흔적이 뚜렷했다. 단잠을 이루지 못한 사람들에게 흔히 찾아오는 기억력의 상실도 어머니에게 종종 보이는 개운찮은 징후였다. 장렬하지도 않고 과장되지도 않았으며, 오직 시간의 낙천성에 맡겨두기만 했던 어머니의 기다림에 어떤 변화가 다가서고 있다는 징조가 보이는 것도 아니었다. 그러나 잠에서 깨어나 흩어진 낭자머리를 단정하게 빗고 나면, 피곤에 절었던 얼굴이 한순간은 하얀 박꽃같이 피어나기도 했다.

어머니가 잠든 시각이면, 나는 방천둑 아래의 봇도랑가에 나가 있을 때가 많았다. 정교하게 빚어낸 유리 세공품 같은 송사리떼를 구경하기 위해서였다. 봇도랑가에 쪼그리고 앉아 오랫동안 송사리떼들의 민첩한 유영을 보고 있노라면, 조청처럼 다디단 5월의 햇살이 등뒤로 가만히 다가와 부드러운 손으로 내 양미간을 감싸 안았다. 졸음과의 숨바꼭질이 시작되는 것이었다.

처음에는 까닭 없이 노곤해지면서 눈꺼풀이 무거워지고, 내리쬐는 햇살을 가파른 손짓으로 반사하고 있는 물너울이 눈앞에서 아슴아슴 흐려져갔다. 그리고 빗자루를 거꾸로 세워둔 것 같은 백양나무 가로수들이 늘어선 먼 한길가에서 나누는 행인들의 말소리가 뚝뚝 끊어지기 시작했다. 그때 뭔가 눈 찡긋하며 내 옆구리를 쿡쿡 찔러대는 것이 있었다. 구태여 뒤돌아보지 않아도 졸음이 불러일으킨 가벼운 현기증이란 걸 나는 알고 있었다.

나는 그때 잠자리의 날개처럼, 체중계에 올라서도 아무런 의미가 없을 정도로 가벼워진 무중력상태의 나를 의식할 수 있었다. 그리하여 햇살이 내게 기댄 것이 아니라, 내가 햇살에 기대어 잠의 나락으로 하강하는 것이었다. 어머니는, 무지개가 모두 빨랫줄이라 하더라도 그 무지개를 가려 덮을 수 있을 만치 많은 옷감들이 널린 방 한쪽에 쪼그리고 누워서, 그리고 나는 민들레와 괭이눈의 새순이 돋아나고 있는 방천둑가에 쪼그리고 앉아서, 참으려 들면 들수록 더욱 잠이 드는 졸음을 즐기곤 하였다.

어머니와 나에게 봄은, 그처럼 졸음과 기다림의 정한을 품고 있는 나선형의 시간과 함께 다가왔다. 관성으로만 연장되고 있던 일직선의 기다림에서 벗어나 있는 어머니와 나를 발견한 것이었다. 그래서 어머니와 나는 설혹 아버지가 아니라 할지라도, 누군가가 우리 두 사람을 찾아와주기를 막연하게 기다리기 시작했다. 아버지를 위한 기다림에 파국의 징조가 뚜렷해지면서 헛된 것이라는 생각이 강렬하게 들수록 더욱 강렬하게 누군가가 나타나주기를 기다렸다. 그것은 지난겨울, 우리 마을의 폭설을 난폭하게 살다 간 삼례라도 좋았고, 그녀가 아니라면 생소한 사람이라 해도 좋았다.

어머니와 나는 이 산골 마을에서 오랫동안 갇혀 살아왔으므로 지리적 감각조차 퇴화해버린 것 같았다. 그래서 누군가가 우리를 찾아와주지 않는 이상, 우리들 스스로는 누굴 찾아나설 기력이 없는 것처럼 생각되었다. 그러나 어머니와 나는 서로의 가슴속에 품고 있는 그 은밀한 비밀을 터놓고 내색한 적은 없었다. 낯선 사람이라도 찾아왔으면 좋겠다는 기대는, 함부로 발설하기엔 너무나 엄청난 변화이기 때문이었다. 그것은 아마도 지난겨울, 우리집에 드리우고 간 삼례의 길고 긴 그림자 때문인지도 몰랐다.

삼례는 그처럼, 은유적 표현으로도 모자람이 많은 깊고 다채로운 흔적을 어머니와 나에게 남기고 떠난 것이었다. 낡은 것도 다시 보면 새롭듯이, 변화하는 것이라곤 돌아가다 멈추곤 하는 재봉틀 소리뿐인 우리집에서, 삼례에 대한 추억은 어딘가 삶과 인생의 깊이를 깊게 해주는 것처럼 생각되어 그녀에 대한 추억을 정색하고 뒤돌아보게 했다. 그래서 그녀는 아직도 그림자처럼 우리들 곁에 살고 있을지도 모른다는 착각을 느낄 때도 있었다. 그리고 그 기대는 어느 날, 공교롭게도 어머니와 내 앞에 현실로 나타났다.

그 사내가 우리집 앞에 모습을 드러낸 것은, 뻐꾸기 울음소리가 더욱 자지러지는 보리누름께인 6월 중순 무렵이었다. 소 먹이는 아이들이 꺾어 부는 보리피리 소리가 뚝 멈춘 해질녘의 긴 그림자를 이끌고 우리집에 불쑥 나타난 그 삼십대 초반의 사내는 우선 키꼴이 유난히 껑충했다. 그는 열어둔 대문 안으로 거침없이 들어와 곧장 툇마루 위에 걸터앉았다. 그리고 나지막하게 말했다.

"냉수 한 그릇 주시겠습니까."

집안에는 자신의 방문을 눈치챈 사람이 없었는데도 사내는 바로 곁에 있는 사람에게 말하듯 낮은 목소리로 그렇게 말했다. 열어둔 대문이었다 할지라도 아무런 양해나 기척도 없이 남의 집으로 고개를 디민 무례한 태도와, 낮은 목소리로 한 그릇의 냉수를 청하는 태도에는 가늠하기 쉽지 않은 괴리감이 있었다.

방안에서는 쉼없이 돌아가는 재봉틀 소리가 도란도란 들려오고 있었고, 어느 누구도 그 불청객의 방문을 대뜸 알아채지 못하고 있었다. 그러나 사내는 냉수 한 그릇의 푸대접도 일찌감치 예상했던 것처럼, 그 한마디를 툭 던지고 나서 아무렇지도 않다는 듯 무표정하게 앉아 있었다. 마침 방천둑에서 돌아오던 나는 대문 밖에서부터, 황혼의 잔광을 측면으로 받고 앉은 사내의 출현을 눈치채고는 본능적으로 대문 기둥 뒤로 몸을 숨기며 사내의 행색을 훔쳐보기 시작했다.

면상이 수수떡처럼 검붉은 그 사내는 생소하다는 점에서만은 요지부동의 모습을 가지고 있었다. 첫째, 그와 나는 단 한 번도 마주친 기억이 없었으므로 완벽하게 낯설었다. 두번째로 낯설었던 것은 그의 용모였다. 얼굴 한가운데를 가르며 거침없이 내리꽂힌 가느다란 매부리코의 돌격적인 기세는, 그의 뾰족한 턱끝까지도 점령해버릴 형세여서 혀끝을 내밀면 금방 코끝이 닿을 수 있을 만치 분수 이상으로 길었다. 그리고 좁은 이마 위로는 자로 잰 듯, 콧등과 일직선을 이루는 정수리 한가운데로 가르마가 나 있었다. 정수리 한가운데를 세로지르는 가르마를 튼 사람을 나는 한 번도 본 적이 없었다. 게다가 좌우로 공평하게 갈라 넘긴 짧은 머리칼은 사내의 인상을 일부러 신경질적으로 만들기 위해 애쓴 것처럼 보였다. 그런데 그 매섭게 보이는 인상을 단숨에 삭제시킬 수 있는 한 가지 미궁이 그 얼굴에 있었다. 그것은 바로 시원하게 큰 그의 두 눈이었다. 사내의 얼굴이 갖고 있는 다른 부분의 생김새가 그의 성품을 냉혈한같이 만들고 있는 것이라면, 움푹 팬 눈자위에 자리잡은 크고 휑한 두 눈은 매부리코에서 발산되는 날카로움이 얼굴 밖으로 전달되는 것을 가로막으며 그때마다 토막토막 잘라 삼키기 위해 존재하는 것처럼 보였다.

그가 낯설었던 또다른 한 가지는 그의 옷차림이었다. 실밥을 따라 간신히 꿰매달린 듯한 낡고 더러운 갈색 신사복의 목덜미엔 하얀 손수건이 매여 있었고, 그 차림새와는 어울리지 않는 하얀 구두가 노을빛에서도 유난히 반짝거리고 있었다. 그가 보여주고 있는 모든 것 중에서 가장 눈길을 끌었던 것이 바로, 뒤축에 징을 박았으므로 익명성이 제거된 그 하얀 구두였다. 사내의 그런 난해한 차림새는 그가 감당하고 있는 간난의 세월이 고스란히 들여다보이거나, 이 세상 후미진 곳의 음습한 애환을 모두 끌어안고 있을 법한 또다른 인상을 느끼게 만들었다.

사내가 대문 기둥 뒤에 숨어 있는 내게 시선을 멈춘 것은, 나로선 그를 충분히 관찰한 뒤의 일이었다. 그는 전부터 익히 알고 있는 사이였던 것처럼 야단스럽지 않은 손짓으로 나를 불렀다. 대담해야 한다고 속으로 다그치며, 엉거주춤 뜨락으로 들어서는 내게 눈길을 떼지 않고 있던 그도 때를 같이해서 툇마루에서 일어났다. 일어서고 있는 그의 몸 뼈마디에서 우두둑 하는 소리가 들려왔다.

"너, 이 댁 아드님이냐?"

"예."

역시 나직한 목소리로 물었다. 그렇다고 대답했는데도 사내는, 눈을 송사리 꼬리같이 애써 가늘게 뜨고 나를 쏘아보기 시작했다. 그러자 사내의 인상은, 금방 나에게 어떤 재앙을 안길 것처럼 폭력적으로 돌변하고 말았다. 뒷산 숲에서 또 수꿩이 울었다. 그러나 사내는 잠깐 눈길을 거두고 뒤돌아서서, 툇마루에 내려앉은 먼지를 훅 불어낸 다음 다시 조심스럽게 걸터앉았다. 그리고 버튼을 누르면 칼날이 순식간에 발기하는 주머니칼을 바지주머니에서 꺼내 들었다.

칼날은 그의 콧날처럼 가늘고 예리했다. 그는 호비칼을 잘 다루는 목수같이 노련한 솜씨로 칼끝을 놀려 구두 밑창의 홈에 끼여 있는 흙을 아작아작 후벼내기 시작했다. 그리고 윗도리 속주머니에서 손수건을 꺼내더니 구두코에 앉은 먼지를 깔끔하게 닦아냈다. 구두를 향해 시선을 내리깐 채 그는 다시 물었다.

"네 이름이 세영이 맞지?"

"예."

"냉수 한 그릇 줄래?"

부엌으로 가서 물그릇을 찾기 위해 찬장 문을 열고 나서야 나는 소스라쳐 놀랐다. 사내가 내 이름을 정확하게 꿰뚫었던 것에 놀란 것이 아니고, 내 이름이 세영이란 것에 스스로 놀랐다는 것이 더 정확했다. 내 이름까지 낯설었을 만치 그의 질문은 전혀 예상 밖의 일이었다.

"너 왜 대문 뒤에 숨어 있었냐?"

물그릇을 받아들면서 그는 또 무표정한 얼굴로 추궁하고 있었다. 애써 야비한 표정을 짓지 않아도 날카롭게 돌출된 콧날과 정수리를 세로지른 가르마가 그때마다 질문에 합당한 표정을 만들어 주고 있었다. 그는 툇마루에 앉아 있었고 나는 서 있었으므로 우린 서로 성인의 눈높이에서 마주보고 있었다. 그런데도 사내는 내 키보다 몇 배나 높고 먼 곳에서 나를 내리깐 시선으로 바라보고 있는 것 같았다. 여긴 우리집이고 내가 주인의 행세를 한대도 전혀 트집

잡을 사람이 없다고 속으로 몇 번인가 다짐을 하였지만 가슴속에 도사리기 시작한 두려움은 예사롭게 씻기지 않았다.

사내는 내가 가위 질려 있는 것을 진작부터 눈치챈 듯, 구태여 대답을 들으려 하지 않았다. 그는 깨끗하게 쓸어놓은 우리집 뜨락을 한 바퀴 휘둘러보았다. 그때에야 나는, 목덜미에 흰색 깃털 갈기를 가졌다는 한 마리의 새를 뇌리에 떠올렸다.

그 맹조猛鳥를 본 적은 한 번도 없었다. 그러나 일단 하늘로 날아오르면 하루 정도는 땅으로 내려앉지 않고 비행할 수 있으며, 기류를 타고 날면서 간혹 잠도 잔다는 그 하늘새의 이야기를 소상하게 들었던 적은 있었다. 그 새가 페루의 인디오들에게는 스페인 정복자들에 대한 복수를 상징하고 있었다. 바로 콘도르라는 독수리였다. 이 사내의 매부리코처럼 스스로의 가슴살을 쪼아내는 자해도 가능할 만치 자신의 가슴 쪽으로 가파르게 꼬부라진 부리를 갖고 있는 그 독수리는, 공교롭게도 풀 한 포기 찾기 어려운 황량하고 메마른 안데스산맥 능선 위 고공에서만 살았다. 양날개를 길게 펼치면 길이가 삼 미터에 이르고, 한 시간에 육십 킬로를 날 수 있었다.

인디오들이 그 독수리를 종족의 이상물로 삼고 있는 것은, 지금은 희귀한 새가 되어버린 그 독수리의 자존심 때문이었다. 그의 날갯짓 소리는 수백 미터 밖에서도 들을 수 있고, 단 한 번의 날갯짓으로 해발 사천 미터 아래의 능선에 있는 포획물을 낚아채는데, 실패했을 때는 그 공격을 포기했다. 또한 다른 짐승이 잡은 포획물은 절대 넘보지 않으며, 반드시 자신이 잡은 짐승의 고기만 먹었다. 해발 일천 미터 이상의 고공만 날았으므로 어떤 새나 짐승도 그에게 접근할 수 없었다. 그래서 한 마리의 콘도르가 그 척박한 삶을 마감하고 나면, 인디오들은 저마다 그 뼈를 예리하게 다듬어 삼포니아라 부르는 피리를 만들어 불었다. 〈엘 콘도르 파사〉라는 노래는 그래서 노랫말이 없었다.

말은 들었지만 한 번도 목격한 적이 없었으므로 내게는 상상의 새일 수밖에 없었던 그 독수리는, 어느덧 땅으로 내려앉아 눈을 새우의 꼬리처럼 가느다랗게 뜨고 나를 쏘아보고 있는 것이었다. 그리고 작은 목소리로 묻고 있었다. 그런데 그 작은 목소리가 나에겐 오히려 등골이 싸늘하게 식을 만치 위협적이었다. 그때에야 나는 방안에서 돌아가던 재봉틀 소리가 멈춰 있다는 것을 깨달았다.

한동안 적막한 침묵이 흘러갔다. 그러나 어머니는 결코 방문을 열고 알은척하지는 않을 것이었다. 그것이 바로 어머니가 지금까지 지켜온 사람들과의 관계였다. 그때 사내는 날카롭게 비낀 턱으로 방문을 가리키며 물었다.

"방에 사람 있냐?"

나는 말문이 막혀버렸으므로 고개를 끄덕이는 것으로 겨우 대답을 대신할 수밖에 없었다. 그 순간, 사내의 입 언저리로 냉소가 스쳐갔다.

"씨암탉도 잡아준다는데, 암탉은커녕 들어오라는 코대답도 없구먼."

비아냥거림이 틀림없었다. 그러나 그가 왜 암탉을 들먹이며 비꼬는 언사를 쓰고 있는 것인지, 그리고 구두 뒤축에 징을 박은 것 외에는 자신의 정체에 대해 거의 완벽한 비밀을 유지하면서 어머니와 나를 지능적으로 위협하고 있는 것인지 짐작조차 할 수 없었다.

길안에 살고 있는 외삼촌이 보낸 사람일까. 그렇다면, 그의 위협적인 언동은 앞뒤가 맞지 않았다. 아니면, 아버지와의 일로 어머니와도 등을 돌리게 된 춘일옥 남자가 보낸 건달일까. 그러나 춘일옥 남자는 단순하기 짝이 없는 성품이어서 그런 복선 따위는 생각할 수도 없는 위인이었다. 내가 세상 물정에 조금만 밝았더라면, 사내가 뇌까린 씨암탉 얘기가 자신의 정체를 정확하게 표현한 말이었다는 것을 대뜸 깨달았을 것이었다.

역시 어머니였다. 언제부턴가 바느질을 멈추고 바깥의 동정에 온 신경을 곤두세우며 지켜만 보고 있던 어머니가 방문을 연 것은 그때였다. 사내의 정체를 정확하게 파악하지 못한 이상, 방문을 열어줄 어머니가 아니란 것을 나는 잘 알고 있었다. 그러나 방문이 열렸음을 충분히 알고 있을 사내의 반응은 의외로 냉담했다. 그는 여전히 방으로는 등을 돌린 채 뜰에 서 있는 내게서 시선을 떼지 않고 있었다. 결국은 어머니가 먼저 말을 꺼내도록 유인하려는 심산이었다. 양쪽으로 공평하게 빗어넘긴 가르마의 머리카락처럼,

그는 비범한 균형감각을 가지고 어머니와 나를 동시에 위협하고 있었다.

"누굴 찾아오신 분입니껴?"

그제야 사내는 흘끗 방문 쪽으로 시선을 돌렸고, 나는 온 삭신을 마비시킬 것같이 맹독성을 지닌 그의 눈발에서 간신히 벗어날 수 있었다. 사내는 방안의 어머니에게 시선을 돌린 채 손가락으로는 나를 가리키며 물었다.

"재 이름이 세영이 맞아요?"

"듣자니, 맞다고 대답하는 것 같던데…… 누굴 찾고 계신지 알아야제요."

"그렇다면, 내가 똑소리나게 찾아왔네요."

찾아온 실마리를 풀어주는 데는 인색하면서 제 흥에만 겨워서 손뼉이라도 칠 듯 흥분된 사내의 말에 정색하고 있던 어머니의 표정은 한순간 갈피를 못 잡고 일그러졌다. 방문을 열기 전 어머니 혼자 넘겨짚었던 예측에 순간적으로 혼란이 온 것이었다. 그렇다면 남편의 소식을 갖고 찾아온 사람은 아닐까. 그러나 사내는 곧장 덧붙였다.

"나는 처가를 찾아온 사람입니다."

"아인 밤중에 홍두깨라 카디, 이런 대낮에 난데없이 처가라니요?"

"삼례라는 계집을 모른다고 하지는 않겠지요?"

그 순간, 어머니는 두 눈을 커다랗게 떴다. 그리고 그때까지도 툇마루에 앉아 상반신만 뒤튼 채 어머니를 엿돌아보고 있는 이 예측할 수 없는 사내를 뚫어져라 바라보았다.

"삼례는 어디 갔습니껴?"

어머니가 묻는 말에, 긴장감이 가시려던 사내의 표정이 금방 굳어졌다. 나는 그가 어금니를 사리물었다는 것을 깨달았다.

"어디 갔냐니? 그건 내가 물어볼 말이오."

"같이 오지 않았다는 말입니껴?"

"시치미 잡아뗀다고 내가 쉽사리 속아넘어갈 사람으로 보이오? 그렇다면 나를 잘못 봐도 한참 잘못 봤소. 나도 산전수전 겪을 건 다 겪은 사람이라오."

"이게 웬 날벼락이로? 처가에 왔다는 분이 사람 잘못 봤다는 말씀은 뭔 말씀인지 모르겠대이. 여기 찾아온 연유가 여차여차하다고 차근차근 말해야 알아들을 기 아입니껴?"

"어림없지. 그런다고 내가 방안으로 얼른 들어갈 것 같소?"

사내와 응대는 하고 있었으나, 미동도 않고 앉아 있던 어머니는 그때에야 보일 듯 말 듯 고개를 끄덕이고 있었다. 사내가 어째서 당도하는 길로 곧장 방으로 들어가 어머니와 담판하려 하지 않고, 줄곧 툇마루만 지키고 앉아 있는지 속셈을 꿰뚫은 것이었다. 사내 자신이 방으로 들어간 사이, 필경 우리집으로 돌아와 있을 삼례가 몰래 대문 밖으로 줄행랑이라도 놓을까 해서였다.

삼례가 무슨 일을 저질렀기에 이 난데없는 사내가 뒤쫓고 있는 것일까. 그런 의문이 가슴속으로 스멀스멀 기어드는 순간, 사내가 뇌까리고 있었다.

"쌍년, 잡히기만 해봐라. 그 피둥피둥한 가랭이를 콱 찢어놓을 테니깐."

그는 양복 윗도리 안주머니에서 아까 보았던 칼을 날렵하게 꺼내들었다. 그리고 흡사 묻어 있는 고기비늘을 씻듯 칼날을 툇마루 가녘에 대고 쓱쓱 그었다. 우리들에게 안길 재앙을 예고하고 있는 것이 분명한 사내의 행동에 나는 정말 독수리에 채인 병아리같이 새파랗게 질려버렸다.

그러나 어머니는 달랐다. 사내가 그 위협의 순간들을 채 마무리하기도 전에 어머니는 단호한 결의를 보이며 문을 닫아버렸다. 문이 닫히는 소리는 깜짝 놀랄 정도로 매몰차서 사내 역시 엉덩이를 들썩했었다. 그 순간, 나는 정수리가 화끈해오는 것을 느꼈다. 필경 문이 닫히면서 들려왔던 '쾅' 하는 소리 이상의 반격이 사내로부터 있을 것으로 예상했기 때문이었다.

그러나 그것은 빗나가고 말았다. 사내는 다만 허탈하게 웃고 있었다. 사내가 풍기고 있는 인상으로서는 좀처럼 보기 어려운 행동처럼 보였다. 그러나 그 느닷없는 웃음은, 어머니를 단번에 굴복시킬 더 크고 야비한 폭력을 예고하고 있는지도 몰랐다.

넋이 빠진 돌부처같이 서 있던 내가 집을 뛰쳐나온 것은 바로 그때였다. 나는 뒤통수에서 날벼락이라도 쫓아오는 것처럼 갈팡질팡 뛰었다. 마을 사람들이 나를 바라보았을 때, 날아가고 있다고 착각할 정도로 초인적인 속도감을 유지하고 싶었다. 그런데 나는 다만 달려가고 있을 뿐이었다. 독수리나 바람보다 더 빠르게 날고 싶었던 나에게 날개가 없다는 것이 가슴 쓰렸다.

옆집 남자가 운영하고 있는 정미소는 마을의 서쪽 산기슭 아래에 있었다. 나는 앞가슴을 한껏 부풀려 앞으로 내밀고 이빨을 앙다물었다. 그리고 한쪽 발뒤축이 땅에 닿기 전에 다른 발을 앞으로 떼어놓으려 하였다. 그러나 그렇게 다잡아먹을수록 어쩐 셈인지 평소 때와는 정반대로 발뒤축부터 땅에 닿았다. 나는 해발 사천 미터 이상의 안데스산맥 고공 위를 비행한다는 콘도르의 날개를 생각했다. 그런데도 나는 열네 살의 소년이 땅을 딛고 달려간 만큼의 시간을 소비한 연후에야 정미소에 당도할 수밖에 없었다.

내가 가쁜 숨을 진정시킬 사이도 없이 다시 집으로 돌아왔을 때, 사내는 우리집 툇마루에서 단 한 발짝도 비켜나지 않은 채 화석처럼 앉아 있었고, 재봉틀 소리가 흘러나오는 방문은 여전히 굳게 닫혀 있었다. 그러나 집으로 돌아왔을 때의 나는 혼자가 아니었다. 집에서 달려나갈 때부터 나를 뒤쫓았던 누룽지가 나와 같이 집으로 되돌아왔다.

누룽지는 곧장 우리집 뜰 안으로 들어오지 않고, 대문턱에서 발걸음을 멈추는가 하였더니, 엉덩이를 깔고 앉아버렸다. 숨가쁘게 헐떡거리고 있는 누룽지는 지칠 대로 지쳐서 늘어진 혀끝이 거의 땅에 닿을 지경이었다. 옆구리는 풀무질을 하는 것처럼 벌럭벌럭 물결치고 있었고, 입 언저리에는 엉킨 거미줄 같은 흰 거품이 기다랗게 매달려 있었다. 주둥이를 처박은 가슴털은 그래서 걸쭉한 침으로 젖어 있었다. 낯선 사람을 바라보고 있는데도 짖을 기력을 잃은 누룽지는, 몸을 대문턱에 내던지고는 새삼스럽게 긴 한숨을 내쉬고 있었다. 그러나 두 눈은 줄곧 툇마루에 앉은 사내를 쏘아보고 있었다. 가장 어두운 곳에 살고 있는 빛이 더욱 강하듯, 피곤에 절어 있는 누룽지의 음산한 눈빛은 사내를 질리게 만들고 있음이 분명했다. 그러나 뱃심이 없지 않았던 사내의 시선도 누룽지에게서 떠나지 않고 있었다.

누룽지의 경계심을 시험해보려는 심산이었던 사내가 엉거주춤 몸을 일으켰다. 그러자 누룽지는 흐린 날씨에 들려오는 등대의 고동 소리처럼 워우 하는 소리를 내면서 상반신을 곧추세웠다. 그리고 입술을 벌려 흰 이빨을 쳐들어 보였다. 사내는 일어나려다 말고 다시 툇마루에 주저앉았다. 그러자 누룽지도 뒤따라 턱을 대문턱에 걸고 엎드렸다. 누룽지의 출현은 공교롭게도 우리들과 사내의 처지를 결정적으로 뒤바꿔놓고 말았다. 어머니와 나 그리고 삼례를 집 안에 가둬두려 했던 그 자신이 누룽지에게 갇히고 만 것이었다.

옆집 남자가 도착한 것은 누룽지와 사내의 대치상태가 그처럼 무르익고 있을 무렵이었다. 대문 밖에 도착한 옆집 남자는 제집에

온 사람처럼 툇마루에 떡 버티고 앉은 사내를 보고 깜짝 놀랐다. 아버지가 떠난 이후, 외간남자가 우리집 툇마루에 그처럼 천연덕스럽게 앉아 있는 모습은 처음으로 목격하는 불상사였기 때문이었다. 옆집 남자가 서둘러 말했다.

"형씨, 가장도 출타하고 없는 집에 들어가서 부녀자를 상대로 고집을 부리면 되겠습니꺼? 밖으로 나와서 나하고 이바구 좀 해봅시다."

"당신은 누구요?"

"바로 저 옆집에 살고 있는 이웃사촌이라 카면 알아묵겠습니꺼?"

"무턱대고 나갈 수 없는 처집니다."

"이 개 때문입니꺼? 멀리 내쫓아드릴 테니 그만 밖으로 나오시소. 뭔 일인지는 모르겠소만 이 댁 아지마씨는 내외의 법도를 워낙 엄중하게 차리시는 분이라, 옆에서 날벼락이 떨어진다 캐도 터놓고 이바구하기는 아마도 어려울 깁니더."

누룽지는 자기 주인의 의중을 냉큼 알아차린 모양이었다. 개운찮은 시선으로 사내를 일별한 뒤 천천히 일어나 내키지 않는 걸음으로 자기 집 마루 밑으로 돌아가고 있었다. 그제야 사내는 뜰을 건너 대문께로 걸어갔다.

안방의 문이 열린 것은 바로 그때였다. 열어둔 문이 문지방의 기울기를 따라 다시 닫히지 않게 한 손으로 문고리를 단단히 여며

잡은 채, 어머니는 옆집 남자도 들으란 듯 나를 똑바로 바라보면서 말했다.

"우리집으로 찾아온 손님을 엉뚱한 분이 모시고 어디로 간단 말이고? 내가 잠시 매무새를 가다듬느라고 지체했을망정 이런 무례한 일이 어디 있노. 세영아, 손님 방으로 모시지 않고 뭘 꾸물대고 있노."

지금까지 나는 내 귀를 의심한 적이 없었다. 그것은 늙은 여우처럼, 실수를 낳지 않는 판단력과 예민함으로 다져온 귀를 가지고 있다는 자신감 때문이었다. 놀란 것은 옆집 남자도 마찬가지였다. 그는 발부리가 땅속으로 박힌 듯 꼼짝 못하고 그 자리에 서 있었다. 그러나 사태는 금세 수습되고 있었다. 툇마루로 돌아온 사내는 득의에 찬 얼굴로 하얀 구두를 천천히 벗었다. 그리고 툇마루 안쪽 자리에 가지런하게 놓아둔 다음, 방안으로 들어갔다. 내가 사내를 뒤따라 들어갔을 때, 사내로부터 풍기는 발냄새가 방안에서 진동하고 있었는데, 사내와 마주앉은 어머니의 대화는 이미 시작되어 있었다.

"삼례는 내가 낳은 소생은 아이지만……"

어머니의 말이 이어지기도 전에 사내가 냉큼 말을 가로챘다.

"소생이 아니란 것은 부인 나이를 봐서 진작에 알게 되었소."

"그러나 전쟁에 끌려나가 전사한 사촌오라비와 남편을 잃고 난 뒤 화병으로 죽은 올케의 소생이니, 삼례가 우리집을 친정으로 지

목한 기 근거 없는 억지는 아입니더. 어릴 때 부모를 모두 잃은 그 측은한 것을 한때는 내 슬하에 거두기도 했으이, 나를 어미로 여겼다 한들 크게 틀린 일은 아이제요. 손이 트면 내 젖을 짜서 발라주기도 했습니더. 그런데 내가 듣기로는 작년에 객지로 나간 다음부터는 소식이 돈절되고 말었다더이, 이런 걸출한 남정네를 만났던 모양이제요."

어머니는 정녕 놀랍고 대견스러운 듯, 목에 두른 흰 수건을 벗겨 이마를 닦고 있는 사내를 그윽한 시선으로 바라보기 시작했다. 어머니의 말은 이어지고 있었다.

"삼례가 타고난 팔자가 기박해서 이 집 저 집에 얹혀살며 고상스럽게 자랐어도 어릴 때부터 잔병치레 없었고, 영민하고 눈썰미가 있기로는 동네에서 소문이 자자했지요. 그 눈썰미 덕분에 이렇게 준수한 신랑을 만났던갑네요."

사내의 태도가 돌변한 것도 그때였다. 그는 갑자기 좁고 꾸부러진 어깨를 얄기죽얄기죽 움츠리면서 턱을 목 아래로 꼬아 감추며 말했다.

"뭘요…… 하긴 준수하다는 말은 많이 듣습니다만."

사내가 생색을 낼 틈을 주지 않으려는 듯, 어머니의 말은 숨가쁘게 이어지고 있었다.

"고년이 찾아온 복을 복인 줄 몰랐던갑네요. 눈썰미는 있었지만 사람의 깊은 곳을 찾아내는 안목까지는 갖추지 못했던 기 불찰이었습니더."

금세 풀 죽은 사내는 고개까지 숙이며 어물어물 대답했다.

"그러게 말입니다."

"고년의 안목이 그렇게 아둔한 줄 알았더라면, 진작 찾아가서라도 불호령을 내리는 긴데…… 나는 세상 물정과는 담을 쌓고 지내는 처지라 시기를 놓치고 말았습니더. 집을 나갔다는 불길한 소식은 작년에 풍편으로 들었지만, 고년이 경우 바르고 표독스러운 내 성깔을 어릴 때부터 알고 있었던 터라, 혼찌검을 당할까 해서 우리 집을 한 번 다녀간 뒤로는 두 번 다시 코빼기도 내밀지 않았답니더. 내 말 알아듣겠습니꺼?"

"그래도 이 댁을 친정으로만 알고 있던데요?"

"당연하제요. 이 집을 친정으로 여기고 눌러 있으라고 귀에 못이 박이도록 일러줬는데, 소가지 못된 고년은 그 말을 내가 지를 부려먹으려는 구박으로만 알아서 귀여겨듣지를 않았습니더. 까닭이야 어찌 되었건 객쩍고 미안하게 되었습니더."

"그렇다면, 이 댁으로 찾아올 가망이 없다는 얘긴데……"

"일찍부터 남의 손에서만 자란 아이들이라는 기 장성했어도 안면 바꾸기를 예사로 알고, 남의 말에 혹하기를 잘하겠제요. 거기다가 역마살까지 타고났으이, 지도 모르게 한곳에 진득이 머물 수 없는 기구한 팔자가 아이겠습니꺼. 천지개벽이 되어 마음 고쳐먹기 전에는 우리집으로 찾아올 가망은 없는 아이가 아이겠습니꺼."

사내가 자리를 박차고 일어서지 않는 이상, 어머니의 거짓말은 아무런 염치를 두지 않고 끝없이 계속될 조짐이었다. 당신 스스로 말했던 것처럼, 세상 물정과는 담을 쌓고 칩거한다는 어머니의 거짓말이 분노에 차서 거의 이성을 잃고 있는 사내를 당장 설복시킬 수 있을 만치 조리정연할 뿐만 아니라, 또한 사내의 속마음까지도 파고드는 호소력을 지니고 있었다는 것은 전혀 새로운 발견이었다. 그것도 어머니를 뚫어져라 바라보면서 모순이나 위선이라면 그 먼지까지도 깡그리 핥아낼 듯한 매부리코를 가진 사내 앞에서 말이다.

어머니가 벌이고 있는 대담한 곡예를 나는 장대 끝을 밟듯 아슬아슬한 심정으로 바라보고 있었고, 겨드랑이에선 진땀이 배어나기 시작했다. 그런데도 어머니의 표정은 끝까지 천연덕스러워 아무런 위기감도 느낄 수 없었다. 사내가 어떤 태도로 응대하건 모든 준비는 이미 마련되어 있다는 태도였다. 짧은 순간이긴 하였지만, 쑥스럽고 교태스럽기만 하던 사내의 얼굴에는 다시 절망과 분노가 교차되기 시작했다. 그러나 어머니는 사내가 보여줄 그런 표정까지도 일찌감치 예상하고 있었음이 분명했다.

침묵의 무늬까지도 더욱 선명해지는 한순간이 지났다. 반짇고리를 뒤지고 있던 어머니의 솔풀같이 메마른 손에 몇 장의 지폐가 들려나왔다. 지폐가 담긴 어머니의 손바닥은, 굳은살이 박이고 멍든 자국이 그대로 드러나 휠 대로 휜 삶의 질곡이 고스란히 묻어 있었다. 초연히 어깨를 떨군 채, 한쪽 볼따구니를 살살 긁고 앉았던 사내가 일어선 것은, 노잣돈으로 쓰라는 그 손바닥 위의 지폐를 건네받은 뒤였다.

우리집으로 들어올 때와는 딴판으로 깍듯이 예의를 차리고 대문 밖을 나선 그가 그러나 마을을 깨끗하게 떠나준 것은 아니었다. 그 일이 있고 사흘째 되던 날부턴가, 하루에 두서너 번씩 마을의 방천둑과 소택지 부근을 배회하고 있는 사내를 발견할 수 있었기 때문이었다. 내가 두려웠던 것은, 그 사내가 방천둑을 오가면서 뿌리는 막연한 공포 분위기 때문만은 아니었다.

방천둑은 공연히 심각한 일이라도 있는 것처럼, 황혼녘의 주홍빛 노을을 받으며 걷곤 하던 쓸쓸한 나날들이 생겨나기 시작하는 내 열네 살의 영역이 차곡차곡 담겨 있는 장소였다. 배고픔은 언제나 꿈에다 날개를 달아주었다. 배고픔이 핏줄같이 뱃구레를 선명하게 뚫고 지나가는 그 노을께에 허전함과 까마득한 정적의 그림자는 언제나 나보다 한 걸음 빨리 그 방천둑으로 걸어와 마술을 연출해줄 준비를 갖추고 있었다.

나는 서쪽 하늘을 온전하게 덮고 있는 풍만한 노을을 온몸으로 마주 받으며, 음습하고 침침한 껍질에서 금방 벗어난 매미의 애벌레처럼 투명한 살갗으로 변신한 나를 바라보곤 하였다. 나는, 내 가슴속으로 스며들어 내 뼈대와 살점을 싸잡아 용해시킬 수 있을 만큼 충만했던 해거름의 고요와 황홀한 노을 속으로 해면처럼 투명한 몸이 되어 빨려들곤 하였다. 그렇지만 마을의 어느 누구도 발가벗은 채로 노출된 나를 알아차리진 못했다. 나는 혼자만이 갖는 전율적인 발성의 욕구를 이빨을 사리물고 삼키며 은밀하게 그것들을 사랑하기 시작했다. 실제로는 존재하면서도 존재하지 않는 것같이 보이는 투명성이 갖는 가없는 방만에 매료되기 시작했다. 어느 누구도 감히 흉내내거나 범접할 수 없는 무한한 가능성이 거기엔 있었다.

그때 방천둑 위에서는, 헤어져 있는 거리와는 상관없이 자유자재로 아버지를 만날 수 있었다. 아버지는 언제나 노을을 등지는 방천둑의 서쪽으로부터 모습을 드러냈다. 처음에는 아주 조그맣게, 그리고 점점 용적을 부풀려가며 다가와서 바로 내 옆을 지나쳐 동쪽 끝으로 등을 보이며 사라지곤 하였다. 나는 아버지의 모습을 속속들이 관찰할 수 있었지만, 아버지는 나를 전혀 의식하지 못했다. 물론 나도 아버지의 얼굴을 완벽하게 기억하고 있는 것은 아니었다. 그러나 그때 나타나는 사내가 아버지라는 것을 알아차릴 분명한 증거가 있었다. 한 손에는 언제나 지난겨울 내가 방천둑에서 날리다 잃어버린 낯익은 가오리연 한 개를 들고 있었다. 그리고 손등이 매화나무 등피같이 갈라터진 다른 한 손으로는 자칫 한 발을 잘못 내디디면 부러질 것 같은 가느다란 지팡이를 짚고 있었다. 다리를 몹시 절뚝거리며 거의 열정적으로 몸을 떨기까지 하였으므로 장애를 받고 있는 곳이 몸의 어느 부위인지도 분명하지 않았다. 아버지는 지팡이를 짚고 걷는다기보다 전신을 거의 지팡이에 내맡기다시피 하고 상반신부터 기우뚱거리며 흔들어대는 거북한 걸음을 떼어놓았다. 게다가 바로 내 옆을 지나칠 적에는 내게 보여주고 싶기라도 한 듯, 뼈에 사무치는 고통으로 일그러진 얼굴이 되어 걸음걸이를 예사롭게 보이려고 무진장 노력하고 있었다. 그러나 그러한 노력은 아버지의 모습을 더욱더 처참하게 보이게 할 뿐이었다.

실제의 아버지는 육신이 멀쩡한 사람이었다. 그런데도 노을 무렵에 나타나는 아버지는 지팡이를 짚은 모습을 한 번도 고쳐본 적이 없었다. 그처럼 왜곡되어 나타나는 아버지의 모습은, 어머니와 나를 버리고 객지로 떠나버리고 난 뒤 육 년째가 되도록 소식이 없는 아버지에 대한 배신감이 내 가슴속에 도사린 까닭인지도 몰랐다.

아버지가 지나가고 난 다음엔, 멀리서 삼례가 달려왔다. 바로 내 코앞에까지 숨가쁘게 달려온 그녀는 발걸음을 뚝 멈춘 뒤, 나를 정면으로 바라보면서 한번 호들갑스럽게 웃었다. 그 순간 치마를 훌쩍 걷어올리는가 하면, 허연 엉덩이를 내게 둘러대고 앉아 참았던 오줌을 시원스럽게 내쏟았다. 언 땅을 뚫고 깊이 박힌 잡초의 뿌리라도 뒤집어놓을 듯한 삼례의 그 난폭한 방뇨는 그러나 내 앞에 머물러 있지 않고 금방 사라졌다.

그러나 이제 방천둑은 사내의 독차지가 되고 말았다. 우연이기를 바랐지만, 그가 방천둑을 거닐기로 작정한 것은 내게 공포감을 심어줄 장소를 사려 깊게 물색한 결과로밖에 생각할 수 없었다. 떠나주지 않음으로써 오히려 두려운 사람을 나는 처음으로 만나게 된 것이었다. 결코 되돌아오기를 바라지 않았던 유일한 사람인 그는, 그후에도 몇 번인가 어머니를 찾아와서 노잣돈을 뜯어간 낌새였다. 그러나 사내의 까닭 없는 몰염치와 은근한 협박에 대해 어머니는 놀라거나 기가 질린 기색은 아니었다. 어머니는 오히려 그것을 즐기고 있는 것 같았다. 내게는 사내가 공포 그 자체였지만, 어머니에게는 대수롭지 않은 것이었다.

"그 사람 차림새가 좀 낯설게는 생겼드라만 생판 나쁜 사람은 아이대이. 늑대 새끼들맨치로 길거리에서 서로 만나 남의 협호살림 차린 처지라 카드라도 야반도주한 마누라를 찾아나선 사람을 우째 나쁜 사람이라 카겠노. 또 그런 사람의 면상이 험악하지 않을 수 없겠지러."

어머니 자신에게도 다짐을 두듯 몇 번인가 반복해서 그렇게 중얼거렸다. 그러나 방천둑을 주축으로 한 사내의 밤낮없는 배회는 나뿐만 아니라 몇몇 마을 사람들에게도 개운찮은 기분을 안겨주었다.

운명이 시키는 대로 사는 사람처럼 방천둑을 지향 없이 걷다가도, 어느 한순간 오만한 시선을 고정시킨 채 우리집 쪽을 뚫어져라 바라보는 것이었다. 그리고 어떤 날은, 개똥을 모두 파먹고 초여름에 부화되어 뿔뿔이 흩어져 날아다니는 반딧불들이 기하학적인 무늬를 그으며 밤하늘을 수놓을 때까지 유령처럼 그곳을 어슬렁거리기도 했다. 그러나 현실적으로 마을에 아무런 폐해도 안기지 않았고, 조만간 폭력을 행사할 조짐도 없었으므로 방천둑을 산보하고 있는 그를 작당하여 내쫓을 수는 없었다. 그가 어떤 결단의 시간을 궁리하고 있다 할지라도 그때까지는 먼빛으로만 주의깊게 바라볼 수밖에 없었다.

그런 와중에도 어머니의 일과에서는 아무런 동요도 감지할 수 없었다. 사내가 방천둑에 모습을 드러내는 늦은 아침이 되면, 어머니는 거리낌없이 툇마루로 나와 해바라기를 하면서 마을 뒷산에서 들려오는 수꿩의 울음소리를 들었다. 어머니의 가슴속에 담겨 있는 외고집과 남의 말을 귀담아듣지 않는 성품은 수꿩이 가진 천품과 너무나 닮아 있었다. 수꿩은 자신의 아름다운 꼬리에 스스로 도취한 나머지 높은 나무 끝에 마냥 앉아서만 견디다가 먹이를 주워 먹지 못해 곧잘 굶어죽게 된다는 말처럼, 어머니 역시 아버지를 찾아나서지 않고 기다리기만 하다가 일생을 마감하게 될지도 모른다는 불안감이 때때로 나를 엄습해왔다. 수꿩이 자신의 아름다운 털에 탐닉한 나머지 하루종일 몸을 물 위에 비춰보다가 나중에는 돌이킬 수 없는 현기증으로 물 위에 떨어져 죽게 되는 것처럼, 어머니가 그런 어처구니없는 모습의 마지막을 맞이하는 것은 아닐까.

어머니는 그런 수꿩의 울음소리에 왜 저토록 몰두해 있는 것일까. 내가 어머니에게 갖고 있는 난삽한 의구심은 좀처럼 풀리지 않았다. 도망간 아내의 행방을 뒤쫓아 나섰다는 사실밖에 아는 것이 없는 사내에게, 스스럼없이 노잣돈을 건네고 있는 어머니의 속내는 다급하게 되면 풀숲에 머리만 처박고 몸뚱이는 밖으로 드러내는 수꿩의 어리석음과 도대체 어떻게 다른 것인지 알 수 없었다.

그런 의문은 비로소 난생처음 갖게 된 어머니에 대한 반감의 싹을 마련하는 시초가 된 것인지도 몰랐다. 낯선 사람이라도 찾아와 주었으면 좋겠다고 생각했던 것이 발등을 찍고 싶도록 후회스러웠다. 나는 내가 그 방천둑에서 구성할 수 있었던 가장 편안한 자세를 빼앗겨버린 채 침울하고 울적한 여름을 보낼 수밖에 없었다.

사내는 두 달 동안이나 간헐적으로 방천둑에 모습을 드러냈고, 그리고 그 두 달이 흘러간 뒤의 어느 날부턴가 낮안개처럼 증발해 버리고 말았다. 그는 정해진 시각에 방천둑에 모습을 드러낸 일이 없었기 때문에 꼭히 그가 마을을 떠났다고 단정할 수는 없었다. 그래서 그가 떠나준 날은, 아무런 추억의 증표도 남기지 않았다. 떠나간 그가 마을에 남긴 것은 아무것도 없었다. 어떤 재앙이나 폭력도 그로 말미암아 실현된 것은 없었다.

내겐 험준한 안데스산맥의 구릉 위를 날아다니는 독수리로만 각인되었던 그 사내가, 우리 마을로 찾아와 포획하려 하였던 대상은 누구였을까. 삼례였을까, 아니면 어머니였을까. 그러나 독수리는 그 모두에 실패하고 말았다. 한 번의 공격으로 포획에 실패하면, 다시는 결코 공격하지 않는다는 독수리같이, 사내 역시 두 번 다시 마을을 찾지 않을 것이었다. 바람이 지나간 것처럼 의미가 담겨 있는 것이라곤 아무것도 없었던 그 사내의 자리에 다만 내가 받은 우울한 상처만 크게 남았고, 그 상처는 어머니도 눈치챌 수 없는 것이었다. 나는 그해 여름을 잃어버렸고, 노을이 질 때마다 찾아왔던 아버지를 만날 수 없었다.

다시 겨울이 찾아왔다. 그 겨울이 찾아와주기를 어머니와 나는 무척이나 기다렸지만, 서로의 속내를 털어놓고 말한 적은 없었다. 지난해와 같이 폭설은 아니었지만, 11월 중순 첫눈이 내리던 날 밤, 방문을 열고 회색의 밤하늘을 물끄러미 내다보던 어머니의 입에서 한마디가 흘러나왔다.

"하늘에는 눈만 살고 있는 나라가 있는 모양이제?"

어머니 등뒤에서 눈 내리는 바깥을 함께 바라보고 있던 내가 대답했다.

"어무이요, 눈나라가 하늘에 있는 기 아이라 캅디더. 네팔이라 카는 나란동 어디 가면, 눈들만 살고 있는 산나라가 있고 눈만 다스리는 궁전이 따로 있다 캅디더."

"택도 없는 소리 하지도 마라. 눈이란 기 하늘에서 내리는 긴데, 하늘보다 높은 산이 있다는 말은 생전 처음 들어본다."

"하늘보다 높은 산이 있길래 눈만 살고 있는 산이 있는 거 아입니껴. 그 산 이름이 히말라야라 캅디더. 거기서 살던 눈들이 겨울이 되면, 바람을 타고 하늘로 내려와서 떠돌아다니다가 이렇게 펴

붓고는 다시 자기들 거처로 돌아간다 캅디더."

"그 산이 어디 있다 카드노?"

"수천만 리도 더 되는 먼 곳에 있다 캅디더."

어머니는 더이상 추궁하려 들진 않았다. 다만 이제 막 얼기 시작해서 굳어가는 땅에 나래라도 다칠까 해서 가만가만 내려앉고 있는 눈송이 하나하나가 모두 소중한 듯, 내내 눈나비들의 춤을 바라만 보고 있었다. 그러나 지난겨울 폭설로 겪었던 지루한 고난의 두려움을 기억하는 얼굴은 아니었다. 어머니도 나처럼 이 겨울의 눈보라를 기다리고 있었음이 분명했다.

방안에 써늘한 냉기가 감돌아 어느새 손까지 시린데도 문 닫을 엄두를 않고 있던 어머니의 입에서 들릴 듯 말 듯한 푸념이 흘러나왔다.

"수천만 리 밖에 떨어져 있다는 눈도 겨울이 되면 어김없이 우리집을 찾아오는데, 너그 아부지는 눈조차 멀어 장님 된 지 오래된 모양이제. 장님이 안 됐으면 눈 뜨고 나갔던 자기 집을 아직까지 못 찾아낼까."

그해 겨울 초입부터 어머니는 가오리연을 만드는 대신 조각보를 짓기 시작했다. 옷이나 버선을 마름질하고 남겨두었던 젖먹이들 손바닥 같은 자투리천을 이용하는 것이었다. 방 한편에 있는 반짇고리에 쌓아두기만 했던 그것들을 뒤적여 이리 붙이고 저리 덧대어 한 땀 한 땀 촘촘하게 기워나가는 그 반추의 바느질은, 시간과의 약속을 다툴 수 없는 지루하고 고독한 작업이었다. 한 벌의 삯바느질감이 완성되어 손에서 떨어지는 사이사이에 어머니는 짓다 만 조각보를 꺼내들곤 했었다. 산비탈을 타고 다닥다닥 올라붙은 다랑논을 연상하게 만드는 그 조각보들은, 아버지를 향해 달려가고 있는 어머니의 직선적인 시간들을 나선형의 시간들로 구부려주고 있었다.

어머니가 가오리연 만들기를 그만두고 조각보 만들기에 골똘했다는 것은 겉보기에는 큰 변화임이 틀림없었다. 그러나 그것은 아버지에 대한 그리움이 가슴속으로 더욱 파고들어 곪아가고 있다는 징후이기도 하였다. 속으로만 파고드는 고통의 굶주림은 더욱 아리고 쓰다는 것을 알고 있었을 것인데, 어머니는 기꺼이 그 길을 선택한 것이었다.

떨어졌다 말라버린 눈물의 자리와 식도를 파고드는 기침소리가 배어 있는 그 조각보가 두 개나 완성된 12월 중순께였다. 길가로 11월에 내렸던 잔설이 희끗희끗했던 그날 해질녘에 나는 우리집 대문 앞을 지키고 서 있던 옆집 남자와 마주쳤다. 수인사를 건네고 비켜가려는 내게 그는 턱으로 골목 밖을 가리켰다. 그는 우선 담배에 불을 댕겨 입에 물었다. 연기를 두어 번 훅훅 내뿜고 나서도 입을 열려고 하지 않았다.

"이런 알쏭달쏭한 말을 니한테 해서 될랑가 모르겠대이."

그는 여전히 주저하고 있었다. 그러나 어른들의 눈높이에서 나누는 홍정에 나는 아직 서툴렀다. 그의 말문이 다시 터지도록 조용히 기다릴 수밖에 없었다.

"니한테 이런 말을 하기란 실상 거북하기 짝이 없는 일이제. 하지만서도 너그 어무이한테 귀띔하기란 더욱 거북한 일이고…… 지나간 전쟁통에도 이렇게 운신하기 어려운 일은 당한 적이 없었대이. 하지만 우야겠노. 니 한 사람이라도 알고는 있어야 안 하겠나. 그래서 니가 나오기를 문앞에서 기다리고 있었는 기라."

나름대로 짚이는 구석이 없지 않았던 나는, 그 순간 뒷덜미가 뜨끔한 걸 느꼈다.

"그 사람이 또 나타났습니껴?"

"지난여름에 왔던 그 사내 말이가?"

"예."

옆집 남자는 고개를 설레설레 흔들었다.

"그게 아이다."

그러고도 한동안 뜸을 들이고 있던 옆집 남자는 그제야 결심을 굳힌 듯 띄엄띄엄 말을 이어갔다.

"너그 어무이가 이 사실을 알게 된다면, 무슨 불상사가 일어날지 불을 보듯 뻔하다 카이. 그런즉슨 이 말은 니만 알고 있어야 할 일이란 것을 명심하그래이. 내가 사흘 전에 장터거리에 나갔다가 참말로 우연찮게도 삼례라 카는 처자를 봤다. 내가 대낮에 여우한테 홀렸나 싶어서 다시 정신 채리고 봤는데도 화장을 진하게 한 것

외에는 지난겨울에 왔던 삼례라는 처자가 틀림없는 기라."

그런데 어째서 어머니가 알아선 안 될 일이라고 거푸 다짐을 둔 것일까.

"지난 전쟁통에 별의별 궂은일을 많이 겪어서 지금은 똥개가 호랑이 된다 캐도 놀랠 일이 아이지만, 하도 엄청나서 세상에 이런 일도 있구나 싶드라. 삼례라면 너그 외가댁 친척 되는 처자 아이가. 그런 규수가 술집 색시가 돼 있드라 카면 니는 믿겠나?"

"술집 색시라 캤습니꺼?"

"내가 이 나이에 니를 놀래킬라고 일부러 만들어낸 말이겠나. 그러나 만에 하나 사람을 잘못 알아볼 실수도 있겠다 싶어서 눈 씻고 다시 봤는데도 그 처자가 틀림없었다 카이. 나는 고마, 하늘이 노랗드라. 그 처자 신세가 우짜다 그 지경이 됐는지 내막을 짐작이라도 해야 알은척이라도 하제. 더 크게 떠보고 싶은 눈을 억지로 딱 감고 돌아서뿌렀다. 이게 니만 알고 있을 일이제 너그 어무이까지 알아서 될 일이가? 너그 어무이께서 이 사실을 알았다 카면, 당장 자기 목숨부터 결딴낼라꼬 덤빌 긴데. 내 말 알아묵겠나?"

처음에 그녀의 이름을 듣고 놀랐던 나는, 다만 아연한 시선으로 옆집 남자를 쳐다보고만 있었다. 아무런 생각이 없었다. 생각이 있으면 열네 살이 아닌 것처럼, 나는 삼례의 출현을 직설적으로 전달하려고 애쓰고 있는 옆집 남자를 생각 없이 쳐다만 보았다. 삼례가 돌아온 것이었다. 그 돌아왔다는 오직 한 가지 사실이 나를 몸서리치게 만들었다.

"다시 한번 말한다만, 너그 어무이가 이 사실을 알게 된다 카는 날에는 그 도도한 성깔에 앞뒤 생각 않고 식칼을 물고 꼬꾸라져 죽을라 칼지도 모른다. 니가 조심해야 될 기 바로 그기다. 입이 간질하거든 얼굴을 얼음물에 푹 담그고 한번 흔들어라."

나는 고만 갈란다, 한마디를 덧붙이고 옆집 남자는 한길 쪽으로 돌아섰다.

삼례는 그렇게 우리들 곁으로 돌아왔다. 옆집 남자의 다짐이 있었으므로 나는 그가 비워둔 자리에 그대로 서서 뛰는 가슴을 가다듬어야 했다. 그러나 지난여름, 우리를 찾아왔던 그 사내가 지나간 자리에 또다시 삼례가 모습을 드러낸 까닭을 알 수 없었다. 뛰는 가슴을 얼추 진정시킨 나는, 짐짓 예사로운 표정을 지으며 방으로 들어갔다. 어머니가 흘끗 나를 일별하며 물었다.

"야야, 니 얼굴이 왜 그리 하얗게 질려 있노?"

나는 참으로 오랜만에 어머니를 향해 어떤 소리를 질렀다. 언어로서의 전달력을 가진 고함소리가 아니었다. 굳이 말한다면 절규 같은 것이었다. 그것은 불쑥 시작해서 겁에 질린 두 음절만 토해내던 수꿩의 울음소리와 흡사한 것이기도 했다. 어머니는 아연실색한 채 내가 옆집 남자를 만났을 때 그랬듯이 너무나 놀란 나머지 벌린 입을 다물지 못하고, 당혹의 눈길로 나를 바라보았다. 그러나 짐승의 소리와도 같았던 나의 위압적인 반응에도 불구하고 어머니와 나 사이엔 아무런 불상사도 일어나지 않았다. 열네 살의 내 탄탄한 종아리는 이미 매가 감칠맛나게 안겨지기는 어렵게 되었다는 것을 어머니도 알고 있었기 때문이었다.

나는 당혹과 적의가 교차되는 어머니의 시선에 아무런 두려움도 없다는 듯 잰걸음으로 도장방에 들어가 반듯이 누웠다. 얼마 만인가 뒤에 드디어 쓸쓸하고 서글픈 재봉틀은 돌아가고 있었고, 나는 시각도 이른 초저녁잠 속으로 빠져들었다. 까닭 없는 만용을 부린 그런 날의 저녁 끼니는 어머니와 함께 굶어야 한다는 것을 알고 있었다. 적어도 그런 날 저녁에 어머니가 밥해 먹자는 말을 한 적은 없었다.

내가 삼례의 거처를 찾아나선 것은 그로부터 열흘이나 지난 날 오후였다. 그리고 그해 겨울 들어 첫눈이 내린 지도 한 달이나 지난 뒤였다. 어머니와 나는 지난해의 폭설로 재난에 가까운 곤욕을 치르기도 했지만, 또 한번의 폭설을 은근히 기다리고 있었다. 그러나 희끗희끗 시늉만 하고 말았던 11월의 첫눈 이후, 눈 내릴 징후를 가진 날씨는 쉽게 찾아오지 않았다.

옆집 남자로부터 삼례의 소식을 귀띔받았던 날로부터 열흘이란 짧지 않은 날짜를 보낸 것은, 어쩌면 눈이라도 펑펑 쏟아져야 그녀의 거처를 찾아나설 수 있는 명분이나 용기를 가질 것 같았기 때문이었다. 그처럼 지난해 겨울의 폭설은, 삼례의 출현과 연결되어 내 가슴속에 하나의 구체적 형상으로 큰 자국을 남기고 있었다. 눈이 내리지 않는다면, 올해 겨울도 지난여름처럼 아무것도 할 수 없을지 몰랐다. 네팔이란 나라의 북쪽 지대를 가로지르며 누워 있다는 눈의 사원에서 짜고 있는 바람의 융단은 아직도 마련되지 않고 있는 것일까. 나는 밤마다, 그곳으로부터 달려온 바람에 실린 눈발들이 자욱하게 흩날리는 방천둑 위에 서 있기를 꿈꾸며 빌었다. 그러나 그 기대는 또한 밤마다 가차없이 나를 실망시켰다.

그 배반의 열흘이 지나는 동안, 나는 삼례가 읍내를 떠나버릴지도 모른다는 조바심을 삭여낼 수 없었으므로 결국은 삼례를 찾아 나서기로 작정하고 말았다. 그녀의 거처를 수소문하러 나서기 전에 옆집 남자를 한번 더 만날 필요가 있었지만, 그 남자의 입에서 흘러나오는 삼례라는 이름만은 더이상 듣고 싶지 않았다. 그가 말하는 삼례라는 이름에는 입안의 침을 바싹 마르게 하는 독약이 들어 있었다.

그날 오후부터 나는 읍내를 배회하기 시작했다. 우리 마을의 방천둑을 배회하였던 지난여름의 그 사내처럼 위협적이면서도 배타적인 시선을 하고, 노랫소리나 웃음소리가 흘러나오는 읍내의 크고 작은 선술집 주변을 몰래 엿보기 시작했다. 그 사내와 같이 얼굴 한가운데를 매섭게 가로지른 긴 매부리코와 거만하기 짝이 없어 보이던 가파른 턱이 있었다면, 나는 좀더 대담하고 모험적인 시간들을 운영할 수 있었을 것이다.

그러나 내 열넷의 나이가 가지는 영역의 한계는 어른들이 갖고 있는 그 방만한 행동반경을 넘볼 수도 없을 만치 빈약한 것이었다. 게다가 어머니가 알아채지 못하게 하려면, 내게 주어진 시간의 중심에서 벗어나는 실수를 저질러선 안 되었다. 그래서 언제나 미진한 가운데 집으로 발길을 돌려야 했고, 콧등을 베어갈 것 같은 겨울 삭풍에 부대껴 얼음장같이 차가워진 몸으로, 비릿한 동치미 냄새가 설핏하게 배어 있는 안방을 오만하게 가로질러 도장방으로 기어들었다. 그리고 춥디추운 오한과 외로움에 몸을 떨곤 하였다. 그리고 어느 날 눈이 내렸다.

내가 삼례를 만난 것은, 공교롭게도 그해 겨울 들어 두번째의 눈이 내렸던 바로 그날 밤이었다. 다른 업소들처럼 대문이나 추녀에 간판이 걸려 있는 집이 아니었다. 며칠 전에도 나는 그 집 언저리를 두 번이나 서성거렸던 적이 있었지만, 술꾼들의 출입이 빈번한 집도 아니었고 아기자기한 여자들의 웃음소리가 들려오는 집도 아니었다. 그랬기에 삼례가 살고 있으리라는 예상까지는 할 수 없었다. 삼례를 그곳에서 발견할 수 있었던 것은 다만 한 가지, 그날 밤에 내렸던 눈 때문이었다. 골목 맨 안쪽에 깊숙하게 숨어 있던 그 집 앞에 이르렀을 때, 마침 골목을 마주 바라보고 있는 건넌방 문을 활짝 열고 두 여자가 눈바라기를 하고 있었다. 그들의 등 뒤로는 애수가 깃든 남폿불이 켜져 있었다. 좁은 방안을 비추고 있는 남폿불의 매혹적인 빛살들이 화사한 한복 차림인 두 여자를 애무하듯 그려내고 있었다. 형형색색의 깃발을 달고 항구에 정박중인 어선들같이 바람이 일어날 적마다 방 전체가 흐느적거렸다. 그러나 바람이 그치고 나면, 방안은 열대어들이 조명등을 받으며 가만히 엎드려 있는 수족관을 연상시켰다.

문지방 앞으로 나란히 나와 앉아, 눈이 내려쌓이는 뜰을 물끄러미 바라보던 둘 중에서 툇마루로 나서는 여자가 있었다. 그때에야 나는 그녀가 삼례라는 것을 알아차렸다. 나는 심장이 툭 터질 듯 놀랐다. 발등까지 덮고 있는 긴 치맛자락을 살짝 거두어 쥐고 마루를 내려선 그녀가 뜰을 가로질러 문밖까지 나오는 데는 긴 시간이 걸리지 않았다. 안방이 축담으로 가려져 보이지 않았던 대문 밖에 이르렀을 때, 그녀는 치맛자락을 걷어올려 턱밑에 끼웠다. 그리고 엉덩이를 아래로 내리는 것과 때를 같이하여 속곳을 U자형으로 벗은 다음, 눈밭 위에다 시원스럽게 방뇨를 했다. 나는 그때, 눈처럼 흰 피부와 풍만하고 육감적인 삼례의 엉덩이를 훔쳐보았다. 삼례와 시선이 서로 마주친 것은 그녀가 발목까지 벗어내렸던 속곳을 다시 U자형으로 입고 난 뒤였다.

"너 세영이구나."

놀란 것은 그녀가 아니라, 시종 그녀의 거동을 훔쳐보았던 나였다. 내게 말을 건네는 그녀의 말투가 너무나 천연덕스러웠기 때문이었다. 조금의 겸연쩍음도 없이 뇌까리는 한마디가 그녀의 입에서 흘러나왔을 때, 나는 참으로 오랜만에 내 귀를 의심하기에 이르렀다. 그녀는 내게 손짓하며 다시 말했다.

"이리 와봐."

내가 그녀를 향해 다가간 것은 그 말이 떨어지고도 상당한 시간이 흘러간 뒤였다. 그것도 발부리로 눈만 뭉그적거리고 있는 내게 거리낌없이 바짝 다가서준 쪽은 오히려 삼례였다. 나를 요모조모 뜯어보던 삼례는 우정 목소리를 가다듬고 말했다.

"쬐그만 것이 이런 집에 와서 기웃거리면 못쓴다."

껌을 씹고 있는 그녀의 입에선 박하 향내가 났다. 나는 그녀가 헤어질 때 해야 할 말을 일 년 만에 만난 지금 하고 있다는 생각이 들었다. 그 예사로움이 낯설었다.

"누나."

내 입에서 그런 말이 스스럼없이 흘러나왔다. 삼례를 향해 누나라고 불렀던 것은 그때가 처음이었다. 그 외의 어떤 말도 할 수 없었다. 그러나 삼례는 내 변화를 받아들이려 하지 않았다. 받아들이기는커녕 귀담아듣는 척도 않았다.

"너 소문 듣고 온 거지? 하지만 너네하곤 상관없는 일이야. 물 건너간 일이란 말이야. 청승스럽게 눈 맞고 서 있지 말고 어서 가."

"누나, 그기 아이다."

"아니긴 뭐가 아냐. 뭉그적거리지 말고 싹 꺼져."

그녀의 태도는 오만하고 냉담했다. 그녀는 치맛자락이 눈물에 젖지 않도록 살짝 걷어 감아쥐고 수족관 안으로 들어가버렸다.

집으로 돌아오는 동안 나는, 그녀가 내게 남긴 '싹 꺼져'라는 말을 몇 번이나 되씹어보았지만, 그 말의 진면목을 알아챌 수 없었다. 몸짓 하나하나에 노회老獪의 땟국이 진하게 묻어 있던 그 여름의 사내였다면, 그녀의 말을 해독할 수 있을 것 같았다. 지난겨울의 기억이라곤 눈곱만치도 느낄 수 없었던 그녀의 냉담함에 울적하지 않았던 것은 아니었다. 그러나 내 가슴속에 도사리고 있는 뜨거운 충동은 그녀의 놀라운 변신과 냉담함 그리고 괴리감이나 비난과 분노까지도 모두 삼켜버렸다. 그래서 그녀가 내게 바라고 있었던 것과는 달리 나는 별로 무겁지 않은 마음으로 돌아올 수 있었다.

내가 옆집 남자를 만난 것은 그로부터 사흘 뒤 오후였다. 그는 자기 집 대문 앞에 누룽지와 함께 서서 내가 나타나기를 기다리고 있었다.

"세영아, 날 좀 보래이."

수인사를 차리며 다가가는 내게 그는 매우 불쾌한 기색을 보이며 파고들었다.

"니 그 처자 거처를 수소문해봤드나?"

"예."

"내 훈수도 안 받고 용케 찾아냈구나. 찾아내기만 해서 되겠나, 무슨 조치를 취해야제."

"예."

나는 애매하게 대답할 수밖에 없었다.

"무슨 조치라는 게 딴 기 있겠나. 그 처자가 읍내를 하직하고 떠날 경비가 없다 카면, 너그 아부지와는 골육지간이나 다름없이 지냈던 내가 나가서 입체라도 해주고 싶다. 하지만 그렇게 되면, 지난 여름에 너그 집에 왔던 남자의 일을 거든답시고 나섰다가 내가 챙피를 톡톡히 당했듯이 너그 어무이가 나보고 남의 일에 부질없이 끼어든 맹물같이 싱거운 사람이라고 욕할 기 뻔한 거 아이겠나."

"예."

"내가 중간에서 잘난 체하고 나서지 못하는 까닭을 니는 알 만하겠제? 일이 그렇다 하드라도 그 처자의 일은, 우리 마실까지 소문이 퍼지기 전에 퍼뜩 조치해야 되는 기라. 니가 너그 집 장손이라는 거 잊어뿌리지 않았지러?"

"예."

나는 겨울의 잿빛 하늘 아래로 흐릿하게 골격을 드러낸 산등성이와 그 산 아래로 내려앉은 시골집들의 우중충한 외관을 생각 없이 바라보고 있었다.

"예예, 하고 대답만 하지 말고…… 니가 인자 그만하면, 속대중은 있을 만한 나이가 됐는 기라. 너그 어무이가 어떤 분이로. 대문 밖에서 뿌스럭 소리만 나도 그기 오동잎 떨어지는 소린동 솔잎 떨어지는 소린동 당장 알아채리는 분이다. 어무이 모르고 있을 때, 퍼뜩 조치하그라. 아무리 친척 간이라 하드라도 너그 집 코밑에 와서 술잔 나르는 색시 노릇 하는 염치 없는 처자가 어디 있겠노."

"참말로 어무이가 알면, 큰 난리가 나겠습니껴?"

"암, 큰일나고말고. 너그 어무이는 일이 년도 아이고 수년 동안 살얼음을 밟듯이 살고 있다 카는 거 니도 알고 있을 기다. 너그 어무이는 너그 아부지가 살고 있는 거처를 찾아낸다 카드라도 너그 아부지를 찾아가지 못할 입장인 기라. 왜 그런지 니 알고 있나?"

"잘 모르겠습니더."

"니가 아직은 어려서 너그 어무이 애끓는 심사를 속속들이 헤아리지는 못하는 까닭인 기라. 너그 아부지가 집을 떠난 지가 햇수로는 육 년째가 된다. 허우대 건장하고 피가 뜨거운 남자라면, 육 년 동안 객지생활에서 여자 없이 혼자 살고 있을 리는 만무하대이. 거기다가 너그 아부지는, 늙은 여우가 닭장 후리듯이 그 방면으로는 가위 번개 같은 사람이고…… 너그 어무이가 너그 아부지를 찾아갔다가 외간여자하고 신접살림 차리고 사는 꼴을 직접 목도하게 된다면 거기서 어떤 일이 일어나겠노? 뻔한 거 아이겠나. 너그 어무이 매몰찬 성품을 볼라치면, 그 자리에서 당장 자결이라도 하든지 너그 아부지와 부부간의 인연을 청산하고 서로 등지고 돌아설 조치를 하게 될 기라. 그런데 너그 어무이는 한편으로는 그런 불길한 사태가 벌어질 것이 무서운 기라. 니는 아부지 없는 자식이 될 기고, 너그 어무이는 참말로 소박맞은 생과부가 안 되겠나. 집구석이 풍비박산이 안 되겠나. 너그 어무이가 설사 너그 아부지 거처를 똑떨어지게 알고 있다손 치더라도 몸소 찾아나서지 못하고 집에만 앉아서 쓸개가 곪아터지도록 세월을 죽이고 있는 데는 그런 속쓰린 사정이 숨어 있는 기라. 누굴 붙잡고 툭 털어놓고 하소연할 입장도 못 된다 카이. 우리 마실에서 너그 어무이 그런 말 못할 속사정을 알고 있는 사람도 한두 사람뿐이대이. 인제 너그 어무이 쓰린 속사정을 알겠제?"

그날 밤, 나는 읍내로 삼례를 찾아갔다. 집을 나설 때는 어머니에게 친구를 만나러 간다고 둘러댔다. 니한테도 이제 친구가 생겼다이…… 하며 대견한 듯 웃어주었던 어머니의 얼굴에, 그러나 희미한 그늘이 스쳐가는 것을 나는 보았다. 그러나 어머니는 내 가슴속에 도사린 음험한 거짓까지 눈치채지는 못했다.

읍내로 간 나는 그 선술집 문밖 골목길 흙담장 아래 쪼그리고 앉았다. 그러다가 추위를 느낄 때면, 길을 밝힐 때 쓰던 성냥불을 그어대곤 하였다. 구름이 끼어 사위는 어두웠지만, 어둠이 주는 추상적인 두려움도 느낄 수 없었다. 나는 두 손을 서로 엇갈리게 접어 양쪽 겨드랑이에 끼고 별도 없는 밤하늘을 마냥 쳐다보며 추위를 견뎌내고 있었다. 눈이 내리지 않았으므로 삼례가 충동적으로 대문 밖으로 뛰어나와 또다시 방뇨를 할 거라는 기대는 할 수 없었다. 그런데도 나는 골목길을, 뒤돌아본다는 미련을 두지 않고 떠날 수 없었다.

때때로 그 집 건넌방으로부터 자지러지는 여자들의 웃음소리가 봇물처럼 터져나오기도 했다. 그러면 골목길을 가득 메우고 있는 어둠은 아름드리 술푸대같이 출렁거렸고, 그 흔들리는 어둠을 뚫고 목에 흰 털 테두리를 가진 한 마리의 콘도르가 나타났다. 안데스산맥 위를 날다가 회오리바람에 휩쓸려 여기까지 날아온 듯한 그 독수리는 고도를 낮춘 채 가시권 안에서만 계속 선회하고 있었다. 그 침묵의 새는 계속 매부리코를 곤두세우고 선술집 위를 맴돌았다. 날갯짓 한 번이라면, 건넌방의 수족관을 가차없이 부수고 들어가 쇠스랑과 같이 날카로운 발톱으로 삼례를 낚아채올 수 있을 것이란 예측은 내게 적지 않은 위안을 주었고, 그것이 나로 하여금 살갗을 호비칼로 에는 듯이 파고드는 강추위 따위는 깡그리 잊어버리게 만들었다.

나는 어느새 콘도르가 되어 구름 낀 밤하늘을 유유히 선회하고 있었다. 내 온몸은 고공의 기류가 뿜어내는 혹한을 막아낼 수 있는 두툼하고 긴 깃털로 촘촘하게 장식되어 있었다. 나는 낮게 드리운 구름을 뚫고 높디높은 하늘 한가운데로 몸을 솟구쳤다. 상승기류를 타고 순식간에 하늘 한가운데로 치솟은 나는 깃털을 바람에 날리며 어디론가 날고 있었다. 그리고 얼마 후 나는 보았다. 한동안은 따가울 정도로 눈이 부셨으므로 그것의 실체를 올곧게 알아채지 못했었다.

그것은 눈의 궁전이었다. 가없는 설산 위에 세워진 눈의 궁전은 하늘의 가장자리 저편에서 보석같이 빛나고 있었다. 빛나고 있는 것은 눈의 궁전뿐만 아니었다. 그 주위에서 거대한 폭포수처럼 아무런 두려움도 두지 않고 소용돌이치고 있는 눈보라 역시 마찬가지였다. 눈보라의 뒤척임에도 지축을 흔들어 뒤엎을 듯한 굉음이 있다는 사실을 나는 처음으로 깨닫고 있었다. 그 눈보라는 폭풍우와 같은 소용돌이를 멈추지 않은 채, 내가 날아온 방향을 향해 파격적인 속도로 이동하고 있었다.

겨울이 들어서면서부터 어머니와 내가 간절히 바라고 있었던 것처럼, 우리 마을에도 머지않아 폭설이 내릴 것이었다. 바로 그때였다.

"내 이럴 줄 알았지, 초저녁부터 찜찜하더라니깐."

삼례가 나타난 것이었다. 그녀는 어둠의 자락을 해작이며 내게 다가왔고, 콧등이 마주칠 만치 가까이 다가와 쏘아보는 눈동자엔 살기가 가득차 있었다. 비위가 몹시 상한 모양이었다. 그녀는 옥수수같이 촘촘하게 박힌 하얀 이빨을 모두 드러내고, 발부리로 땅만 후비고 있는 나를 한껏 깔보는 조로 뇌까렸다.

"이 촌놈아, 너 왜 자꾸 찾아와서 지분거리는 거니? 너네 엄마가 시킨 거니?"

"어무이는 모른다 카이."

"그런데 왜 와서 빈둥거리고 있니? 너 나한테 빚 받을 거라도 있다는 거니?"

"그런 거 없다 카이."

"그런데 왜 자꾸 찾아와?"

"그 사람이 여름에 우리 동네에 와서 두 달 동안이나 누나 찾다가 갔대이."

"알어, 박기형 그 자식이 왔다 간 거지? 니가 말 안 해도 난 냄새를 맡았단 말이야. 왠지 알어? 코가 눈보다 앞에 있기 때문이라구. 그걸 알고 있으니깐, 내가 여길 온 거야. 너 같은 촌놈은 내가 지금 무슨 말을 하고 있는지도 모르지? 너 등잔 밑이 어둡다는 말 알고 있어? 그 자식은 두 번 다시 찾아오지 않을 거란 말이야. 내가 너 만나러 이 촌구석을 찾아온 줄 알어?"

"아인 줄 안대이."

"알았으면 싹 꺼져. 난 너네와는 아무런 상관이 없는 사람이란 말이야."

"상관없는데 그 사람이 왜 왔노?"

"그건 그 자식 자유야. 내가 그 자식더러 너네 집으로 가보라고 등이라도 떠밀었다는 얘기니?"

"아인 줄 안대이."

"알았으면 가."

나는 바지주머니에서 성냥을 꺼내 그었다. 소담스럽게 살아나는 성냥불을 그녀의 얼굴 가까이로 가져가 비춰보았다. 그녀의 얼굴을 적시고 있던 어둠의 여백들이 한 켜씩 지워져나가면서, 한껏 만개한 한 송이의 노란 양귀비꽃이 눈앞에 아련하게 떠올랐다. 아름답기 그지없지만, 일 년 중에 단 하루 동안만 혼자서 핀다는 꽃.

간절하게 기다리는 마음이 없는 사람에겐 얼굴도 마주할 수 없다는 도도한 자태의 노란 두메양귀비꽃이었다. 그러나 앙칼진 한마디가 그때 내 귓불을 회초리로 때리고 지나갔다.

"불 꺼, 짜식아."

가뭇가뭇 익어가는 오디알같이 애틋한 빛깔을 띠던 작은 불땀이 소진되고 나면, 그녀의 등뒤로 잠깐 밀려났던 어둠의 깃털들이 우리들 주위로 하루살이떼와 같이 자우룩하게 엉켜들면서 떠올랐던 양귀비꽃도 함께 사그라지고 말았다. 그래서 나는 삼례의 앙탈 따위는 아랑곳 않고, 켤 때마다 샛노란 애수가 깃들기 시작하는 성냥불을 연거푸 그어댔다.

성냥불이 명멸하는 가운데 빚어지는 오묘한 환영의 교차와 반복은, 내 머릿속에서 마모되려는 삼례에 대한 지난겨울의 서글픈 기억의 상실감도 한 켜 두 켜 회복시켜주었다. 그런데 그녀는 언제부턴가 입을 굳게 다문 채 죽음처럼 무거운 침묵으로 나를 지켜보기 시작했다. 내가 무려 여덟 개비째의 성냥을 긋고 난 뒤, 그녀는 내 손을 잡으며 어느덧 차분하게 가라앉은 목소리로 물었다.

"너 굉장히 춥지?"

"난 안 춥다 카이."

고개까지 흔들어대며 아니라고 대답한 순간부터, 삼례는 고개를 숙이고 자신의 발부리를 한참 동안 내려다보았다.

"너 잠깐 기다려."

그녀는 열대어의 지느러미 같은 화사한 옷자락을 이끌며 빠른 걸음으로 수족관 안으로 들어갔다가, 얼마 기다리지 않았는데 종종걸음으로 되돌아왔다. 그리고 한결 염려가 배어 있는 낮은 목소리로 말했다.

"밤이 너무 깊었어. 성냥을 다 썼다가 돌아가는 길에 웅덩이라도 만나면 어떡할래."

그녀가 내 손에 쥐여준 것은, 아직 뚜껑을 뜯지 않아 느끼하면서도 코를 톡 쏘는 유황 냄새가 진하게 풍기는, 개비들이 꽉 들어찬 새 성냥갑이었다. 물론 구름 낀 날씨였으므로 밤길은 몹시 어두웠다. 그러나 나는 그녀가 내게 건네주었던 성냥은 단 한 개비도 축내지 않고, 집으로 돌아올 수 있었다.

밤나들이가 빈번해졌을 뿐만 아니라, 혹독한 추위조차 무릅쓰고 이슥도록 싸돌아다니는 나를 어머니가 의심스러운 눈초리로 바라보기 시작한 것은 바로 그날 밤부터였다. 그러나 어머니는 그 의문에 무척 조심스럽게 접근하고 있었다. 어머니는 나를 다그치지 않았다. 내가 방으로 들어서자마자, 어머니는 말했다.

"세영아, 이것 좀 잡아주그라."

어머니는 마침 자투리천으로 잇댄 조각보 한 개를 마무리짓고, 그 가장자리를 재봉침으로 박음질하려던 참이었다. 곁꾼이 맞은편에 앉아 조각보 한끝을 일직선이 되게 잡아주지 않으면, 테두리의 박음질이 지렁이가 지나간 자국처럼 삐뚤삐뚤하게 마무리되곤 하였다. 어머니는 좀더 가까이서 내 모든 것을 관찰하려는 속셈이었다. 조각보 한끝을 잡고 있는 내 손은 몹시 떨리고 있었다. 뼛속까지 배어들었던 추위가 방안의 온기를 받아 살갗 밖으로 몰아치기 시작한 것이었다. 그토록 떨고 있는 나를 어머니는 뚫어져라 바라보았다. 그러나 말은 없었다. 내 안색 어느 곳에서도 의구심에 해답을 얻어낼 만한 근거를 색출해낼 수 없었는지 몰랐다. 그러나 불안했던 나는 어머니의 관심 밖으로 비켜나고 싶어 불쑥 뇌까렸다.

"곧 눈이 내린다 카데요."

어머니의 두 눈이 일순 크게 뜨이긴 했지만 곧장 시큰둥해졌다.

"눈이 와? 누가 그카드노?"

"내가 알고 있다 카요. 며칠 안 가서 눈이 내릴 기라요."

"별소리 다 듣겠다. 구름 낄 때마다 눈이 온다면, 천둥칠 때마다 벼락친다는 소리하고 같은 말 아이가. 니가 점쟁이도 아인데, 뭘 두고 장담하노?"

부정하고 있었지만, 내심으로는 눈이 내릴 꼼짝없는 징조를 나로부터 듣게 되기를 바라고 있다는 것을 알고 있었다. 그러나 나는 읍내의 선술집 골목에 서 있었을 때, 천상天上에서 보았던 거대한 눈의 회오리를 어머니에게 설득력 있게 전달할 수 있는 언변이 없었다. 설사 어머니를 설복시킬 수 있는 언변을 갖고 있었다 할지라도 그 징후를 목격한 장소의 익명성을 유지할 자신이 없었다.

박음질을 끝낸 조각보의 가녘 섶을 따라 인두질을 하고 있던 어머니가 얼른 고개를 들고 나를 바라보면서 물었다.

"니가 요지간 들어서 좀 이상해진 거 알기나 하나?"

심장은 그새 콩 튀듯 하였지만, 나는 고개를 가로저었다.

"니가 요지간 들어서 이상해진 기 분명타 카이. 니 눈동자가 전쟁통에 남편 잃은 젊은 과부들처럼 희멀건해진 것부터가 수상타 카이. 그게 예사로 보아넘길 일이가?"

"어무이도 별소리 다 하니더."

"저 보래. 산전수전 다 겪은 사람들 모양으로 우물쩍주물쩍 넘길라 카는 꼴만 봐도 수상타 카이."

그 순간 나는 내 밤나들이의 은밀함이 노출되지 않을까 하는 두려움보다 훨씬 더 강렬하게 가슴을 치는 연민이 있었다. 어머니가 떠나간 아버지를 앉아서 기다리고 있다면, 삼례는 쫓아오는 사내를 뿌리치려고 숨바꼭질을 하고 있다는 크나큰 괴리감에서 느끼는 연민이 바로 그것이었다. 그 연민은 억울함으로 내 가슴을 휘저었다. 어머니가 찾아야 할 사람은 아버지였다. 박기형이란 사내와 삼례처럼 쫓고 쫓기는 관계가 된다 할지라도 어머니는 아버지를 찾아나서야만 했다. 그런데 그 일에는 외고집을 갖고 꿈쩍도 않고 있으면서 나를 지켜보는 일에만 골똘하고 있는 어머니가 나는 처음으로 못마땅해지기 시작했다.

물론 어머니의 그 답답한 칩거에도 명분은 없지 않았다. 언젠가 바느질해서 건네준 옷을 고치러 왔던 동년배의 아주머니에게 건네던 귓속말을 우연히 엿들은 적이 있었다. 그 아주머니 역시 나와 똑같은 질문을 던진 것 같았다. 그런데 어머니의 대답은 딴판이었다.

"염치가 있어야제요. 사람이란 염치를 먹고 사는 짐승 아입니꺼. 전쟁터에 나가서 총 맞아 죽어서 사망통지서를 받고 나서도 수절을 하며 하마나 올까 하마나 올까 하고 남편 돌아오기를 무턱대고 기다리는 아낙네들도 있고, 죽었는지 살았는지 생사조차 모른 채 행방불명된 남편을 몇 년째나 문밖의 한길만 바라보며 기다리는 아낙네들도 있니더. 자리에 엎드려 땅을 안고 울어도 속시원한 일이 없을 그 사람들은 이웃들 눈총이 무서워 맘 놓고 푸념도 못하지 않습니꺼. 그런데 이런 와중에…… 내 얼굴에 구리철판을 깔았다 할지라도, 부정한 짓을 하다가 들통이 나서 야반도주한 남편을 찾아나설 염치만은 없니더. 만약 내가 그 사람의 행방을 찾아나선다면, 우리 가문에도 두 번 똥칠하는 처사가 아이겠습니꺼. 그러고 보면, 나도 쓸개가 없는 사람인지도 모르제요. 쓸개가 있어야 담력도 생겨나고 억척스럽게도 된다 캅디더. 하지만 쓸개가 열 개라도 이 집을 나서서 그 사람을 찾아나서지는 않을랍니더."

그래서 어머니의 오랜 기다림은 슬퍼서 아름다운 것이었고, 좌절과 희생, 권태와 기대, 그리고 때로는 설레는 희열과 어둡고 답답한 환멸과 울적함까지도 모두 버리지 않고 껴안은 섬뜩한 애증이었다. 어쩌면 나보다 더 애타게 눈 내리기를 기다리고 있는 것도 어머니가 가진 그 환멸과 모순 덩어리의 사랑을 속속들이 표백당하는 단련을 통해 어디엔가 도달하고 싶은 소망 때문인지도 몰랐다.

내가 어머니에게 장담했던 것처럼 그 이틀 뒤에 눈이 내렸다. 원래 수줍음을 많이 타는 눈은 언제나 밤에 내려서 사람들로 하여금 아침에야 그의 자태를 바라볼 수 있게 만들었다. 새벽녘, 우리 집 대문을 긁어대며 짖고 있는 누룽지의 성화를 듣고 가까스로 눈을 떠 문을 열었을 때, 밤새 내려온 눈은 어느새 뜰을 가득 메우고 있었다. 눈밭 속에서 먹을 것을 찾았던 누룽지의 주둥이는 눈송이로 범벅이 되어 있었다. 예언이 현실로 나타난 것이 스스로도 믿어지지 않았으므로 한동안 넋을 잃고 또다시 펼쳐진 눈의 바다를 하염없이 바라보았다.

눈은 어떻게 해서 차가움과 따뜻함이, 공허함과 팽만함이, 그리고 소멸과 풍요함이 부담 없이 서로 오묘하게 어우러져 조화의 절정에 이를 수 있는 것일까. 그것은 산골 마을에 내리는 눈만이 가지는 불가사의한 요술이었다. 그러나 그것들은 완벽한 조율에 힘입어 어느 것이 소멸이며 어느 것이 풍요인지도 판별하기 어렵게 만드는 것이었다.

어머니는 진작 일어나 부엌 아궁이에다 불을 지피고 있었다. 내가 잠자리에서 일어난 낌새를 알아챈 어머니는 엉뚱한 분부를 내렸다. 난데없이 목간을 하라는 것이었다. 새벽부터 물을 데우면서 내가 깨어나기만을 기다린 것이었다. 부엌으로 나갔을 때, 부엌 한가운데 놓여 있는 큰 함석통에는 벌써 김이 모락모락 나는 물이 가득 담겨 있었다. 내가 부엌으로 나가자, 어머니는 약속이라도 한 듯 방으로 들어갔다. 닫힌 부엌문을 사이에 두고 방안의 어머니와 부엌에 있는 나의 대화는 이어졌다. 대화라기보다는 어머니의 일방적인 요구와 분부였다.

내가 드디어 결심하고 옷을 벗고 함석통의 뜨거운 물속으로 몸을 담글 때까지 나누는 두 사람의 실랑이는, 암수 부엉이가 교미할 순간을 지켜보아야 할 때처럼 길고 지루했다. 어머니는 몇 번인가 부엌으로 뛰어나오겠다는 위협을 했고, 나는 벗으려던 바지를 다시 꿰어 입겠다는 앙탈로 버티었다. 어떤 징조도 보이지 않다가 하필이면 눈 내린 날 아침에 나를 목간시킬 엄두를 냈는지 알 수 없었다. 그래서 나는 바지를 벗었다 올렸다 하였고, 어머니는 그때마다 부엌 문고리를 몇 번이나 잡았다 놓았다 하였다. 그러나 내가 결심을 굳히고 일단 함석통의 물속으로 몸을 담근 것이 확인된 뒤에야, 어머니의 성화는 드디어 소강상태를 유지하였다.

"손톱으로 손등을 긁어서 때가 손톱 속에 가득차고 손등에 손톱 지나간 자국이 하얗게 되도록 때가 불어나거든 그때부터 밀그라. 안 그러면 백날 목간을 해도 묵은 때가 안 벗겨지는 기라."

함지박 곁에는 냇가에서 주워온 까슬까슬한 자갈돌 서너 개가 놓여 있었다. 그 자갈돌로 팔뚝을 밀면, 포슬포슬한 땟국이 지우개에서 나오는 고무 버캐처럼 말려서 벗겨졌다. 목간이 끝나면 어머니는 그 물로 부엌 앞의 눈을 녹이라는 분부를 내릴 것이었다. 그리고 계속 군불을 지펴 지붕 위의 눈을 녹일 것이었다.

어느새 대문 틈새를 비집고 부엌 앞까지 진출한 누룽지가 이번엔 부엌문을 발로 긁어대기 시작했다. 목간을 마친 나는 어머니가 건네준 새 옷으로 갈아입고 마당으로 나가보았다. 폭설은 아니었으므로 지난겨울처럼 지붕으로 올라가서 눈을 치우지 않아도 되었다. 발목을 덮을 정도의 눈이라면 대들보가 무너질 염려는 없었다. 골목 밖으로 나가 눈 덮인 한길을 바라보면서 나는 적어도 오늘밤만은 예고 없이 찾아가더라도 삼례를 만날 수 있으리라 믿었다.

누룽지와 동행해 다시 그 선술집을 찾아간 것은 그날 밤이었다. 읍내까지 갈 동안 한길은 눈으로 하얗게 덮여 있었고, 눈이 내린 탓으로 삼례가 살고 있는 수족관도 불은 켜져 있었지만 인적을 느끼지 못할 정도로 적적했다.

도착한 지 얼마 되지 않아 나는 문 앞을 나서는 삼례의 모습과 마주치게 되었다. 어떤 취객과의 동행이었다. 아마도 가지 않겠다고 버티는 취객을 어르고 꼬드겨서 골목 밖 한길까지 바래다줄 모양이었다. 그녀는 담벼락에 기대선 나와 누룽지를 흘끗 쳐다보긴 했지만, 알은척은 하지 않았다. 한길과 마주친 골목 어귀에선, 지난 6월 마을 뒷산에서 들었던 수꿩의 울음소리와 비슷한 취객의 외마디소리가 들려왔다. 그리고 요리조리 뿌리치며 앙탈을 부리는 삼례의 성가신 목소리도 들려왔다.

그들이 주고받는 살벌한 욕설과 웃음소리 들이 내겐 낯설었다.

어떤 감정의 교감이 일어나면 그런 욕설과 웃음소리가 부담 없이 섞여 오가게 되는 것인지 나는 알지 못했다. 다만 가슴이 떨릴 뿐이었다.

한참 뒤에 삼례가 나타났다. 나를 지나쳐갈 때와는 달리 알은척을 하였지만, 처음 만났을 때처럼 냉담한 반응은 보이지 않았다. 그녀는 취객을 상대하느라 몹시 지쳐 있었다. 치마를 걷어붙이고 털썩 내 곁에 앉으며, 한숨을 잔뜩 섞어 중얼거렸다.

"망할 자식, 이빨이라도 좀 닦고 다니지."

그리고 또다시 긴 한숨을 뿜어냈다. 나는 그녀가 알아채지 않도록 입안의 혓바닥을 꼬부렸다 펴면서 잇몸 가녘에 끼어 있는 이똥들을 휘둘러 닦았다. 그때까지 어머니와 내겐 칫솔이 없었다. 그사이 그녀는 치맛자락을 아래로부터 착착 접어 자신의 가슴 쪽으로 쌓아올린 다음, 드러난 고쟁이를 허벅지까지 걷어올렸다. 그러고는 허벅지 안쪽 실다리에다 침을 바르며 악담을 늘어놓았다.

"비겁한 자식, 제 맘대로 안 된다고 허벅지까지 꼬집잖아. 그런다고 내가 눈이나 깜짝할 줄 알어."

다시 한번 그곳에다 침을 바른 다음 그녀는 고쟁이를 내렸다. 길고 긴 침묵이 흘러갔다. 침묵을 견디기 어려웠던 누룽지가 하릴없이 저만치 골목 밖에까지 나갔다가 사각사각 눈을 밟으며 되돌아왔다. 그녀와 나는, 벼랑 위에 가까스로 기대어 나란히 자라고 있는 인동꽃같이 담벼락에 기댄 채 빠르게 움직이고 있는 구름 사이로 들쭉날쭉하는 밤하늘의 별빛을 쳐다보며 앉아 있었다. 침묵을 깬 것은 삼례였다.

"너…… 내 거 딱 한 번만 봤으면 좋겠지? 그치?"

조금 전 한길가에다 뿌리치고 돌아온 취객과 그녀 사이에서 오갔던 대화들은 내가 귀를 바늘 끝처럼 곤두세운다 할지라도 전혀 알아들을 수 없었다. 그러나 지금 뇌까린 삼례의 말은 한 점의 의구심이나 허발도 없이 고스란히 알아들을 수 있었다. 그러나 대답만은 할 수 없었다. 삼례가 말을 이었다.

"나도 네가 보고 싶어한다는 걸 알고 있어. 하지만 그건 안 돼."

그제야 나는 간신히 물었다.

"왜?"

"보여주는 건 어렵지 않아. 당장이라도 벗고 보여줄 수 있어. 하지만 니가 내 걸 보게 되면, 십중팔구 하고 싶어질 거야. 이건 사실, 할 때만 보는 거지 그냥 구경만 시키는 게 아냐. 난 네 누나고 넌 내 동생이야. 남매끼리 하고 싶어지면 벌받는 거야. 사람들이 뭐라고 할지 너도 알 만하겠지?"

나는 여전히 담벼락에 쪼그리고 기대앉은 채 발부리만 내려다보고 있었다. 삼례가 말했던 그것이 가슴이 뜨끔뜨끔할 정도로 보고 싶었던 것은 사실이었다. 그렇지만 내 속내가 들통난 것이 부끄럽다거나 창피하다는 느낌은 조금도 들지 않았다. 왜냐하면 엷게 드리운 어둠에도 불구하고 우리들 시야에 펼쳐진 것은 오직 별빛에 하얗게 빛나고 있는 눈나라뿐이기 때문이었다.

"그건 그렇구, 너 춥지 않니?"

"나는 괜찮대이."

"참, 별난 애두 다 있구나."

누룽지의 기억력은 존경받을 만했다. 누룽지는 삼례를 보고 짖지 않았을 뿐만 아니라, 지금은 그녀에게 조심스럽게 다가가서 고무신 코를 핥고 있었다.

"언제부턴지 모르겠어. 아빠가 죽고 난 뒤, 몸져눕기를 잘했던 예쁜 엄마도 겨우살이풀에 상처를 입고 고생하다 죽고 말았지. 그때부터 난 눈만 내리면 가슴이 사무쳐서 미칠 것만 같았어. 눈이 내려 덮인 길만 보면 어디든지 곧장 가고 싶었어. 엄마에겐 겨우살이풀에 독이 있었고, 나한텐 눈에 독이 있는가봐. 가고 싶은 건 지금도 마찬가지야. 가지 못하면 눈 위에 오줌이라도 갈겨야 속이 시원하단 말이야. 날개를 달고 내 맘대로 휘젓고 다니고 싶어. 내 소원이 뭔지 알아?"

"뭔데?"

삼례의 대꾸는 엉뚱했다.

"면사포. 하얀 면사포 한번 써보는 거. 면사포는 날개 같거든. 옷이 날개란 말 공연히 생겨난 말이 아니지 않겠니?"

"그거 굉장히 비싸다 카던데?"

"싼 것두 있어. 당장 한 벌 살 수도 있어. 그런데 그게 안 돼."

이번엔 내가 얼른 말머리를 돌렸다.

"누나, 새 잡던 거 기억하제?"

"기억하지. 하지만 다 옛날 일이야."

삼례가 내게서 멀어진 것인지 내가 삼례로부터 멀어진 것인지 그건 알 수 없었지만, 그 한마디 말로 그녀와 나 사이는 너무나 멀리 떨어져 있다는 것을 깨달았다. 나는 성냥을 꺼내 불을 댕겼다. 그때 삼례의 앙칼진 목소리가 송곳 끝처럼 따갑게 귓전을 쏘아댔다.

"불 꺼, 짜식아. 불 끄란 말이야."

호흡을 몰아쉬고 있는 삼례의 입에서 또다시 홍시 삭는 냄새가 물씬 풍겼다. 내겐 벌써 두번째여서 낯설지 않은 그 냄새는 한마디로 퇴폐적이고 모욕적이었다. 나는 아연하였다. 그녀가 풍기는 퇴폐의 냄새와 지척을 예견할 수 없는 변덕이, 열넷인 나에겐 마치 미로와 같아서 현명하게 대처할 방법이 없었다. 성냥불에 떠오르는 그녀의 얼굴을 보고 있으면 산중턱에 자생한 노란 두메양귀비꽃의 만개를 연상하게 되면서도, 그녀의 입에서 풍기는 술냄새와 종잡을 수 없이 토해내는 욕설들은 또한 나를 깊디깊은 절망으로 빠뜨렸다. 그 절망감에는 그녀와 내가 가졌던 짧은 밀회의 끝이 희미하게 모습을 드러내는 것 같아서 초조했다. 실제로도 그 밀회의 꼬리 한쪽 끝이 어머니의 손에 들려 있었다는 사실을 나는 미처 깨닫지 못하고 있었다. 미열에 시달리고 있는 사람의 촉각이 흐려지는 것처럼, 예민함을 자랑했던 내 주의력의 촉각이 삼례의 출현으로 나도 모르게 무디어지고 만 것이었다.

이튿날 저녁밥을 먹고 난 뒤, 어머니는 느닷없이, 그러나 천천히 옷을 갈아입기 시작했다. 머릿속은 어떤 상념에 잠겨 있는 듯, 그야말로 아주 천천히 옷을 갈아입고 난 뒤 내게 말했다.

"니가 앞장서야겠다."

아닌 밤중에 홍두깨 격이었지만, 나는 어머니의 의중을 정확하게 읽을 수 있었다. 서로의 속내를 재빨리 읽어내는 수완에 있어선 어머니도 나와 호각互角을 다툴 만하였다. 내가 되물어볼 것도 없이 말을 이었다.

"집을 오래 비워둘 순 없다. 빨리 되짚어와야 할 기다."

우리는 서둘러 집을 나섰다. 어머니는 이제 춘일옥 남자와의 마지막 담판을 앞두고 있는 것이 분명했다. 그 남자로부터 모종의 언질을 받은 게 틀림없었다. 그렇지 않고서야 구태여 나와의 동행을 결심하지는 않았을 것이었다. 집을 나서기 전에는 내게 앞장을 서라는 분부를 하였음에도 한길로 나서면서부터는 어느새 빠른 걸음으로 나를 앞질러 선머리로 나선 것만 봐도 어머니의 조급한 속내를 읽을 수 있었다. 나는 불과 두어 걸음의 간격으로 어머니 뒤를 바짝 조여가며 뒤따르고 있었지만, 그것도 미진했던 어머니는 참참이 나를 돌아보며 길을 재촉했다.

한길에는 지난번에 내린 잔설이 엷게 깔려 있었고, 밤하늘엔 달이 떠 있었다. 성냥불도 켜지 않고 우리는 빠른 걸음으로 한길의 갓길을 따라 읍내 쪽으로 걸었다. 아버지가 죽음으로 이승을 마감하지 않았는데도 나들이할 때의 어머니는 전쟁 미망인처럼 줄곧 청승스러운 소복 차림을 고집해왔다. 달빛까지 어우러져 은박지같이 빛나는 하얀 눈밭 위를 소복 차림으로 걸어가는 어머니의 등에서 옅은 땀내가 나기 시작했다. 어머니의 걸음걸이는 그처럼 역동적이었다. 두 팔을 앞뒤로 기운껏 내저으며 걷는 땀이 밴 겨드랑이에 날개가 달려 있는 것을 발견한 것도 그때였다.

백양나무들이 아득하게 도열한 눈길 위를 헤엄치듯 하는 하얀 저고리의 율동은 문득 새의 날갯짓을 연상하게 만들었다. 어머니가 그날 밤 입고 있었던 저고리뿐만 아니라, 그동안 바느질해서 수많은 사람들에게 건네주었던 저고리들에도, 잃어버린 저고리로 말미암아 나무꾼의 아내가 되어버린 선녀와 같이 날아가고 싶다는 끈질긴 소망과 정한이 배어 있었다는 것을 깨달았다. 그러고 보면, 어머니의 가슴 저쪽 배면에 깔려 있는 소망은 언제부턴가 나와 일치해왔다는 생각까지 들었다.

우리는 멀고먼 나라인 눈의 궁전으로 날고 있는지도 몰랐고, 아버지가 살고 있는 도회지로 날아가고 있는지도 몰랐다. 그러나 어머니의 앞장선 발걸음은 어느새 읍내의 초입에 있던 춘일옥 앞을 지나치고 있었다.

건어물가게 맞은편에 있는 골목길 어귀에서 나는 마른기침을 하며 걸음을 멈추었다. 어머니가 부지중 놓쳐버린 길목임을 일깨워주려는 속셈에서였다. 그러나 걸음을 멈춘 기척을 알아채고 뒤돌아보는 어머니의 눈길은 괴기스러울 만치 살벌했다. 말 한마디 없이 내게 싸늘한 일별을 보낸 어머니는 읍내를 관통하는 한길을 향해 내처 걸었다. 그 한길 위에서의 어머니는, 지치고 지친 나머지 바느질감을 방 윗목에 밀어둔 채 양손을 머리 위에 얹고 평화스럽게 잠들어 있던 그런 모습이 아니었다. 그 순간, 내 발걸음은 천근의 무게를 담기 시작했다. 그러나 앞장선 어머니의 발길이 선술집 골목 어귀에서 딱 멈추어 섰을 때, 이상하게 가슴속은 편안했다. 도대체 어떻게 눈치를 챈 것일까. 옆집 남자의 귀띔이었을까. 아니면, 가뭄에 콩 나듯이 드나드는 이웃 여자들의 자발없는 고자질이었을까. 어머니가 그 선술집을 알아낸 연유가 무척 궁금했지만, 길 한가운데서 어머니를 잡고 물어볼 말은 아니었다.

어머니가 양해를 구하고 잠시 빌려든 방은, 그 선술집에서 멀지 않은 한 노파의 집이었다. 방 한편에는 접시에 석유를 채우고 등심을 얹어 불을 댕긴 접시등이 타고 있었다. 등심이 담겨 있는 접시등은, 흡사 소택지 수면 위로 떠오른 붕어를 건져내어 배를 따놓은 것같이 내장이 모두 밖으로 드러나 있었다. 속창까지 뒤집어 보이는 접시등을 처참한 심정으로 바라보고 있는 나에게 어머니가 분부를 내렸다.

"삼례를 이리로 데리고 오그라."

삼례의 모든 것을 내 작정대로 좌지우지할 수 있는 것처럼 그렇게 말했다. 어머니의 억지와 심술궂음에 나는 기가 막혔다. 하지만 당장 뾰족한 방책이 있을 수 없었던 나는 쏜살같이 노파의 집을 벗어나 선술집 골목 어귀로 달려갔다. 나중에 어떤 결말이 나든 어머니가 근방에 와 있다는 사실만은 삼례에게 알려줘야 한다는 다급한 마음에서였다. 그래서 그날 밤만은 골목 밖에서 그녀가 나타나기를 하염없이 기다리고 있을 수 없었다.

뜰 안으로 들어가서 불 켜진 건넌방을 향해 삼례 누나를 불렀다. 밤의 애수가 묻어나는 매혹적인 불빛이 출렁거리는 수족관의 문이 열렸고, 열대어같이 알록달록한 옷차림인 삼례의 얼굴이 곧장 나타났다. 입에서 억 소리가 나도록 기겁하고 놀란 사람은 삼례였다. 그녀는 내가 집안에까지 들어와 우렁찬 목소리로 자신을 찾으리라곤 예상할 수 없었던지 기가 질린 시선으로 바라보았다.

그녀는 시선을 줄곧 내게 박은 채, 느릿느릿 툇마루를 내려섰다. 그러나 어느새 내 멱살을 드잡이해서 비틀어 쥐고 대문 밖까지 끌고 나갔다. 그녀가 드잡이한 손을 놓아준 것은 내 입에서 어머니가 근처에 와 있다는 목멘 말을 듣고 난 뒤의 일이었다. 우리는 누가 먼저랄 것도 없이 골목길 담벼락에 기대고 나란히 앉았다. 그녀는 저고리 소매에서 손수건을 꺼내더니, 침을 발라 가만가만 입술과 연지볼의 화장을 지우고 있었다.

"누나, 화장 닦지 말그라."

"왜?"

"그냥."

그녀는 한참 만에 나지막하게 대답했다.

"그러는 게 아니다."

우리는 밤하늘을 바라보며 앉아 있었다. 그날 밤따라 더욱 넓고 높아 보이는 하늘에는 수많은 별들이 깔려 있었다.

"너 그거 알어? 하늘의 별들도 밤이 되면, 밤똥을 싼다는 거?"

나는 픽 웃었다.

"그런 기 어딨노? 별들이 무슨 똥을 싼다고."

그 순간, 삼례는 불쑥 화를 돋우면서 핀잔을 주었다.

"나이를 열네 살이나 먹었단 자식이 그것도 몰라? 별이 똥을 안 싸면, 별똥별이란 말은 왜 생겨났겠니?"

이토록 초조한 시간에 삼례는 또 엉뚱한 말을 하고 있었다. 그러나 삼례는 치마를 털고 일어나면서 들릴락 말락 하게 중얼거렸다.

"이 세상에서 나보고 감히 이래라저래라 간섭할 놈은 없어. 난 나 혼자란 말이야. 그런데 참 이상해. 너네 엄마라면, 왜 주눅이 드는지 나도 모르겠어. 너네 엄마도 물똥이나 오지게 싸버렸으면 좋겠다."

우리는 천천히 골목을 벗어났다. 한길로 나서자, 나는 그 노파의 집을 가리켰고, 그때부터 삼례가 앞장을 섰다.

접시등을 사이에 두고 마주앉으면서도 삼례는 곧은 눈길을 어머니 이마에 꽂고 있었지만, 수인사는 건네지 않았다. 방안을 희미하게 밝히는 접시등의 애매한 불빛을 받으며 마주앉은 두 여자의 모습은 울적하고 초라해 보였다. 삼례가 방안에 좌정하는 것을 보고 나는 문을 닫아준 뒤 툇마루에 쪼그리고 앉았다. 침묵이 흘렀지만, 내가 은근히 바라고 있었던 울음소리는 터져나오지 않았다. 흐느끼는 소리를 들을 수 없었다는 것은 내게 실망스러운 일이었다. 먼저 말문을 연 사람은 어머니였다.

"니가 하직하고 떠난 고장으로 우째서 되돌아왔는지, 대강은 알 만하다. 니 나름대로는 속셈이 있었겠제. 니 딴에는 지난여름에 니를 찾아 우리집에까지 왔던 그 남정네를 끝내 따돌리려고 하다보이, 니 팔자가 두 번 다시 돌이킬 수 없는 처지까지 왔다는 거 나도 알고 있다. 니도 그 사람 처음 만나서는 평생 해로하겠다고 맹세까지 하였지만, 나중 가선 한 남자만 바라보고 집구석에 처박혀 산다는 기 죽기보다 싫었겠제. 그래서 그 사람에게 큰 손해까지 끼치고 도망친 기제?"

목소리는 높지 않았지만, 정곡을 파고드는 어머니의 말은 따끔했다. 삼례에겐 싫다 하더라도 경청해야 할 말이었다. 그녀의 대답은 어떨까. 그러나 의외의 말이 삼례의 입에서 떨어졌다. 그녀는 문밖에 있는 내게 말했다.

"세영아, 방으로 들어와."

"세영이야 어디에 있든 니가 중뿔나게 간섭할 일이 아이다."

어머니의 앙칼진 한마디가 그녀의 말을 가로막았다.

"세영이가 얼어 죽어도 좋겠습니까?"

"얼어 죽든 말든 니가 무슨 상관이고."

"그건 바로 내가 할 말이지만, 참지요. 세영이가 밖에 있는 것은 나 때문이잖아요. 세영이가 얼어 죽어도 좋겠습니까?"

"니만 내 말을 똑바로 알아듣고 처신을 해준다면, 쟈가 얼어 죽기 전에 우리는 여길 떠날 기다."

"무슨 말씀인데요?"

"한시가 급하다. 니한테 무슨 난관이 있다 카드라도 퍼뜩 여길 떠나그라. 우리 마실 사람들이 니를 우리 친정집 친척으로 알고 있다는 거 니도 알고 있제? 그런데 이제 내가 나서서 친척이 아이라고 변명하고 들면, 더욱 비웃음거리가 된다는 것도 니가 모르지는 않겠지러? 사람들이 니하고 내 사이의 올곧은 내막은 모르고, 니 형편이 남의 손가락질 받게 되자 꾸며낸 거짓말로 둘러댄다 안 카겠나. 우리 친정집 가문에 니 같은 여자가 하나라도 있다 카면, 내가 입이 열 개라도 할말이 없다 카지만 친정집에는 가문에 똥칠하는 니 같은 여자가 아직 한 명도 없었다. 니가 백년해로를 약조하고 살았던 사람을 따돌리고 도망쳐나온 것은 내 알 바 아이지만, 그 못된 짓을 저지르면서 니하고는 아무 상관도 없는 가문에 똥칠까지 하게 되었다면, 한시 빨리 여길 떠나줘야 안 되겠나. 내 말에 그름이 있나? 빈대도 낯짝이 있다 캤다. 니가 무슨 억하심정을 갖고 있지 않다면, 내 말을 곡해해서는 안 될 기다."

"친정집 친척이라고 말한 것은 내가 아닌데요?"

"그 말은 맞다. 내가 둘러댄 말이제. 하지만, 이런 망측스러운 꼴을 보게 될 줄 내가 어떻게 알았겠노. 내 안목이 졸렬했던 탓이제. 나중에 뒤집어쓸 화근은 예견 못 하고, 임시변통으로 둘러댔던 하찮은 말 한마디가 지금 와서야 가슴을 치고 후회할 일이 되었다만, 그땐 우리집 일들이 남의 구설수에 오르내리는 것이 싫어서 남에게는 친척으로 대접했던 기라. 그런 심사를 철부지가 아인 니도 짐작하고 있었길래, 나한테는 일언반구 말 한마디 없이 마을을 떠난 기 아이겠나. 나를 온전한 친척으로 여겼다면, 니가 꼬삐 풀려서 갈팡질팡하는 소새끼 모양으로 통기 한마디 없이 집을 떠날 수 있었겠노?"

나는 떨고 있었다. 선술집 골목 밖에서 기약도 없이 삼례를 기다리고 있었을 때는 전혀 느낄 수 없었던 혹한이 온몸을 옥죄며 파고들었다. 그러나 마음속으로는 추위가 더욱 지악스럽게 내 살갗을 파고들어 뼛속까지도 도려낼 듯한 처절한 아픔으로 전달되어 주기를 기다렸다. 급기야는 육곳간 서까래에 내걸린 돼지고기처럼 내장까지도 꽁꽁 얼어붙고 말아서 온 마을이 발칵 뒤집히는 노력에도 불구하고 결국은 온전한 육신으로 되돌아갈 수 없을 정도로 얼어붙어주기를 바랐다. 그래서 나는 더욱 떨려 그 떨림의 반동으로 툇마루가 삐그덕거리는 소리가 방안에까지 들릴 수 있기를 바라고 있었다. 나는 그때에야 파고드는 추위를 막기 위해 틀어쥐고 있던 윗도리 깃에서 손을 내렸다. 그러자 이젠 배꼽노리까지 떨려오기 시작했다.

그때 방안에서 삼례의 한마디가 들려왔다.

"세영이를 방으로 들어오게 하면, 떠나든지 말든지 양단간에 말씀드리지요."

"니가 생각 안 해줘도 이만한 일에 얼어 죽을 만치 병약한 아는 아이다."

나는 가슴께의 깃을 더욱 열기 위해 단추를 끌렀다. 바지까지도 벗어야 한다고 생각하고 있었다.

"동상이 걸려 발병신 되면 평생 고질이 아니겠습니까."

나는 바지의 허리띠를 풀어버렸다. 얼음장을 베어문 것 같은 바람이 사타구니를 타고 들어와 내장을 송두리째 관통하고 있었다.

바로 그때였다. 바지는 아직 벗지도 않았는데, 실오라기 하나 걸치지 않은 전라의 내 모습이 눈앞에 선명하게 나타났다. 나는 공교롭게도 지난여름, 그 사내의 출현으로 잃어버렸던 마을 방천둑 위에 벌거벗은 채 혼자 서 있었다. 서쪽 하늘을 온통 붉게 물들이고도 넘쳐난 노을은 방천둑 위에까지 밀물처럼 달려와 소택지의 수면과 방천둑을 덮은 잡초들을 온전한 붉은빛으로 채색하고 있었다.

한 사내의 모습이 저만치서 노을을 등지고 나타났다. 가까이 다가오는 사람은 아버지였는데, 역시 나와 같은 전라의 몸이었다. 활달하고 쾌적한 걸음으로 나를 향해 다가오고 있는 아버지는 지난날 내가 보아왔던 것과는 다른 모습이었다. 하반신을 지팡이에만 의지한 채 허공을 헤집고 흐느적거리던 처참한 모습이 아니었다. 사지가 멀쩡했을 뿐만 아니라, 절간 금강문 안에 버티고 선 금강역사처럼 근육질의 사내로 변신해 있었다. 아버지는 그처럼 변신한 자신의 모습이 스스로도 대견한 듯, 간혹 제자리걸음으로 뜀뛰기를 하기도 했다. 나는 생강을 씹은 것같이 가슴속이 싸하고 서늘해지는 것을 느꼈다. 그러나 침묵이 흐르고 있던 방안에서 갑자기 어머니의 분부가 떨어졌다.

"세영아."

소스라쳤던 나는 그러나 금방 대답하지 않았다. 차라리 삼례가 불렀다면, 대답했을 것이다. 어머니는 다시 나를 부르면서 손수 문을 열었다. 툇마루에 앉아 있는 나를 본 어머니를 냉담한 얼굴로 면박을 주었다.

"마루에 있었으면서 왜 대꾸를 안 하노? 어무이 말이 말 같잖나. 퍼뜩 들어오그라."

나는 내키지 않는 거동으로 방안으로 들어가 앉았다. 삼례의 시선이 잠깐 내 이마를 스쳐갔다. 그때 나는 그녀의 눈 가장자리에 눈물이 배어난 것을 발견하였다. 삼례의 시선은 그러나 더이상 내게 머물지 않았다.

"세영이가 새겨들어도 좋을 가치 있는 이바구는 아이지만, 세상

사란 것이 개구리가 뜀뛰기하듯 지가 내키는 대로 이리 뛰고 저리 뛰며 살도록 가만 놔두지는 않는대이. 이런 말 하면, 니한테는 쇠귀에 경 읽기지만서도 아직은 아무것도 모르는 철부지라 카는 걸 잊어뿌리지 마라. 니가 옳고 그른 것을 올곧게 보고 들을 줄 알게 될라 카면, 아직도 한참은 세파에 휩쓸려 살면서 쓰고 단맛을 숱하게 겪어야 한다. 한번 만난 사람이면, 눈에 거슬리는 것이 있다 캐도 팔자소관인 양하고 꾹 참고 살아야제, 설익은 주제에 팔자를 고치겠다고 집을 나서다이. 게다가 그 사람이 살아남을라꼬 한 푼 두 푼 저축한 것까지 몽땅 축냈다 카데."

"그건 그 자식이 꾸며낸 거짓말이에요. 만날 때부터 알거지였다는 걸 알고 있었단 말이에요."

"그런 말 하지 마라. 인제 니 말이라 카면, 콩으로 메주를 쑤고 뽕잎으로 누에를 먹인다 캐도 내가 안 믿는다 카이. 적잖은 돈이 든 저금통장을 가진 사람을 두고 만날 때부터 거지였다는 게 말이나 되나."

"난 그 자식이 저금통장 갖고 있다는 것도 거짓말이란 거 알고 있었어요. 그 자식은 모기 같은 놈이란 말이에요. 모기한테 물려본 사람은 알잖아요. 그 자식은 모기란 말이에요. 귀찮고 지겨워요."

"니 내한테까지 거짓말할라 카나?"

"알겠어요. 떠날게요. 말을 못 알아듣는 건 서로 마찬가지네요."

그때 어머니는 치마 속으로 손을 집어넣었다. 그 속에서 염낭주머니 하나를 꺼내들었다. 삼례와 내가 물끄러미 바라보는 가운데 어머니는 염낭 속에서 스무 장이 넘는 고액권을 헤아려냈다. 손때가 덜 묻은 새 지폐만 골라 보관해온 돈이라는 것을 금방 알 수 있었다. 어머니는 그것을 여송연처럼 똘똘 말아서 다시 고무줄로 탱탱하게 다져서 동였다.

"나도 가슴이 아프다 카이. 그렇지만 우짜겠노. 니가 떠나줘야 마실이 조용하고, 세영이가 조용하고, 나도 조용하게 가사를 처리해나갈 기다. 내 말귀 알아듣겠제? 여름에 니를 찾아왔던 그 사람이 나한테 주소를 적어두고 갔다. 니가 못 떠나겠다고 고집을 부리면, 내가 전보를 칠 기다. 그 사람이 당장 달려와서 니 머리끄덩이를 잡고 질질 끌고 가기 전에 얼른 떠나그라. 니가 가고 싶은 곳으로 가든지 그 사람한테로 돌아가든지, 그거는 니 맘대로 하그라마는 두 번 다시 이쪽으로 발길 돌리면 안 된다는 거 명심하그래이."

어머니는 삼례의 손을 가만히 끌어당겨 돌덩이같이 다져 묶은 지폐를 쥐여주었다.

"이 돈은 평시에는 없는 양 잊어뿌리고 있다가, 니 생각에 인제는 오도 가도 못하는 절벽을 만났구나 싶을 때 쓰그라. 이 돈을 항상 몸에 지니고 다니다보면, 니를 한 번은 구해줄 기다."

차돌 이상으로 똘똘 말아 가지고 다닌 지폐를 건네받은 삼례는 어머니를 외면한 채, 쇠잔한 심지를 태우고 있는 접시등만 바라보고 있었다. 그러나 눈물을 짜내고 있지는 않았다. 어머니는 일어서면서 말했다.

"세영이 니도 몸을 녹였으면 퍼뜩 가자."

우리 세 사람은 제각기 약간씩의 시간 차를 두고 그 노파의 집을 떠났다. 어머니는 내가 삼례를 뒤돌아볼 말미조차 주지 않으려고 나를 앞장세운 뒤 길을 재촉했다. 골목 밖을 지키고 있던 누룽지가 걸음이 빨라진 우리들 뒤를 바짝 조이며 뒤따르고 있었다.

오던 길에 보았던 눈길은 희미하게 드리운 밤의 자락 아래로 하얗게 뻗어 있었다. 읍내 길을 잽싸게 벗어나 먼 산자락 아래로 마을의 윤곽이 뿌옇게 바라보이는 지점에서 어머니는 갑자기 밭은 기침을 토해내기 시작했다. 창자까지 토해낼 듯 지악스러운 기침을 길가의 백양나무 기둥을 붙잡고 진정시킬 동안, 나는 마을 앞으로 뻗어난 방천둑에 시선을 빼앗기고 있었다.

"세영아, 좀 쉬었다 가자."

어머니는 두 손으로 저고리 앞섶을 틀어잡은 채, 한길가 돌더미를 의지하고 앉았다. 나는 희미한 밤빛 아래로 서쪽의 시작과 동쪽의 끝을 분별하기 쉽지 않은 방천둑으로 줄곧 시선을 박으며, 그 노파의 집에서 보았던 현란한 노을이 재현되기를 바라고 있었다. 지금은 노을 대신 회색의 밤빛이 방천둑을 덮고 있었지만, 내가 바란다면 노을은 밤빛을 멀찌감치 밀어내고 방천둑 위로 무리지어 내릴 것 같았다. 그러나 아무리 기다려도 그런 이변은 일어나지 않았다. 뿐만 아니라, 방천둑의 외길을 따라 피던 노란 씀바귀꽃과 가녀린 꽃다지와 꽃잎이 동글동글한 피나물, 그리고 눈 속에서도 꽃잎을 피우는 괭이눈도 내 뇌리에선 어느새 사라지고 없었다. 썰물이 훑고 지난 황량한 개펄처럼 시꺼멓게 삭제된 공간만 거기 있었다. 때로는 새벽 안개에 휩싸여 환상적인 분위기를 연출하였던 방천둑 근처가 이젠 아무런 의미도 매혹적인 것도 없이 멀리로 무의미하게 누워 있을 뿐이었다. 흔하고 사소한 것들이었으므로 내겐 오히려 소중하게 여겨졌던 그 모든 것들이, 어느새 내 상념의 바깥으로 연소되어 사라져버렸다. 드디어 내 두 눈에 눈물이 핑 돌았다. 등뒤에서 어머니의 처연한 독백이 들려왔다.

"사실 니 생각으로 오금만 저리지 않았더라면…… 나도 삼례를 따라 떠나고 싶었대이. 몸은 개천에 빠져 있는데, 마음은 항상 구름과 같이 떠다녔제. 그래서 마음속으로는 조선천지 안 가본 곳이 없다…… 그런데…… 어찌된 일인동 이제는 가슴속이 홀가분해졌대이. 내가 삼례한테 건네준 돈은, 삯전을 받을 적마다 너그 아부지를 염두에 두고, 그중에서 때가 덜 묻은 새 돈만 골라 한 닢 두 닢 모았던 것이다. 너그 아부지가 어디 있다는 걸 알기만 하면, 수천 리 길이라도 구애받지 않고 단숨에 달려가서 한 달포 동안은 지체할 수 있는 금어치의 노잣돈이제. 그만하면 조선천지 어디라도 갈 수 있는 돈이고말고."

나는 몰래 옷소매로 눈 가장자리를 훔치며, 돌더미로 가서 어머니와 등을 지고 앉았다.

"그런데 그 살돈을 삼례한테 미련 두지 않고 줘뿌리고 나이, 인제는 내 꿈자리가 뒤숭숭할 까닭도 없어졌고, 내 마음이 뜬구름 위에 얹혀 있을 핑계도 없어졌대이. 너그 아부지 계시는 곳을 알아냈다 카드라도 찾아나설 엄두도 못하게 되었지만, 마음은 오히려 하늘을 날아갈 듯이 홀가분해져뿌렀다. 그 돈이 내 수중에 있었을 때는 꿈자리마다 원수 갚는다는 심정만으로 어금니를 앙다물고 수백 리 길을 헤매고 다녔던 터라, 누워서 잠을 잤는데도 아침에 일어나면 늘상 두 다리가 저리다 못해 아프고, 잇몸에도 피가 맺히고 빼근했대이. 그래서 어떤 때는 사정없이 피곤하지만, 잠드는 게 싫어서 일부러 밤을 꼴딱 새우며 바느질에 매달리기도 했다. 그기 바로 그 몹쓸 돈을 모아가며 항상 미련을 두고 여망을 걸었기 때문에 겪은 마음고생이 아이겠나. 그 몹쓸 돈을 수중에 간직하느라고 잠만 들면 마른 길 진 길 가리지 않고 타관객지를 헤매고 다녔고, 낮에는 아픈 다리를 혼자서 주무르며 갖은 고생을 겪었던 기라. 그 미친 돈을 미친년이 가지고 떠났으이, 이제사 돈이 제 갈 길을 찾아간 기다. 나는 가슴속에 원한을 품고 사는 여자의 멍에를 벗게 되었고, 삼례는 그 돈을 지 팔자에 합당할 만치 유용하게 쓰게 되었다."

그제사 어머니는 울고 있었다. 그리고 눈물 훔치던 당신의 명주 목도리를 벗어 떨고 있는 내게 덮어주면서 말했다.

"가자, 밤이 깊었다. 겨울밤에는 흔하게 보이던 은하수도 없네."

그날 밤, 나는 어머니의 권유를 따라 모처럼 안방에다 잠자리를 폈다. 어머니는 구들장이 따뜻한 아랫목에서, 그리고 나는 재봉침이 놓여 있는 윗목 차지였다. 천장을 향해 반듯하게 누운 어머니는 정말 멍에 벗은 마음이 홀가분해졌는지, 이불 속으로 몸을 넣자마자 금방 숙면 속으로 빠져들었다.

나는 높낮이가 일정한 어머니의 숨소리를 듣고 있었다. 저절로 눈이 감길 것같이 전염성을 가진 숨소리였는데도 잠이 오지 않았다. 그 노파의 집을 나서서 선술집 골목 안으로 돌아가던 삼례가 나를 흘끗 쳐다보던 눈빛이 뇌리에서 떠나지 않았다. 지극히 짧았던 한순간, 내 눈 언저리를 스쳐간 삼례의 눈빛에는 어떤 의미가 담겨 있었을까. 아무리 생각해도 가슴에 와닿는 해답을 얻어낼 수 없었다. 그리고 그런 의미조차 선명하게 가려낼 수 없는 내 열네 살의 나이 속에 참담하게 멈춰 있는 치기와 미숙함이 아쉬웠다. 그리고 어느덧 나는 잠 속으로 곯아떨어졌다.

이른 새벽 눈을 떴을 때, 아랫목에서 잠들었던 어머니와 윗목이었던 내 잠자리가 서로 바뀌어 있다는 것을 알아차렸다. 나는 어둠 속에서 눈을 뜨고 누운 채로, 윗목의 벽을 향해 돌아누워 잠든 어머니의 쇠잔한 뒷모습을 바라보았다. 잠든 사이에 있었던 어머니의 배려에 흘린 눈물이 코 언저리를 타고 내렸다. 어머니는 내가 삼례와 헤어졌다는 것을 벌써 알아채고 있었던 것이다. 그녀와 헤어진 내 가슴에 싸늘한 앙금이 가라앉았다는 것도 일찌감치 알고 있음이었다.

나는 잡기장을 뜯어 혓바닥이 새까맣게 변색되도록 연필에 침을 발라가며 그림을 그리기 시작했다. 그러나 거의 반 권에 해당하는 잡기장을 뜯어내고도 삼례의 얼굴이 선명하게 떠오른 흡족한 그림을 완성할 수 없었다. 열 권의 잡기장을 모두 거덜낸다 할지라도 삼례를 닮은 얼굴을 그려낸다는 것은 불가능한 일일 것이었다. 왜냐하면, 그린다는 이름을 빌린 그 작업이, 실제로는 수본繡本 위에 자수를 놓듯 만화에 그려진 여자 주인공의 얼굴을 그대로 베껴 그리는 것에 불과했기 때문이었다. 만화의 주인공과 현실 속의 삼례 사이에는 모든 것에서 엄청난 거리가 있을 수밖에 없었다. 하지만, 나는 그 거리에 조금도 얽매이지 않았다. 언제나 슬픈 줄거리 속에서 운명의 화살과 정면으로 만나게 됨으로써 눈물 속의 세월을 살아가야 하는 만화의 여주인공은 바로 삼례라고 생각했기에. 그러면서도 어떨 땐 떨치고 일어나 읍내로 발길을 향했다가 중도에서 되돌아오는 미완의 여정을 되풀이하곤 하였다. 그러나 그 여정의 끝은 옆집 남자의 귀띔으로 마감되고 말았다.

나를 만나기만 하면 팔짱 끼고 말하기를 좋아하는 그는, 그로부터 일주일가량 흘러간 뒤에 골목을 나서는 나를 불러 세웠다.

"인제 해결이 났더구나. 그 처자가 떠났다 카데. 니가 어린 나이인데도 사리가 분명하고 총명했기에 일이 무사히 처리된 기라."

"예."

“너그 어무이는 아직까지 그런 사실을 전적으로 모르고 계시제?”

“예.”

“아주 잘했다. 너그 어무이가 그 사실을 알기라도 하였더라면, 속깨나 태우시고 가문에 먹칠을 했다고 두고두고 애간장을 끓였을 기다. 니가 너그 집 장손 노릇을 톡톡히 한 셈이대이.”

“누나가 떠났다는 것은 어떻게 알았습니꺼?”

“내가 그 영업집 바깥주인한테 슬쩍 통겨봤더이, 벌써 오래전에 떠났다 카드라.”

속시원하게 됐다고 지껄이는 옆집 남자의 말 한마디가 내 가슴을 송곳으로 도려내는 것같이 아프게 했다. 그래서 그녀가 설혹 그 선술집에서는 떠났다 할지라도 읍내 어디에 숨어 있어주기를 바랐다.

나는 그녀를 생각하며 그려왔던 잡기장의 그림 한 장을 접어 담구멍 속에 밀어넣었다. 지난겨울, 그녀 혼자만 알고 소중한 것들을 숨겨왔던 그 담구멍이었다. 그녀가 떠나버린 지금, 그녀를 연상시켜주는 유일한 장소였다. 뿐만 아니라, 담구멍은 어머니도 모르는 비밀로 존재하고 있었기에, 그녀와 나만 알고 공유하며 내통할 수 있는 장소의 구실을 할 수도 있다는 생각이 들었다. 그러나 내 막연한 기대에 삼례의 화답은 없었다. 몇 번인가 그곳을 살펴보았지만, 삼례가 다녀간 흔적은 없었다.

흡사 삼례를 대신한 것처럼 삼십대 초반의 여자가 홀연히 우리 집에 나타난 것은 12월 하순 무렵이었다. 마을 앞을 지나는 마지막 차를 놓쳐버린 여자였다. 난처한 중에 마을을 기웃거리다가 우리집으로 찾아와 추위에 언 몸을 잠시 녹여갈 것을 청한 것이었다. 얼핏 보기에도 여자는 새침한 빛이 어린 갸름한 얼굴로 곱상스러웠지만, 장시간의 여행으로 어느덧 기력은 증발하고 탈진한 상태였다. 그러나 쉬어갈 것을 핑계로 끼니를 구걸하려는 속셈은 아닌 것 같았다.

그 여자는 황혼 무렵의 잔광이 엷게 묻어 있는 툇마루 한쪽에 걸터앉으며 헛기침을 토해냈다. 첫 월급 봉투를 받아든 사람의 헛기침같이, 어딘가 애매하고 조금은 과장되어 들리는 그런 기침소리였다. 여자의 옷차림도 긴 여행을 하고 있는 여자답지 않게 애매한 점이 많았다. 굽이 높은 빨간 구두, 그리고 아이를 업고 먼 길을 떠나기엔 너무나 거추장스러웠을 감청색 투피스 차림이 그랬다. 그것은 등에 업고 있는 아이만 벗어던지고 나면, 그 아이와 연관된 모든 삶의 중력을 냉큼 벗어던지고 전혀 다른 모습의 여자로 변신하고 말겠다는, 파괴적이고 모험적인 저의가 엿보이는 차림새였다. 그러므로 평범한 사람들의 삶에서 유추해낼 수 있는 상투적이고 밋밋한 일상의 궤적을 따라가려는 여자는 이미 아닌 듯했다. 삶의 본질과 숙연하게 맞부딪쳐 있는 긴장감을 그 여자의 차림새에서는 찾아볼 수 없었다.

때마침 여자는 포대기를 풀고, 등에 업고 있던 아이를 차가운 마룻바닥 위에 그대로 내려놓았다. 파리한 입술로 고개를 등뒤로 한껏 젖히고 깊은 잠에 곯아떨어져 있던 아이는 마루 위로 뒹굴었는데도 포대기에 싸안긴 채로 잠에서 깨어나지 않았다.

아이가 잠에서 깨어난 것은, 서둘러 아이를 내려놓은 그 여자가 측간에 다니러 간 사이였다. 내가 보기에도 여자는 아이가 울음을 터뜨릴 때를 기다리는 것처럼, 식도가 컥컥 막힐 정도로 매캐한 냄새를 피우는 측간에서 꽤나 오랜 시간을 끌었다. 그동안 하반신이 추위 속에 노출된 아이가 가릉가릉 가래를 끓이며 울기 시작했다. 이제 막 한 돌이 지나 젖을 뗐을까 말까 한 사내아이는 성깔은 지악스럽지 않았는지 발악하며 울지는 않았다.

방안에 있던 어머니가 문을 열어본 것은 아이가 울음을 터뜨린 뒤였다. 때마침 여자가 어깨를 발발 떨며 측간을 나서고 있었다. 꽁꽁 얼어붙은 추위 속에서 울음을 터뜨린 아이가 안쓰러웠던 어머니는 그들 모자를 방으로 불러들였다. 맨 처음 그 여자가 어머니에게 양해를 구했던 것은 툇마루에서 잠깐 쉬었다 가겠다는 것이었다. 방으로 들어선 여자에게 아랫목을 가리키며 어머니가 물었다.

"어디로 가는 길이라 캤습니꺼?"

"포항까지 가는 중이에요."

"저런 낭패가 있나. 지금은 마실을 지나가는 차가 끊어지고 없을 긴데……"

"읍내까지만 가면, 여인숙이 있다는 얘기를 들었어요."

"이 겨울에 젖먹이를 업고 먼 길을 나섰네요."

방안의 안락한 온도에 몸을 내맡기고 있던 여자는 고개만 끄덕였다. 겨울 삭풍의 한가운데를 가로지르는 먼 여정에 오른 속사정을 구태여 털어놓지 않으려는 여자의 참담한 기분을 모르지 않을 어머니도 재봉틀로 뒤돌아앉으며 말했다.

"몸이 녹을 때까지 쉬었다 가소."

아직도 칭얼거리는 아이의 입에, 여자는 비릿한 건어물 냄새가 나는 육포를 물려주고 있었다. 딱딱할 정도로 말린 북어포가 분명했다. 그 북어포는 실로 꼬아 만든 아이의 목걸이에 매달려 있던 것이었다. 여자는 매달린 북어포를 아이의 품속 어디에선가 끄집어내어 입에 물려주었는데, 사뭇 칭얼거리던 아이의 울음소리가 그것과 함께 씻은 듯이 뚝 그쳤다. 뒤돌아앉아 재봉틀을 돌리고 있던 어머니의 시선이 흘끗 아이에게 머물렀다. 말린 홍합이나 전복을 실에 꿰어 금방 젖을 뗀 아이의 목에 걸어주고 수시로 빨게 하는 일은 흔했지만, 북어포를 그렇게 한 것은 어머니도 처음 보았던 것이다.

울음을 그친 아이는 누운 채로 눈망울을 두리번거리며 북어포를 빨기 시작했고, 여자는 벽에 등을 기대고 앉아 어머니의 바느질을 초점이 흐려진 시선으로 바라보고 있었다. 시간에 쫓기고 있는 사람의 거동이 아니었다. 아니나 다를까, 아이가 그것을 빨고 있는 동안 여자는 앉은 채로 잠 속으로 빠져들었다. 등은 벽에 기댄 채였지만, 손에 들었던 조그만 봇짐에 한쪽 볼을 얹고 어느새 잠들어 있었다.

"얼마나 곤했으면, 방에 들어앉자마자 저렇게 잠이 들어버릴꼬."

어머니는 들릴락 말락 그렇게 중얼거리며 혀를 찼다. 나는 자신의 한쪽 목덜미를 가만히 괴고 있는 그 여자의 하얀 손목을 보고 있었다. 노동의 진솔한 고통을 음미한 흔적이 보이지 않는 손바닥에는, 가로세로 복잡하게 그어진 손금만 선명하게 드러나 있었다. 그녀가 잠들기를 기다렸다는 듯이 어머니는 재봉틀 돌리는 일손을 멈추었다.

"깨우지 말그라."

부엌으로 나가면서 어머니는 정색하고 내게 말했다. 나는, 잠이 든 제 어미를 의식하지 못한 채 한결같이 북어포만 핥고 있는 아이를 내려다보았다. 포대기 밖으로 엿보이는 아이의 팔다리는 겨릅같이 수척해 있었다. 그러나 타고난 천성이 매우 순한 것만은 틀림없었다. 내가 처음부터 달갑지 않은 시선으로 쏘아보고 있는데도 아이는 개의치 않고 북어포를 계속 핥고 있었다.

내 시선은 어느덧 거의 건성으로만 반복되고 있는 아이의 동작에 줄곧 머물러 있었다. 아이의 입놀림에서는 철부지들이 갖고 있는 게걸스러움이나 안달은 찾아볼 수 없었다. 그것은, 씹지는 않고 핥기만 하는 단순한 동작만을 반복시키는 훈련과정을 통해서만 터득될 수 있는 것이었다. 흔히 아이들 입에 물려주는 홍합이나 전복의 살결은 어른들의 이빨로도 찢어내기 거북할 정도로 질겼다. 그러나 북어포의 살결은 그렇지 않았다. 시간의 차이는 있을 수 있겠지만, 금방 젖을 뗀 두 살배기 연약한 이빨로도 충분히 살결을 찢어낼 수 있었다. 다만 입술로 핥기만을 훈련받아왔으므로 북어포는 비교적 온전한 원형을 유지하며 아이의 목에 매달려 있었던 것 같았다.

기초 언어동작도 미숙할 그 아이가 씹지 말고 핥기만 하라는 야비한 저의가 숨어 있는 훈련과정을 거쳐 버릇으로 정착될 때까지, 얼마나 많은 폭력적인 독려를 이겨내며 씹어버리고 싶다는 충동과 씹지 말아야 한다는 의지력을 시험받아야 했을까. 아이는 그것을 핥으며, 나들이 간 여자가 돌아올 때까지 기다려왔었고, 여자는 그런 훈련을 아이를 방치하는 수단으로 삼아왔음이 틀림없었다. 물론 열네 살의 경박한 판별력으로써가 아니라, 아이가 보이고 있는 기계적인 입놀림에서 나는 그들 모자가 갖고 있는 불행의 편린들을 단편적으로 예감하고 있었다.

나는 다시 곯아떨어진 여자의 얼굴을 뚫어져라 바라보았다. 작은 얼굴에 이목구비가 오종종하게 박혀 있었지만, 아무리 보아도 찌든 고난의 땟국이 조각조각 묻어 있는 얼굴은 아니었다. 고결함을 느낄 수는 없었지만, 여자의 성품이 어딘가 턱없이 오만해서,

부박한 삶이 자신을 온통 누더기로 만들어버릴지라도, 그 파국의 삶을 향해 겁없이 달려갈 수 있는 여자처럼 보였다. 어머니가 그랬던 것처럼 이젠 한 손을 이마에 얹고 잠이 든 여자의 얼굴은, 그러나 자기 집 안방에서 잠든 사람같이 평화로워 보이기만 했다.

때마침 부엌에선 물 끓이는 소리가 들려왔다. 어머니는 이 생소한 불청객에게 끼니 대접까지 할 모양이었다. 그러나 바가지로 솥의 물을 헹궈내는 소리가 예사 때처럼 다소곳하지 않았다. 바가지를 몇 번인가 부엌바닥으로 떨어뜨리는 소리가 들려왔다.

나는 문을 열고 툇마루로 나섰다. 산자락 아래로는 벌써 저녁이내가 깔리고 있었다. 이웃집 굴뚝에서 피워올리는 검은 연기들이 을씨년스러운 회오리바람을 타고 마을의 북쪽 계곡으로 희끗희끗 달려가고 있었다. 누룽지가 우리집 대문턱에 턱을 걸고 앉아 나를 바라보고 있었다. 바람이 대문께를 몰아칠 적마다, 누룽지는 눈을 껌벅거렸다.

어머니가 짓고 있는 밥이 뜸이 들 때까지 여자는 잠에서 깨어나지 않았다. 방안을 가득 채운 밥냄새를 맡고서야 소스라쳐 상반신을 일으켰다. 여자의 놀란 시선이 방 한가운데 놓인 두루거리밥상을 거쳐 찬거리를 챙기느라고 숙여진 어머니의 이마에서 멈추었다.

"죄송합니다. 곧 챙겨서 떠나지요. 깜빡 잠이 들고 말았네요."

"이런 엄동설한에 한데서만 헤매다가 방 아랫목에 앉았다면, 잠 안 들고 배겨낼 장사가 있겠습니껴. 기왕 끼니때가 되었으이 저녁이나 먹고 떠나소."

"이런 폐까지 끼칠 생각은 없었는데……"

"억양을 보니, 살고 있는 곳이 대구 근방인 게시더?"

"태어난 곳은 선산입니다. 하지만, 네 살 때 그곳을 떠났지요."

"그럼, 대구는 아닌갑네요?"

"대구뿐만 아니라 인천서도 살고 부산서도 살긴 했지요."

"남편 되시는 분이 전근이 잦은 공직에 계시는 모양이시더?"

"공직에 있는 사람들만 자주 옮겨다니며 사는 것은 아니지요."

여자는 끝내 지금 살고 있는 거처를 말할 기분이 아닌 것 같았다. 여자의 가슴속에 숨어 있는 상념들을 흐트리지 않으려고 가만가만 물었던 어머니의 질문은, 지나온 삶의 우여곡절을 구태여 재구성하기 싫었던 여자의 민첩하거나 우회적인 대응으로 그때마다 차단되거나 희석되고 말았다.

대화는 끊어졌고, 분위기가 다소 어색해진 가운데 잡곡밥에 멀건 된장국과 시큼한 군내가 나는 김치가 곁들여진 조촐한 식사가 시작되었다. 긴 여행에 지쳐 있어 아이의 식사쯤은 염두에 두지 않으리라는 예측과는 달리 여자는 아금받게 아이를 거두고 있었다. 첫술을 살짝 떠서 입에 넣어 씹는가 하였더니, 씹어서 무거리가 진 밥을 조금씩 뱉어내어 아이의 작은 입에다 밀어넣었다. 그렇게 하기를 아이가 목을 뒤로 빼낼 때까지 몇 번이나 거듭했다.

비로소 여자는 밥을 먹기 시작했다. 그러나 시장기를 모면할 수 있을 만큼의 식사를 한 것 같지도 않았는데, 곧장 수저를 놓고 말았다. 어머니가 놓아버린 여자의 숟갈을 잽싸게 다시 집어들었다. 그리고 여자의 손목을 끌어당겨 쥐여주며 말했다.

"부담 갖지 말고 양껏 드소. 내가 나중에 밥값 달란 소리 할까봐서 사양하십니꺼? 나는 그런 사람 아입니더."

여자는 어머니의 권유에 못 이겨 다시 수저를 들었다. 그러나 조악한 식탁엔 역시 입맛이 당기지 않는 모양이었다. 밥그릇을 시늉으로만 께적거리고 있었다. 내켜 하지 않는 여자의 태도가 눈에 거슬렸는지 어머니도 더이상은 채근하고 덤비지 않았다.

여자의 지난날은, 지금의 나처럼 궁핍을 겪은 적이 없었는지도 몰랐다. 그러나 어머니와 내가 경험하고 있는 이 한적한 산골 마을에서의 궁핍은, 몇 번을 되씹어 음미해도 좋을 만큼 살벌하지만은 않았다. 궁핍이야말로 내가 가진 모든 꿈의 문턱마다 안락하고 다채로운 날개를 달아주었다. 그래서 궁핍이 가진 에로틱한 생리를 모르는 이 여자에겐 날개가 없는 것이 분명했다. 날개가 없는 사람들은 정류장을 만날 때마다 차표를 사야 하고, 시간의 기약을 모르는 시골 버스를 하염없이 기다려야 하는 지치고 지친 피로 위에 얹혀 지내는 것이었다.

식곤증을 느낀 아이는 또다시 잠 속으로 곯아떨어졌다. 아이를 자리에 눕히면서 여자는 다시 난처한 표정을 지었다. 그러나 어머니는 다시 여자를 안심시켰다.

"어두워진 지가 오래됐니더. 읍내까지 간다지만, 밤길에 병색인 아이를 업고 무리해서 길을 나서지 말고 거기만 좋다면 하룻밤 쉬어가소. 단출한 식솔이고 여자들끼리라면, 같이 잔들 무슨 변고가 있을라꼬요."

"아기가 피곤해서 그렇지 병을 가진 것은 아니에요. 아직까지 병원 한 번 가본 적이 없어요."

여자는 고맙다는 인사치레는커녕 오히려 톡 쏘아붙였다. 금방 뾰로통해서 잠든 아이를 다시 보듬어 안으려는 여자에게 어머니가 말했다.

"피곤한 아이를 두고 병색이라 캐서 미안합니더."

여자가 아이를 다시 아랫목 자리에다 눕히며 말했다.

"아주머니께 하룻밤 신세는 지더라도 대가를 치를 용의는 있지요. 촌사람들같이 염치없는 짓은 안 합니다."

어머니는 물수건같이 늘어져 잠든 아이를 물끄러미 내려다보다가 문득 생각난 듯 화로에 인두를 꽂았다. 여자가 물었다.

"바느질로 소일하는가보네요?"

"소일이라면 얼마나 편하겠니껴. 바느질로 온 식솔이 먹고사는 형편이시더."

이번엔 방 윗목에서 팔짱을 끼고 앉아 있는 나를 눈으로 가리키며 여자가 물었다.

"자제분은 저 총각 하나뿐인가봐요?"

"남 보기에는 하나뿐이라도 내 딴에는 목숨 걸어놓고 건진 혈육입니더."

목소리는 나직나직하였지만, 두 사람이 주고받는 대화는 금방 말다툼이라도 일어날 듯 가시가 돋치기 시작했다. 어머니는 불쑥 찾아든 불청객이 우리집에서 식사를 비롯한 잠자리 편의까지 보면서도, 자신의 과거를 선불리 뒤적여 보이려 하지 않을 뿐만 아니라, 저녁 식사 때도 그랬듯이 자기는 도회지 출신이라는 알량한 자존심까지 드러내려 하는 것에 배알이 틀려 눈갈기가 곱지 않았다. 여자에게는, 식견이 천박하고 편협한 것으로 일컬어지는 산골 여자들에 대한 편견이 도사리고 있는 것 같았다.

그러나 다소 불쾌한 기색이던 그 여자의 얼굴이 편안해지기 시작한 것은, 어머니가 반짇고리에서 조각보를 꺼내 인두질을 시작하고부터였다. 세밀화처럼 정교하게 응축된 색깔의 기하학적 조합에 호기심을 보인 여자는 다소 과장된 몸짓으로 어머니에게 다가앉았다. 그리고 그것은 그 여자가 이튿날도 우리집에서 떠나지 않아도 좋은 빌미가 되었다. 손끝이 맵짠 여자만이 보여줄 수 있는 바느질을 본받아야겠다는 명분은 어머니를 흥분시키기에 충분했고, 때마침 그날 밤에 눈까지 내려 여자의 피곤한 여정에 숨 돌릴 짬을 준 더할 나위 없는 핑계를 제공했다.

아궁이에 군불 대신 피워놓은 왕겨의 비릿한 냄새가 방에까지 스며들어와서 설핏하게 고였다. 두 사람은 금방 화해가 되었으므로, 더이상은 경계심을 가지고 지켜볼 필요가 없었다. 경계심에서 벗어난 나는 곧장 잠 속으로 빠져들었다. 두 사람은 알을 품은 암탉처럼 포근하게 그리고 정성스럽게 앉아 조각보를 다듬고 있었다. 나는 잠 속으로 떨어져버렸지만, 수면 속으로 변덕스럽거나 자극적인 것이 제거되고 먼지같이 가벼워진 두 사람의 도란도란한 말소리가 들려오기도 했다. 서로의 삶에 유사성이 없는데도 나누는 대화 속에서는 눈곱만한 갈등도 감지할 수 없었다.

밤사이 잠투정조차 없었던 아이가 깨어난 것은 해가 뜰 참인 이튿날 새벽이었다. 아이가 칭얼대자, 여자는 곧장 잠에서 깨어났다. 그리고 건조한 목소리로 말했다.

"아기는 꼭 이때만 되면 오줌을 뉘어야 해요."

도장방에 누워 있었던 내겐 어머니가 들으라고 그렇게 말하는 것 같았다. 이불깃을 들치고 부스럭거리는 소리가 들리고, 그리고 방문을 여닫는 소리가 들려왔다. 툇마루에 둔 요강에 소변을 마친 아이는 소리없는 장난감처럼 다시 새벽잠이 들었고, 어머니와 여자는 자리에서 일어났다.

여자의 걱정스러운 말소리가 들려왔다.

"눈이 많이 내렸어요."

내가 누워 있는 도장방 쪽으로 고개를 돌린 어머니의 분부가 떨어졌다.

"세영아, 정지 앞의 눈이라도 치워야겠다."

가까스로 일어난 내가 뜰로 나가 넉가래를 찾아들었을 때, 그 여자도 툇마루 밖으로 모습을 드러냈다. 정결한 얼굴에서는 지난밤에 퇴적된 피곤은 찾아볼 수 없었다. 담장 너머로, 산 구릉을 따라 완만한 곡선을 이루며 내려 덮인 설경에 잠시 시선을 빼앗기고 있던 여자가 말했다.

"총각, 이리 줘볼래요. 내가 한번 해볼게요."

여자는 하얀 손을 내밀어 내가 들고 있는 넉가래 자루를 잡아채려 하였다. 따뜻한 손바닥이 사양하는 내 손등을 잡았다. 그 순간, 나는 울컥 삼례가 보고 싶었다. 이 상냥한 손길이 삼례의 것이길 바라고 싶었다. 지난밤에 내린 눈 속에서 그녀는 어디에 있었을까. 삶의 무게중심이 호들갑스럽게 흔들리거나 이동해도 전혀 두려움을 갖지 않는 그녀는, 지난밤의 눈을 어디서 맞이했을까. 여자가 물었다.

"총각 이름이 세영인 모양이지요?"

나는 몸을 돌린 채로 고개만 끄덕였다. 아무래도 이 여자에겐 가슴을 열고 썩 다가갈 수 없는, 개운찮은 기운이 진하게 묻어 있는 것 같았다.

"나이는 열넷이라던데 맞아요?"

그 여자뿐만 아니라 어느 누구도 내 나이를 물어오면 달갑지 않았다. 버려진 건물 앞에 무의미하게 놓인 시멘트 계단처럼 단순한 골격으로만 축적이 된 열넷이란 내 나이에는 무엇으로부터 항상 외면당하는 것 같으면서도 또한 무엇으로부터 끈질기게 미행당하고 있는 듯한 피해의식이 깔려 있었다. 그런데 어머니는 시시콜콜하게 내 나이까지 말해버렸구나 싶었다.

갈 길이 바쁜 이 여자에게 중요한 것은 내 나이나 물어보는 태평스러운 일은 아닐 것이었다. 그래서 나는 들은 척도 않고, 마침 그녀를 보고 달려와 짖고 있는 누룽지를 달래며 딴전을 피우고 있었다. 나로부터 냉담한 대접을 받은 여자도 눈치 빠르게 금방 말문을 닫았다. 여자는 한동안 부엌문 앞에 쌓인 눈을 넉가래로 열심히 밀어냈다. 목덜미에서 더운 김이 피어나고 있었다. 그때 어머니의 핀잔이 등뒤에서 들려왔다.

"세영아, 니가 하지 않고 뭐하고 있노?"

여자는 이마에 맺힌 땀을 과장된 몸짓으로 씻으며 넉가래를 건네주었다. 아이는 우리가 아침밥을 먹을 때까지 늦잠에서 깨어나지 않았다. 수면제를 먹인 것은 아닐까 의심할 정도였다. 아니면, 정신상태가 올곧지 못한 지진아는 아닐까. 그러나 여자가 아이를 깨워 밥을 먹이기 시작하자, 아이는 언제 잠에서 깨어났느냐 싶게 투정도 없이 또렷한 눈망울을 하고 여자가 떠주는 밥을 받아먹었다. 어머니가 감탄조로 말했다.

"용키도 하제. 알라가 낯을 가리지도 않네."

"글쎄요. 나도 이상하네요. 괴팍스러운 앤데, 이상하게 낯을 가리지 않네요."

"겉보기에는 입이 짧아 보이는데, 찬 없는 밥을 잘도 먹어주이 고맙고……"

"아기도 말은 못 하지만, 객지라는 것을 알고 있는 모양이지요."

"그나저나, 동서로 높은 재가 가로놓인 외진 마실이라서 이렇게 눈이 내릴라치면, 대엿새는 차편이 끊어지기 십상인데……"

"글쎄요, 나도 걱정이네요."

"포항까지라면 수월찮은 노정이시더. 눈이 얼추 녹은 다음에 떠나도록 하소."

"고맙지만, 중도에서 차일피일하고 있을 처지가 못돼놔서요."

"그러나 길이 막힌 처지를 어떻게 할라꼬요."

"읍내까지 가보면 혹여 차편이 있지 않을까요?"

"읍내라고 눈이 내리지 않았을라꼬요. 차편을 구한다 할지라도 눈길이 온전치는 못할 긴데."

여자의 출발을 만류하고 있는 어머니를 이해하기란 쉬운 일이 아니었다. 대문 밖으로 나서기만 하면, 익숙하게 만날 수 있는 이웃집 아낙네들과도 돈독한 교분을 두지 않고 있는 어머니가 일면식도 없던 그 여자의 여행길을 굳이 만류할 까닭이 없었다. 더욱이나 어머니는 체면치레로 마음에 없는 말을 내뱉고 나서 금방 후회하는 아둔한 여자가 아니었다. 더욱더 이해할 수 없는 것은, 어머니의 만류에도 불구하고 여자는 눈길을 감내하면서까지 마을을 떠나려 한다는 것이었다. 지난해 겨울의 삼례처럼, 구타와 수모를 감내하더라도 우리집에 눌러 있으려는 속셈을 가진 것이 아니었다. 나는 한동안 그 여자를 곡해하였던 것이었다.

어머니의 간곡한 만류에 부대끼다못한 여자는 못내 켕기는 얼굴로 초조한 하룻밤을 거북하게 묵었다. 그러나 사흘째가 되던 날에는 아침밥을 먹는 대로 차편을 알아봐야 한다면서 읍내에 나갔다. 읍내까지 다녀오자면, 게을리 걷는다 해도 한 시간, 그동안 아침잠에 곯아떨어져 있는 아이는 어머니가 돌보기로 했다. 그러나 그 여자는 네 시간이 흘러간 뒤에도 돌아오지 않았다.

나는 난생처음, 낯선 여자를 아침부터 해 질 때까지 기다렸다. 그리고 짧은 겨울 해가 뉘엿뉘엿 지기 시작할 무렵부터 나는 풀방구리를 곁에 둔 생쥐처럼 방과 골목 밖의 한길을 수없이 드나들면서, 그 여자가 나타나기를 기다렸다. 그런데 허사였다.

내가 어머니를 발견한 것은, 해가 지고 방에 등잔을 밝히고 난 뒤부터였다. 어머니는 그 여자가 우리집에서 나간 뒤, 단 한 발짝도 문밖을 나선 적이 없었다. 눈 내리기 전에 주문받아놓았던 바느질감에 파묻혀 하루해를 꼬박 방안에서만 넘기고 있었다. 내가 어머니를 발견했다고 말한 것은 어머니의 실체가 증발했었다는 것이 아니라, 방에 불을 밝히고 난 뒤에 바라보이던 어머니의 태도 때문이었다. 그때에야 나는 그 하루를 보내는 동안 어머니가 단 한 마디도 하지 않았다는 것을 깨달았다. 더욱이 그 여자가 돌아올까 해서 문을 열고 밖으로 나가 한길을 바라본 적도 없었다. 내가 집

안팎을 수없이 드나들며 초조한 기색을 보였는데도 어머니는 전혀 알은척을 하지 않았다. 단 한 번 나를 불러 재봉틀의 바늘에 실을 꽂아달라고 청했을 뿐이었다. 바느질감을 뒤로 제쳐놓고 잠을 설치면서까지 도란도란 주고받았던 대화 상대자가 잠깐 다녀오겠다던 읍내 나들이에서 연기처럼 사라지고 말았는데도, 어머니는 한마디 험담도 없이 하루를 보낸 것이었다.

그동안 아이는 몇 번인가 잠에서 깨어났다. 그러나 그때마다, 어머니는 아이의 목에 달려 있는 북어포를 입에 물려 삐죽삐죽 터져나오려는 울음소리를 잠재우곤 하였다. 그리고 해 질 무렵에는 미음까지 끓여 먹였고, 아이는 아무런 앙탈도 보이지 않고 꼬박꼬박 받아먹었다.

등잔을 켠 뒤 나는, 재봉틀을 향해 돌아앉은 채로 꼬부라진 어머니의 등을 바라보며 앉아 있었다. 고즈넉하게 돌아가는 재봉틀 소리가 멈추는 사이사이로 삭풍에 찢기는 눈보라가 방문 사래를 할퀴고 지나갔다. 산자락 아래로 내려앉아 응축되어 있는 어둠 속으로 길고 긴 침묵이 흘러갔다. 삼례가 보고 싶었다. 눈앞이 흐릿해졌다. 하루종일 가슴을 조여왔던 피곤의 무게가 어깨를 짓눌러오기 시작했다. 옷깃이 스치는 소리가 들려왔다.

"곤한 모양이제. 고만 자그라."

스스로의 심란함을 달래주려는 나지막한 어머니의 목소리였다. 나는 아랫목에서 잠들어 있는 아이를 턱으로 가리키며 물었다.

“야 어무이는 안 오는 겁니꺼?”

“갸 어무이는 안 올 기다.”

어머니의 딱 자르는 말이 엉뚱하다는 생각은 했었지만, 나는 다시 물었다.

“그럼, 언제 온다 카고 갔습니꺼?”

“글쎄, 오 년 후에 올지 십 년 후에나 올지, 내가 보기에는 영영 안 돌아온다는 기 맞을 기다.”

“그기 말이나 됩니꺼. 그 여자가 야 어무이 아입니꺼. 안 온다 카는 기 말이 됩니꺼. 길이 막혀 읍내에서 자고 내일 온다 카면 몰라도.”

“가는 길이 멀쩡했으면 오는 길이 막혔을 리가 있겠나. 두고보그라마는 그 여편네 다시는 안 올 기다. 처음부터 알라를 우리집에 떨어뜨리고 떠날 작심으로 우리 마실까지 찾아왔던 사람인데, 만에 하나 돌아올 리가 있겠나.”

나는 파랗게 질려서 볼멘소리를 하였다.

“하필이면, 왜 우리집이란 말입니꺼?”

“까닭 없이 아이를 떨어뜨리고 도망갈 여편네가 어디 있겠노. 내막을 알고 보면 다 사연이 있는 일인 기라.”

그리고 천장을 쳐다보며 혼잣소리로 중얼거렸다.

“참 의미심장한 일이지…… 겨울 눈 속이란 게 감당키 어려운 일들이 자주 일어나고, 그것이 해결되는 것도 겨울이 많았대이. 너

그 아부지 만나서 혼인식을 한 것도 오늘처럼 눈이 내린 겨울이었대이."

그러나 아버지가 떠나간 것도 겨울이었다는 말은 덧붙이지 않았다. 아버지가 떠났다는 말은 죽어도 하기 싫었는지 몰랐다. 어머니의 파리한 입술이 떨렸다. 천장으로 돌린 처연한 눈에 끝내 눈물이 고였다.

"길안에 살고 있는 너그 외삼촌은 원래 너그 아부지가 썩 탐탁지 않았던 기라. 남정네가 남정네를 보는 눈은 따로 있는지도 모르제. 너그 외삼촌이 나서서 이듬해 봄으로 미뤄두자고 고집을 부린 혼례식을 추운 겨울에 부랴부랴 마당의 눈까지 치우고 치렀대이. 정혼은 되었지만, 혼례 전에…… 세상 물정에 어둡고 고지식했던 내가 너그 아부지 요청이 워낙 애끓고 간곡하길래 하자는 대로 했다가 실수를 저지르고 말았는 기라. 그 실수를 곧이곧대로 어른들께 일러바친 덕에 혼례는 치렀지만, 그 일로 너그 외삼촌하고 이때까지 거북하게 살게 될 줄은 몰랐대이."

기억에서 연소되어버렸거나 흩어진, 오랜 세월을 관통하는 동안 퇴락해서 빛바랜 종잇장같이 진부해진 이야기의 골격을 띄엄띄엄 조합하고 있는 어머니를 나는 의미 없이 바라보고만 있었다. 울먹이면서 쏟아놓는 그러한 말들이 도대체 목이 메도록 난처해진 지금의 일들과 무슨 연관을 가지고 있는 것인지 이해할 수 없었다.

"내일 날이 새면, 읍내로 가서 그 여자 찾아볼랍니더."

“아서라. 이 눈 속에서 그런 쓸데없는 일은 왜 할라 카노. 그 여편네가 길을 몰라서 안 돌아오겠나…… 어떤 남자라도 아부지가 될 수는 있지만, 아부지답기란 쉽지 않은 법이대이. 너그 아부지는 그걸 잘 모르는 것 같아서 낭패다.”

“그기 무슨 말입니꺼?”

그 여자의 도주로를 뒤쫓아보겠다는 결의까지도 가로막고 나서는 어머니의 태도에 불쾌했던 나는, 자고 있는 아이의 포대기를 걷어차버릴 기세로 벌떡 일어났다. 그 순간, 단호한 한마디가 어머니의 입에서 흘러나왔다.

“이 알라는 바로 니 동생이다.”

내가 줄곧 의구심으로 가득찬 시선과 귀를 곤두세워왔던 한마디였다. 까닭 없이 아이를 팽개치고 도망갈 여자가 있을 수 없다는 어머니의 말이 있기 전부터, 나를 옥죄고 들던 의구심이 바로 그것이었다. 그래서 어머니로부터, 혹은 그 여자의 입으로부터 아이의 정체가 명징하게 드러나는 한마디를 은근히 기대해왔었다.

아이에 대한 적개심이나 호기심 때문이 아니었다. 그것은, 지난 여름부터 겪어와서 알게 된, 미로와 같은 어른들의 세계에 대한 구차스러운 변명 같은 것을 기대했기 때문이었다. 그 한마디를 내뱉는 어머니의 얼굴에 불쾌한 기색은 보이지 않았다. 그러나 나는 어머니의 심장 벽에 자욱하게 끼어 있는 어둠을 읽었다.

어머니는 나를 외면한 채, 아랫목으로 내려가서 잠들어 있는 아이를 포대기째 보듬어 안아올렸다. 아이는 어렴풋이 눈을 떴고, 어머니는 아이의 목에 걸려 있는 북어포를 입에 물려주었다. 그리고 혼자 중얼거렸다.

"핥지만 말고 삼켜 먹그라."

잠에서 깨어난 뒤의 낯선 목소리가 귀에 거슬렸던 아이는 입귀를 비쭉거리며 울 듯 말 듯하다가 북어포를 핥기 시작했다. 아이를 추슬러 안으며 어머니는 또 혼잣소리를 하였다.

"너그 아부지가 벌인 짓이란 것을 나는 진작 알고 있었대이."

그것은 아이의 목에 실로 꿰매단 북어포를 두고 하는 말이었다. 북어포를, 우리에겐 보이지 않고 있는 아버지가 아이의 좋지 않은 건강을 염려한 나머지 액막이로 목에 걸어준 것으로 믿고 있는 듯했다. 북어는 사람에게 닥쳐올지도 모를 병고나 재앙을 대신 막아주는 주술관념이 내재되어 있는 건어물이었다. 그 여자가 아이의 허리에 매달아두고 떠난 염낭에는, 나하고는 열두 살 터울인 아이가 태어난 날짜와 항렬자를 따른 호영昊永이란 이름, 그리고 약간의 돈이 들어 있었다. 그것이 그 여자가 아이에게 남긴 유일한 증표였다. 그러나 어머니는 그 북어포에서 아버지가 아이에게 남긴 배려의 흔적을 읽은 것이었다. 도회지의 이곳저곳을 떠돌며 황폐하고 방자한 생활에 젖어 있었을 그 여자가 북어포에 담긴 주술적 의미를 터득하고 있으리라곤 믿지 않았기 때문이었다.

"옛날에 이 집터가 너무 드세어서 너그 아부지가 북어 두 마리를 사다가 집터 귀퉁이에 묻었대이. 북어는 눈이 커서 천 리를 내다보고, 입이 커서 재복을 불러들인다 카드라. 집에 들어오는 나쁜 귀신을 사람 대신 막아준대이."

어머니는 언젠가 그런 말을 한 적이 있었다. 그래서 어머니는, 아버지의 피붙이와 함께 따라온 희미한 아버지의 흔적을 그 북어포에서 지켜보고 있는 셈이었다. 보이지 않는 것은 마찬가지였지만, 집을 떠난 지 육 년째가 되는 아버지가 처음으로 우리들 곁으로 훨씬 가까이 다가와 있는 느낌이었다.

어머니가 아이를 군소리 않고 받아들인 까닭이 거기에 있었는지도 몰랐다. 그러나 지금 당장 어머니에게 닥친 현실은 겸연쩍음이었고, 치욕일 수 있었다. 그러나 배신이나 치욕으로 받아들이지 않고, 오히려 아버지가 돌아올 수 있다는 우회적 가능성으로 받아들이고 있는지도 몰랐다. 어머니의 가슴속에 호젓이 자리잡고 있는 그 매달림의 정체는, 형용의 절묘함과 수사의 치레로써도 정확한 헤아림을 할 수는 없을 것 같았다.

어쨌든 그 아이로 말미암은 어머니의 불안한 전조를 지금 당장은 느낄 수 없었다. 이젠 그 신선감을 잃고 관성으로만 연장되고 있었던 어머니의 고답적인 기다림은 아이의 출현과 함께 막이 내릴지도 몰랐다. 그러나 세상의 끝자락에 숨어서 풀죽어 살고 있는 어머니와 나만의 힘으로는 지금 당장 이 사건을, 세상의 은밀한 곳으로 침몰시키거나 희석시킬 방도가 없었다. 이웃의 의미심장한 호기심과 입방아와 소문을 절묘하게 따돌리고, 그 아이를 내 아우의 자리에 앉혀놓을 수 있는 현명한 대안이 지금 당장은 있을 수 없었다. 삼례처럼 어느 날 예고 없이 찾아온 친척 아이라고 둘러댈 수 없는, 부정적이고 야만적인 징후들을 그 아이는 두루 갖추고 있었다. 아버지가 집을 떠났다는 사실 이외의 어떤 불길한 소문도 용납하지 않으려 했던 어머니가 만난 이 장벽은 엄청난 것이었다.

그날 밤을 아이와 같이 지새운 후부터 어머니는 당신의 앞에 닥친 현실을 구체적으로 인식한 듯했다. 어머니로 하여금 두려움에 떨게 만든 것은, 무엇보다 아이의 울음소리였다. 길들여진 품에서 갑자기 격리되어버렸다는 것을 눈치챈 아이의 대담하면서도 발악적인 울음소리를 어머니는 예측하지 못했었다. 염치나 자제력을 갖지 않은 아이의 목멤에는 배설도 한몫을 거들었다. 울음소리와 때를 같이하는 질펀한 배설은, 항상 스산하기만 하였던 우리집의 밤 풍경을 삽시간에 쑥밭으로 만들어버렸다. 안아주어도 울었고, 눕혀주어도 울었고, 간지렵혀도 울었다.

하루살이떼처럼 무수했던 발자국 소리와 그림자의 정체까지도 모조리 증발해버려서, 기억의 경계선 밖으로 물러선 잔상까지도 기억해낼 수 있을 만큼의 고요가 깃들어 있는 산골의 깊디깊은 밤에 들려오는 아이의 울음소리는 마치 유령의 소리와 같았다. 그 울음소리는, 어머니의 의지적인 모든 것을 하룻밤 사이에 깡그리 소멸시켜버렸다. 그러다가 새벽녘에는 제풀에 지쳐 곤하게 잠이 들었다. 그것은 또 다음날 밤의 발악과 배설을 기약하기 위한 기력의 축적처럼 보여서 우리를 더욱 침울하게 만들었다.

그 하룻밤의 난장판으로 어머니는 이제, 우리집에서 일어나고 있는 아주 작고 사소한 것까지도 얼버무릴 수 없게 되었다는 것을 깨달았다. 그러나 아무런 대책도 있을 수 없다는 것을, 어머니의 안색에 짙게 깔린 그늘에서도 직감적으로 읽을 수 있었다. 어머니가 할 수 있는 일은 다만 아이의 볼기짝을 만지작거리는 것뿐이었다. 지난여름, 우리집을 찾아왔던 삼례의 남자를 퇴치했던 사색적인 통찰력과 넉살 좋은 대응을 이 아이에게만은 기대할 수 없을 것 같았다.

"세영아, 밤마다 알라 입을 틀어막을 수도 없고, 우짜면 좋겠노?"

아이와 셋이서 첫날밤을 새우고 난 뒤, 어머니가 내게 하소연했던 말이었다.

아이의 울음소리가 가지는 야만성을 희석시킬 수 있는 묘책이 없기는 나도 마찬가지였다. 극단적이긴 하지만, 가장 확실하다고 생각되는 제안이 있긴 하였다. 그것은 아이를 눈밭 속 으슥한 곳에다 내다버리는 것이었다. 그러나 어머니가 동의하지 않을 것이었다. 그렇다면, 어머니의 질문도 의미 없기는 마찬가지였다.

나는 모든 가능성을 이제 막 포기한 사람만이 할 수 있는 자포자기의 한마디를 내뱉어버렸다.

"입을 틀어막으면, 야가 숨막혀서 죽어뿔 기라요."

"그런 날벼락 맞을 소리는 꿈에도 할 기 아이다. 문밖에서 누가 듣기라도 했을까봐 겁난대이. 니 입에서 그런 말이 튀어나오다이. 니도 사람이가?"

"그라머 무슨 수로 밤마다 빽빽거리는 소리를 틀어막을라 캅니껴?"

"빽빽거리는 기 아이라, 황소 우는 소리를 질러댄다 카드라도 젖뗀 지 얼마 안 되는 알라 입을 틀어막으라는 말이 어째 니 입에서 튀어나오노?"

"그 말은 처음에 어무이가 한 말이 아입니껴?"

"내가 그런 말을 했다꼬?"

"어무이는 조금 전에 한 말도 잊어뿌렀습니껴?"

파리해진 어머니의 입술이 떨리고 있었다. 그 순간, 어머니는 밭은기침을 토해내기 시작했다. 아버지가 안겨준 짐이 너무나 무겁다는 것을 느꼈다. 문지방을 잡고 흐느끼듯 기침을 안정시키려는 어머니의 좁은 어깨가 바라보이는 순간, 나는 얼른 시선을 돌려버렸다.

간신히 기침을 멈춘 어머니는 방문을 열었다. 해 뜰 무렵부터 맑은 날씨였지만, 시야에 들어오는 것은 지난번에 내린 눈뿐이었다. 북쪽으로 기운 지붕마다, 쌓인 눈 위에 엷은 오렌지색 햇살이 짜릿하게 내리쬐고 있었다. 촘촘한 빛살에 눈이 부시었던 어머니는 이마에 손을 얹었다. 방으로 스며든 신선한 겨울바람이 고무풍선처럼 몸 전체로 확산되면서 쾌감을 안겨주었다. 그런 쾌감이 그때는 따뜻한 아랫목보다 반가웠다. 어머니의 시선은 눈보다 높은 하늘, 하늘과 하늘이 서로 마주 닿는 곳에 머물러 있었다.

"알라를 우짜면 좋겠노?"

목멘 하소연이 다시 흘러나왔다.

"옆집 어른을 찾아가볼랍니더."

물론 화들짝 놀랄 어머니를 예상했었다. 아이의 울음소리가 있기 전까지 어머니가 가장 두려워했던 것은 옆집 남자였다. 그런데 어머니는 별다른 반응 없이 그린 듯이 앉아 있었다. 내가 툇마루로 나서는데도 만류하려 들지 않았다. 절망적인 시선이 내 등을 뚫어져라 바라보고 있으리란 느낌이 드는 순간부터 나는 뛰었다. 그리고 어머니의 마음이 변한다 할지라도 돌이킬 수 없을 만치의 거리에 이르러서야 숨을 돌렸다.

옆집 남자는 정미소에 있었다. 누룽지가 먼저 가서 내가 왔다는 것을 알려주었으므로 그는 어느새 정미소 문밖 양지바른 곳에 나와 있었다. 팔짱을 끼고 서 있던 그 남자는 벌써 나를 읽고 있었다.

"너그 집에 왔던 그 젊은 여자 문제로 왔나?"

"예."

"그 여자, 알라 떼놓고 도망가뿌렀제?"

"예."

"낭패났구나."

낭패났다는 한마디가 가슴을 송곳으로 찌르는 것 같았다. 그리고 참으로 이상한 것은, 어머니가 그토록 철저하게 이웃과 단절을 두고 있는데도, 이 남자는 우리집 안방에 걸려 있는 거울 속을 들여다보듯 모든 일들을 명경하게 눈치채고 있다는 사실이었다. 아니면, 그는 마치 우리집 안방 구들장 아래쪽에 살고 있는지도 몰랐다. 그래서 우리집에서 일어난 일이라면, 부엌 아궁이를 스쳐가는 바람의 가녀린 울림까지도 죄다 꿰고 있는 사람 같았다.

낭패라는 말의 추상성에 구체성을 부여하려는 자세를 취하며 그는 담배를 피워물었다. 연기를 내뿜고 있는 그의 표정은 모처럼 득의만면했다.

"물론 그 여자가 살고 있는 곳도 알 도리가 없을 기고…… 사람을 찾아내자면, 육하원칙에 의거해서 찾아야 하는 기라. 언제 어디서 누가 무엇을 어떻게 왜 하는 기 육하원칙이라 카는 긴데, 너그 어무이가 사리분별이 소명한 분이지만 그거는 알 도리가 없으이, 그 여자 행방 찾아내기는 부지깽이로 하늘의 별 찌르기제. 물론 나도 그 여자와는 일면식도 없었으이 육하원칙을 안다 캐도 찾아낼 도리가 없는 기고. 그러나 방도가 영 없는 것은 아이다. 그 방도라 카는 기 그 여자를 찾을라 카지 말고, 인자는 본격적으로 너그 아부지를 찾아나서는 기라. 그기 바로 근본적인 해결 방도를 찾아내는 길이다. 하지만, 너그 어무이가 그걸 용납할라 카겠나."

"알라 어무이를 못 찾아내겠습니꺼?"

"하늘의 별 따기란 내 말귀를 못 알아묵었나? 그리고 너그 어무이도 그 여자를 기어코 찾아낼라 카는 기 아일걸? 가도록 내버려 둔 여자를 무슨 변덕으로 다시 찾아낼라 카겠노."

옆집 남자는 심지어 어머니의 속내까지도 투명하게 꿰뚫어보고 있었다. 그러나 내가 알기로는 어머니 스스로 아버지를 찾아나서는 일만은 단념한 상태였다. 아버지를 찾아나서기 위해 몰래 저축해오던 노자를 삼례에게 고스란히 넘겨준 뒤였기 때문이었다. 그렇다면, 어머니가 바라는 것은 무엇일까? 나는 그것을 미처 알지 못한 채, 허둥지둥 옆집 남자를 찾아온 것이었다. 담배를 문기둥에다 비벼 끈 옆집 남자는 흙벽 아래 쭈그리고 앉았다. 햇살이 먼지를 뽀얗게 뒤집어쓴 그의 윗도리 한편을 대각선으로 비추고 있었다.

"너그 어무이도 참 답답한 분이제. 왜 툭 털어놓고 속사정을 말 못하는지 참말로 모를 일이라 카이. 이웃사촌 좋다는 기 뭐로? 이런 어려운 일이 있을 때는 서로 툭 터놓고 이바구해서 해결 방도를 같이 찾아보는 기 바로 이웃간에 스스럼없이 주고받는 품앗이라 카는 기 아이겠나. 그런데 너그 어무이는 너무 고지식하고 도도하신 기 병통인 기라. 하지만, 니를 나한테 보낸 사정을 인제사 대강은 알아묵었으이 걱정 말고 가보그라. 수틀린다 캐서 이웃간에 안면을 바꿀 수야 없제."

옆집 남자는 비위가 잔뜩 상한 모양이었다. 방금 비벼 끈 담배

개비를 다시 꺼내 피워물었다. 어머니와 옆집 남자 사이에 어떤 교감이 있었는지는 알 수 없었다. 그러나 걱정 말고 가라는 말속에는 필경 해결 방도가 없지는 않다는 암시가 들어 있었다.

나는 바지주머니에 손을 찔러넣고 돌아섰다. 주머니 속 깊은 곳에서 먹다 남은 볶은 콩 하나가 만져졌다. 없다고 생각한 것이 엄연히 있어온 요행처럼, 삼례도 내 시선이 닿을 수 있는 어느 곳에 이렇게 존재하여주기를 간절한 마음으로 빌었다.

집으로 돌아왔을 때, 아이는 잠들어 있었고 어머니는 재봉틀에 매달려 있었다. 어느 정도의 안정을 되찾은 모양이었다. 그러나 방문을 열고 들어섰는데도 어머니는 여전히 등을 보인 채 앉아 있었다. 초조한 기색을 내게 보이기 싫었던 것이었다.

나는 쏘아붙이듯 퉁명스럽게 말했다.

"걱정 말고 가보라 캅디더."

그러나 어머니는 아무런 대꾸가 없었다. 여자의 체통과 고결함을 동시에 지탱해나가려는 쓰라린 속내를 짐작 못하는 것은 아니었다. 그러나 그것은 어머니 자신이 과장되게 만들어온 굴레이기도 했다. 과장되었으므로 오히려 내겐 공허하거나 왜곡되어 보였고 연민을 느낄 때가 많았다는 것을 어머니는 깨닫지 못하고 있었다. 어머니는 스스로 쌓아올린 작은 분묘 속에 몸을 숨기고 있는 꼴이었다. 그러나 사람들은 그 분묘의 존재를 확연하게 바라보고 있었다. 고치의 겉모양은 땅콩처럼 생겼지만, 그 속에는 땅콩 아닌 누에가 들어 있다는 것을 누구나 알고 있다. 어머니의 그 진부한 고독과 지나친 불행은, 사람들이 고치의 존재조차 모르고 있으리란 착각 속에서 비롯된 것인지도 몰랐다.

그러나 그것은 또 나 혼자만의 서툰 예단인지도 몰랐다. 어머니의 속내를 가닥가닥 짚어나가는 옆집 남자의 명쾌한 달변 속에는, 어머니와 만나는 비밀의 문이 따로 있을지도 모른다는 의구심을 가질 만한 증표들이 있었기 때문이었다. 그러나 그들만이 드나드는 비밀의 문이 있다 하더라도 이젠 내 호기심을 자극하지 못했다. 내 머릿속은 언제나 삼례로 가득차 있었고, 아이로부터 야기되는 곤혹스러운 일들을 수시로 겪어야 했으므로 지속적인 관심을 가지고 어머니를 예민하게 지켜보고 있을 겨를도 없었다. 그러나 그 아이로 말미암아 어머니에게 커다란 변화가 일어난 것은 사실이었다.

아이의 수발로 일손이 모자라게 된 어머니는, 마을에 있는 낯익은 여자들 중에서 바느질을 거들어줄 곁꾼 한 사람을 들이기로 결심하게 되었다. 그러나 결심 자체도 몹시 주저했으므로, 마땅한 일손을 찾아내기까지는 상당한 시일이 지나갔다.

"알라를 낳은 어무이는 세영이 모친 친정 마실에 있는 먼촌 일가라 카대요. 어무이는 알라를 놓자마자, 산욕이 들어서 금방 이승을 버렸다 카대요. 친정 마실 일가붙이라 카지만, 일가 중에 세영이 모친같이 심성이 무던한 분이 없었더라면, 알라도 살아남지 못했겠제요. 인심이 이토록 야박한 세상에 심성이 착하기도 하시제."

곁꾼으로 일하게 되기를 은근히 바라고 있던 여자가 우리집에 처음 왔던 날, 입에 침이 마르도록 칭송했던 말이었다. 날카롭게 긴장되어 있던 어머니의 표정에 안도의 빛이 지나가고 있었다. 같이 일하자는 어머니의 허락은 그뒤에 떨어졌다. 그때에야 나는, 걱정 말고 가거라 했던 옆집 남자의 말이 무엇이었는지 깨달았다.

그 여자가 우리집에 무상출입으로 드나들게 되면서 어머니는 비로소 세상 속으로, 운명이 시키는 대로 방랑벽에 자신을 맡겨버린 많은 사람들이 살아가는 황량하고 을씨년스러운 세상 속으로, 한 발 두 발 들여놓기 시작했다.

3

어머니가 창범이네라 부른 그 곁꾼은, 같은 마을에 살고 있는 전쟁 미망인으로, 어머니보다 서너 살 손아래였다. 그녀는 광대뼈가 불거져나온 남상 지른 얼굴에다, 키꼴도 어머니보다 훨씬 큰 편이어서 당장 보기엔 고집 세고 억척스럽게 보였다. 그러나 며칠만 겪어보면, 심성도 꽤나 여리고 사근사근할 뿐 아니라, 손끝도 맵짠 여자라는 것에 선뜻 동의할 수 있었다. 어머니의 속마음을 읽어내는 눈치도 빨라서 어머니에겐 그야말로 입안의 혀같이 구는 여자였다.

그러나 창범이네의 출현으로 말미암아 우리집은 적어도 하루에 두서너 번씩은 때아닌 말다툼을 벌이고 있는 집처럼 소란스러워졌다. 집안에서 주고받는 말소리를 골목 밖에서도 충분히 알아들을 수 있을 만치 목청을 높여야 했기 때문이었다. 그러므로 우리집은 이제 더이상, 고요의 그늘이 항상 진하게 드리워져 있을 수는 없게 되었다. 적어도 이 집에선 어머니와 나만의 전유물이라고 믿어왔던 은밀함과 땅에 깔려 있는 듯한 비밀스러움 들이 매미의 애벌레가 허물을 벗어가듯 야금야금 바깥세상으로 노출되고 있었다.

어머니가 결코 바라지 않았던 그러한 결과를 맞게 된 것은, 순전히 창범이네의 귀 때문이었다. 그녀는 한쪽 귀가 멀어 언제나 고함치듯 소리질러야만 무슨 말인지 알아들었다. 창범이네가 어렸을 때 중이염을 앓았는데, 제때에 처방하지 않고 방치해둔 결과였다. 한쪽 귀가 멀어지면 멀쩡했던 다른 쪽 귀도 덩달아 조금씩 퇴화된다는 것은 창범이네 자신도 몰랐던 일이었다. 어머니는 창범이네의 그런 단순한 장애가 우리집의 장래에 어떤 결과를 초래하게 될 것인지를 사려 깊게 생각하지 않고 같이 일하기로 작정한 것이 틀림없었다.

그러나 내가 생각하고 있는 것처럼 그렇게 무작정은 아닌 듯하기도 했다. 모든 것에는 무릇 강한 점과 약한 점이 공존하는 것이었다. 다람쥐는 태어나면서부터 본능적으로 나뭇가지 위를 제멋대로 뛰어다닐 수 있는 재능을 갖고 있지만, 호기심이 지나치다는 약점을 갖고 있다. 그런가 하면 여우는 나무에 오를 수 없는 약점을 갖고 있지만, 가만히 앉아 호기심 많은 다람쥐를 유인하여 덮칠 수 있는 지혜를 가졌다는 예를 들 수 있다. 창범이네를 상대하자면 고함쳐서 말해야 하지만, 그 반대로 귓속말은 물론 나지막한 말을 알아듣는 일에는 익숙하지 못하다는 것에 어머니의 선택이 존재하고 있었다. 어머니의 선택에는 때때로 그런 양면성이 조화롭게 공존하고 있었다. 여느 사람들의 상식과는 달리 아버지를 찾아나서지 않음으로써 얻어낸 마음의 평온이나, 옆집 남자와는 사소한 접촉도 두려워하면서 결정적인 순간에는 우회적으로 그의 도움을 얻어내는 지혜에서도 어머니가 갖는 선택의 절묘한 양면성을 읽을 수 있었다. 이러한 진단은 그러나 어머니 편에서만 바라본 논리의 편견일 수도 있었다. 어머니와 나에겐 큰 사건이었는데도 언제나 태연한 기색으로 대처하였던 옆집 남자도 나름대로는 어머니를 조종하거나 조율하고 있었기 때문이었다.

그는 아내가 있었고, 슬하에 남매를 두고 있었다. 그런데도 일년에 칠팔 개월 정도는 홀아비 신세를 면치 못하고 있었다. 남매를 어릴 때부터 대구로 보내어 유학시키는 바람에 그의 아내는 두 남매의 학업을 수발한답시고 노상 대구의 전셋집에서 살다시피 하였다. 어머니가 애써 접촉을 기피하고 있었던 것은 동병상련이라 할 수 있는 옆집 남자의 그런 처지에 원인이 있었다. 그러나 옆집 남자는 거의 일방적으로 어머니의 처지를 잘 이해하고 있었다. 어디가 아프고 어디가 가려운지를 시계의 초침처럼 예민하게 간파하고 있었다.

창범이네는 그의 주선으로 우리집에 출입하게 된 것이었고, 호영의 출생에 대한 그녀의 거짓말도 옆집 남자의 사주로 비롯된 것이었다. 나중에는 거짓말이란 것을 깨달았지만, 동기 자체는 호영이에 대한 소문을 두려워하는 어머니를 안심시키려는 선의가 깔려 있었기에 어머니도 문제삼지 않았다. 어떤 사건의 전말이 호영이와 관련된 이상, 어머니는 달갑지 않은 것을 무릅쓰고 그처럼 관대했다. 관대했을 뿐만 아니라, 호영이의 올바른 양육을 위한 어머니의 열정은 집요하고도 요란스러웠다. 호영이를 슬하에 거두기로 작정한 이후부터 어머니는 갑자기 바빠지기 시작했다. 닭이 짝도 짓고, 알도 낳아야 하고, 그 알을 낳을 강아지풀이 자라고 있는 잡초지를 찾아내야 할 일들이 한꺼번에 닥친 가을날의 벼메뚜기 같이 서둘렀다.

그 여자가 호영이를 우리집에 덜컥 내려놓고 떠난 지 보름쯤 지난 어느 날, 어머니와 나는 장날에 맞춰 읍내로 갔다. 장터에 당도하고 나서야 닭을 사기 위한 외출이었다는 것을 알아차렸다. 꽤나 이른 시각에 읍내의 닭전에 당도한 우리는, 햇살이 잘 드는 장터 담장 곁에 무료하게 서서 장꾼들이 모여들기를 기다렸다. 닭전에 장꾼들이 모여들자면 한동안은 기다려야 할 것 같았다. 어머니가 경황없이 서두른 탓이었다. 내 기억으로 우리집에서 닭을 기른 적은 없었다. 게다가 어머니에겐 닭장을 돌보고 모이를 주는 일에 소홀하지 않을 만큼의 한가한 시간이 있는 것도 아니었다.

그런 어머니가 닭전이 모양새를 얼추 갖추기 바쁘게 깃털이 현란한 수탉 한 마리를 찾아내는 일에 골똘하기 시작했다. 장터의 후

미진 곳까지도 혀로 핥듯 하며 어머니의 마음속에 그려진 대로의 수탉을 찾아 헤매는 것이었다. 그러나 수탉은 좀처럼 우리들 앞에 그 만족스러운 모습을 드러내지 않았다. 대가리 위에 있는 검붉은 볏이 투실투실하고 진한 붉은색과 눈이 부실 정도로 윤기가 흐르는 검은색이 조화 있게 어우러진 깃털이 꼬리 부근에서 시원스러운 포물선을 그리며 치켜든 토종 수탉을 찾기란 쉬운 일이 아니란 것이 판명되었음에도 불구하고, 어머니는 쉽사리 포기하려는 기색이 아니었다.

장터에 자리잡은 호젓한 가게로 찾아들어가 생목이 턱턱 막히는 시루떡으로 허기진 배를 채우고 한숨을 돌렸을 때는, 벌써 한낮이 가까워질 무렵이었다. 우리는 추위에 지쳤고 심사도 곤혹스러웠다. 그러나 나도 어머니처럼 수탉을 찾아내는 일만큼은 쉽게 단념하고 싶지 않았다. 어머니의 내심을 명경같이 꿰뚫어볼 수는 없었지만, 바느질 이외의 일에 그처럼 집착하는 모습을 처음 발견한 것이 왠지 즐거웠고, 나 스스로에게도 토종의 수탉을 찾아내는 일이 싫지는 않았기 때문이었다.

우리는 짧은 겨울 해를 아랑곳 않고 선택받을 수탉이 나타나기를 기다렸다. 우리의 기다림과 탐색은 헛되지 않아서, 장터 모퉁이에서 한 노파가 안고 있던 수탉을 발견할 수 있었다. 추위와 실망으로 사뭇 시무룩해 있던 어머니의 얼굴은 그제야 생기가 돌았다. 곧장 흥정이 시작되었지만, 어머니는 에누리를 하지 않았다. 노파가 요구하는 값을 그대로 치르고, 따끈따끈한 체온이 배어 있는 수탉을 게걸스럽게 건네받았다. 암탉을 사는 일은 그다음의 일이었다. 집에 갖다놓으면, 금방 알을 빼내놓을 것같이 옹알이를 하고 있는 암탉 두 마리를 어머니는 별 까탈을 부리지 않고 선뜻 사들었다.

툇마루 기둥에 매어놓고 길들이기를 사흘, 닭들이 우리집에 눈을 익힐 때쯤, 나는 비로소 어머니의 갸륵한 속셈을 읽었다. 매어 있던 중에도 암탉 한 마리가 알을 낳았고, 마당 한가운데로 굴러가던 그 계란을 주워든 어머니의 얼굴은 득의로 가득했다. 두 암탉은 수탉과 앞서거니 뒤서거니 하면서 하루종일 어울려 다녔다.

"내가 닭은 금어치를 제대로 알고 샀는가보네."

그 암탉이 옹알이를 해왔던 것처럼, 어머니는 혼잣소리를 하며 손으로 계란을 소담스럽게 쓰다듬곤 하였다. 그리고 방으로 갖고 들어가 벽장 속에 감추었다. 그때까지도 나는, 어머니가 이렇다 할 명분도 없이 세 마리의 닭을 사들인 이유가, 계란을 얻기 위한 것인지 아니면 병아리나 그 고기를 얻기 위한 것인지 알아채지 못했다.

그날의 읍내 출입은 공교롭게도 내게 특별한 경험을 제공했기 때문에 닭과 계란이 가지는 의혹쯤은 안중에서 없어져버렸다. 지금은 떠나가버린 삼례가 기거했던 그 선술집 앞을 지나친 날이 그날이었다. 호영이가 나타난 이후, 나름대로는 북새통을 겪느라고 한동안 삼례를 깜박 잊고 있었다. 그런데 갑자기 그녀가 보고 싶었다. 바람을 따라 부엌 아궁이 속으로 기어드는 우연한 가랑잎에도 삼례의 얼굴이 그려져 있는 것처럼 보였다.

장터를 다녀온 지 며칠 되지 않은 어느 날 해 질 무렵, 나는 읍내의 그 선술집을 찾아갔다. 배짱을 두둑하게 가져라. 나 스스로에게 그렇게 다짐을 두면서, 그 집 마당 한가운데 우뚝 버티고 서서 주인을 찾았다. 처음 보는 안주인이 문을 열었을 때, 나는 작은 키꼴을 의식하고 발뒤축을 한껏 쳐들어서 호락호락하게 보아서는 안 될 숙성한 아이처럼 보이려 애썼다. 방안으로부터 터져나온 남포등의 빛살이 마당 한복판으로 화사하게 펼쳐지고 있었다. 고개를 갸우뚱거리며 나를 똑바로 보려고 애쓰던 그 여자가 말했다.

"어디서 온 총각인지 알아야제. 이리 좀 가까이 와보소."

도대체 지금 내가 뭘 하고 있지. 계면쩍고 민망스러웠다. 그러나 어차피 내친김이었다. 허세로 보일지라도 장중하거나 위압적으로 보여야 한다고 생각한 나는, 하얀 사기요강이 앙증스럽게 놓여 있는 툇마루 앞까지 걸어갔다. 그러나 주인여자가 생소한 나를 알아볼 리 만무했다. 맵시 있고 예절 바르게 보이는 주인여자는 그때에야 마뜩잖은 눈길을 보내며 말했다.

"낯모르는 총각인데, 무슨 일로 왔노?"

이 난처한 상황을 민첩하게 장악해야 한다고 생각한 내 말은 거침이 없었다.

"지난번에 여기 있던 삼례 누나 주소를 물어보려고요."

머뭇거리던 주인여자는 잠시 뜸을 들이다가 안쪽에 있는 누군가를 겨냥하고 소리질렀다.

"미스 민아, 니 삼례가 누군지 알겠나?"

내겐 우호적인 대답이 금방 들려왔다.

"삼례요? 미숙이가 삼례 아닙니까."

"그래? 그러면 미스 민아, 이리로 좀 와봐라."

"나 지금 못 나가요."

"왜 못 오노?"

"나 지금 벗고 있단 말이에요. 잘 아시면서……"

"그래? 미숙이 지금 어디 있노?"

"대구에 있겠죠."

"대구 어디?"

"그걸 내가 어떻게 알아요."

나는 어느새, 그 집을 나서고 있었다. 내 마음속의 풍경처럼, 싸늘한 하늬바람이 골목의 담벼락을 스치고 지나갔다.

허둥지둥 골목을 벗어나려다 말고 담벼락에 기대섰다. 현기증이 가시기를 기다려 바지주머니에서 성냥갑을 꺼내들었다. 대여섯 개비에 연거푸 불을 댕겨보았지만, 고결했던 노란 두메양귀비꽃이 눈앞에 떠오르지는 않았다. 나에게 대구라는 곳은, 지구의 가장 끝 가장자리에 있는 낭떠러지와 같이 먼 곳이었다. 오히려 히말라야가 내겐 더 가까운 곳이었다. 얼굴은 볼 수 없었던 여자의 입에서 대구라는 지명이 들려왔을 때, 나는 그녀의 소식을 듣게 되었다는 다행스러움을 느낄 수 없었다. 오직 눈앞이 캄캄했을 뿐이었다. 그러나 집으로 돌아오는 동안, 나는 대구라는 애매하고 불가해한 지명을 수없이 되뇌었다.

어머니가 닭을 산 까닭을 눈으로 확인한 것이 그날 밤이었다. 늦은 밤의 외출에 대한 추궁을 당하기 싫었던 나는 발소리를 죽여가며 뜰을 건넜다. 방에 불은 켜져 있었지만 조용했다. 어머니와 호영이는 잠이 들었는지 몰랐다. 어두운 것을 체질적으로 싫어했던 어머니는 곧잘 불을 켜둔 채 잠이 들곤 하였다. 나는 살며시 문을 열었다. 그것과 함께 나는 방 한가운데 국화꽃 화분같이 웅크리고 앉아 있는 어머니를 발견했다. 그러나 어머니는 어딘가에 몰두해 있었으므로, 평소에는 지나치게 예민했던 촉각이 순간적으로 마멸된 듯했다.

내가 방안으로 들어서고 나서야 호영이를 안고 있던 어머니가 흠칫 놀라 뒤돌아보았다. 어머니의 풍만한 젖가슴이 저고리섶 밖으로 방자하게 노출되어 있었다. 우연이란, 인간이 추측할 수 없도록 감춰둔 신의 섭리란 말이 있지만, 일컬어 말하는 우연이란 시간의 야만성에 나도 모르게 비명을 내지르고 말았다. 내 열네 살의 순발력 따위는 그 순간 아무런 의미도 없었다. 치명적인 노출을 깨닫게 된 어머니의 겸연쩍음과 당혹감을 바라보고 서 있어야 하는 나 역시 이성적으로 절묘하게 정화된 대응은 불가능한 것이었다. 거칠게 문을 열고 썰렁한 툇마루로 비켜나버린 어눌했던 동작이 고작이었다. 안에선 옷매무시를 수습하고, 부엌문을 여닫는 소리가 들려왔다. 내가 거칠게 문을 열고 나가버렸다는 야료에 어머니는 적지 않은 부담을 느낀 듯했다. 볼기짝까지 얼얼해오는 추위조차 무릅쓰고 있는 나로부터 아무런 반응도 없었기 때문이었다.

내가 외출에서 돌아올 무렵 호영이가 잠투정을 부리며 칭얼대기 시작하자, 어머니는 계란을 깨어 노른자위를 골라 떠먹여준 것이었다. 그런데도 어쩐 셈인지 울음소리를 그치지 않았다. 초조했던 어머니는 본능적으로 가슴을 열어 빈젖을 물려주었다. 그런데 때늦은 빈젖을 빨기 시작하면서 호영이는 울음을 그친 것이었다. 어머니는 그 빈젖이 갖는 신기한 설득력에 몰두해 있었다. 어머니가 내게 보여준 당혹감은, 내가 호영이처럼 어렸을 때도 그처럼 세밀하게 배분된 탐미적 관찰과 절제와 혼돈을 뛰어넘는 애정으로 양육하지는 않았다는 것을 속창을 뒤집듯 보여준 것 때문이었다.

그날 밤 어머니의 모습을 사려 깊게 이해하고 소화하기란 쉽지 않았다. 어머니와 나 사이에서가 아니라, 어머니와 호영이 사이에서 깊은 사랑을 발견하게 되었다는 것은 내게 급전직하의 좌절과 절망을 안겨주었다. 나로부터가 아니라 호영이로부터 발견된 어머니의 사랑이란 내겐 아무런 가치가 없는 것이었다. 어머니는 그럼으로써 회초리 한 번 들지 않고 내게 패배와 절망감을 안기는 데 성공한 셈이었다. 그로써 내가 부상당한 것은 아니었다. 그런데도 가슴이 쓰리고 아팠다. 그래서 어머니가 가진 사랑이란 것은, 잔인하거나 야비하게 휘두르는 폭력이나 처절한 증오보다도 내겐 위협적인 것이 되어버리고 말았다. 심지어 삼례를 떠나보낸 장본인이 어머니였다는 깊은 배신감은 내 가슴에 더욱더 큰 상처로 자리잡고 말았다.

격정적이었으면서도 어느 한 모퉁이에는 편안함이 있었고, 긴장되었으면서도 침착했고, 슬프면서도 흥분되었던 삼례와의 모든 일들이 절벽 위에서 떨어지는 폭포처럼 겁없이 그리웠다. 밖으로 나간 김에 닭장을 살펴보고 들어오라는 어머니의 차분하게 가라앉은 목소리가 들려왔다.

방으로 들어갔으나 외면한 채, 곧장 도장방으로 향하려는 내게 어머니는 말했다.

"거기 좀 앉그라."

그러나 십사 년 동안이나 붙박여 살아온 그 방을 아무리 둘러봐도 웬일인지 내가 앉을 자리가 마땅치 않았다. 남의 집에 온 것처럼 거북하고 쑥스러웠다. 좁은 방이었지만, 어머니와의 적당한 간격을 어떻게 둬야 할지 갑자기 혼돈스러웠다. 어머니의 면박이 떨어졌다.

"대들보 무너질 집이 아이니까 걱정 말고 앉그라. 어디 갔다가 인제사 들어오노?"

"놀러 갔다 왔심더."

"하라는 공부는 안 하고 놀러 갔다 왔다꼬?"

"예."

"뻔뻔스럽기도 하제. 대답은 척척 잘도 하네."

"예."

"니 지금 내보고 예라고 대답했나?"

"예."

"니가 내 간장 뒤집을라꼬 일부러 대꾸를 삐딱하게 하고 있제? 맞제?"

"그기 아입니더."

"아이기는 뭐가 아니로. 나는 다 알고 있다 카이."

이런 경우, 어설픈 해명은 오히려 의혹만 낳을 뿐이란 것을 어머니는 이미 알고 있었던 것일까.

그날 밤의 어머니와 나는 서로의 수치심을 감춘 채, 가시 돋친 말로 부조화 속을 겉돌고 있었다. 서로의 속내를 거울처럼 명료하게 헤아려, 가려운 데를 정감 있게 긁어주던 그런 어머니와 아들 사이는 이미 아니었다. 초겨울부터 꽁꽁 얼어붙은 봇도랑과 소택지의 단호한 침묵도 어머니와 나 사이의 적대감을 은유적으로 표현하고 있는 듯했다.

메마른 풀뿌리들만 뒹구는 방천둑을 혼자서 쏘다니며 외로움의 고통들을 반추하기 시작한 것은, 가슴속으로 켜켜이 내려앉는 공허감과 어머니에 대한 배신감이 쌓여가기 시작할 그 무렵부터였다. 아버지처럼 나도 어딘가로 떠나지 않으면 안 된다고 생각하기 시작한 것이었다. 아침에 일어나서 천연스럽게 마당을 쓸고 난 뒤 닭모이를 주고 아침을 먹고 나면, 나는 다급한 일이라도 있는 것처럼 곧장 집을 나섰다. 들판을 길게 가로질러 방천둑에 올랐다. 그리고 얼어붙은 봇도랑과 소택지 주변을 차근차근 둘러보았다.

지난여름, 마을의 청년들이 여뀌의 잎과 줄기를 짓이겨 풀어서 살찐 붕어와 피라미 들을 한 바가지씩 퍼올리던 봇도랑 바닥은, 삭풍에 부대껴 칼날처럼 예리해진 얼음 조각들이 마치 지난여름이 남긴 따가운 햇살의 숯처럼 앙상하게 돋아 있었다. 잘 익은 고추같이 온몸이 새빨간 고추잠자리떼가 지천으로 날던 방천둑에는 스산한 바람소리만 갈개치고 있을 뿐, 어디를 둘러봐도 아버지의 모습은 찾아볼 수 없었다. 둑길가에 뒹구는 나무껍질 속에는 겨울잠을 자는 무당벌레들만 다닥다닥 붙어 있었다.

지난여름에 찾아왔던 그 사내처럼, 나는 때때로 발걸음을 멈추고 거만한 눈길로 우리집을 뚫어져라 바라보았다. 그러나 흥건히 고였던 눈물만 저절로 흘러내려 앞을 가릴 뿐, 보이는 것은 아무것도 없었다. 내겐 뿌옇게 흐려 보였던 삶을 언제나 투명한 거울처럼 비춰주었던 어머니는 이제 보이지 않았다.

어머니가 호영이에게 쏟고 있는 정성스러움은 창범이네가 의아해할 정도였다. 맹렬한 정진을 통해서 열반에 이르려는 수도자들같이 어머니가 가진 모든 능력과 에너지를 호영이에게 바치고자 일찌감치 결심한 것 같았다. 닭의 모이는 내가 줬지만, 계란은 언제나 어머니가 손수 거두었다. 호영이에게 계란의 노른자위를 접시에 풀어 먹여도 별다른 반응을 보이지 않으면 꿀을 타서 떠먹여 주었다. 재봉틀은 창범이네에게 맡기고, 어머니는 산후조리를 하고 있는 산모처럼 아랫목에서 호영이만 부둥켜안고 있었다. 이유기가 지난 호영이를 젖을 먹어야 할 모유기로 퇴행시키고 있는 것은 아닐까 의아스러울 정도였다. 모든 것 다 주어도 모자란 듯 그저 애틋함에 간장을 태우는 듯한 딱한 정경에 창범이네도 어느덧 울화가 치밀었던 모양이었다. 응석으로만 키우면 버르장머리 없는 아이가 된다고 은근히 빗대어 면박까지 하였지만, 어머니는 들은 척도 않았다. 내가 겪고 있는 냉소적인 혼란이나 소외감 따위도 안중에 없었다.

내가 정미소를 엿보기 시작한 것은 그즈음부터였다. 누구나 갈 수 있도록 공개되어 있는 장소이기도 했지만, 그곳이 어머니에 대한 증오심을 키우기엔 더없이 적당한 장소라는 것을 우연히 발견했기 때문이었다. 무엇보다 나는 그 정미소 벽에 등을 바짝 기대고 서 있는 것을 즐기기 시작했다. 그 흙벽들은 정미소의 기둥이나 가로목에 연결되어 있으면서도 원동기에 시동을 걸고 컨베이어벨트들이 돌아가는 기계음이 들리기 시작하면, 벽 전체가 금방 아래로 쏟아져 넘어질 듯 몸서리를 치면서 와들와들 떨렸다. 평소에도 기둥과 가로목 사이로는 주먹 하나가 들쑥날쑥할 수 있게 틈이 벌어져 가까스로 버티고 있었지만, 원동기에 시동을 걸고 컨베이어벨트가 돌아갈 때면 정말 금방 무너지는 소동을 벌일 것 같았다. 그러나 그 흙벽들은 오랫동안 수리를 하지 않았는데도 벽으로서의 역할을 수상하게 지탱하고 있었다.

그 흙벽에 등을 밀착시키고 서 있노라면, 벽의 격렬한 흔들림을 따라 내 몸뚱이 전체, 그리고 창자 속까지도 뒤집히는 듯한 유장한 순환의 힘과 전율을 함께 맛볼 수 있었다. 관절들이 서로 딱딱 맞추는 듯한 그 전율의 무늬들은 내 살갗과 육질, 그리고 뼛속까지도 파고들어서 그 속에 조각조각으로 흩어져 숨어 있던 에너지의 편린들을 긁어내어 양각시키며 나에게도 누굴 미워할 수 있고 그 미워하는 대상을 향해 총알처럼 돌진할 수 있는 사악한 힘도 있다는 것을 확인시켜 주었다.

나는 그 역동적인 떨림과 흔들림에 어머니에 대한 배신감과 비련을 함께 실었다. 그러면 내 가슴속에 응어리지기 시작하는 어머니에 대한 증오심이 심장의 박동을 따라 공격적인 현실감으로 구체화되어 그려지는 것이었다. 내가 왜 지금 외진 정미소 앞에서 떨고 있어야 하며, 어머니를 왜 미워해야 하는 것인지가 머릿속에 더욱 선명하게 떠올라서 좋았다. 그것은 어머니에 대한 증오심을 키우는 것이기도 하면서 어머니로부터의 유쾌한 해방을 맛보는 방법이기도 했다.

때로는 정미소 안을 훔쳐보기도 했다. 노후된 기계와 벨트가 돌아가는 소음 사이를 분주하게 오가는 옆집 남자와 허우대가 큰 일꾼들은, 한결같이 쌀이나 보릿겨를 하얗게 뒤집어쓴 채 정미소 안을 어슬렁거리며 걸어다녔다. 귓불이 덮이도록 깊숙이 눌러쓴 방한모, 콧등을 덮은 두툼한 마스크, 구레나룻과 눈썹 위로 하얗게 내려앉은 겨먼지, 그리고 시종일관 굼뜨고 어눌한 동작들이 툰드라 지방에 살고 있다는 회색 곰을 떠올리게 했다. 그들은 자신들의 몸뚱이보다 더 큰 곡식 가마를, 방귀를 북북 뀌어가며 일같잖게 들어올려 여기저기로 옮겨놓곤 하였다. 그런 단순한 작업들이 또한 미욱하고 소박한 곰의 거동을 연상시켰다. 나는 정미소 안으로 들어와 사람의 흉내를 내며 어슬렁거리고 있는 회색 곰들을 하염없이 바라보며 해가 지기를 기다렸다.

전에는 볼 수 없었던 내 행동을 발견한 옆집 남자도 이상한 눈길을 보내진 않았다. 웬일이냐고 물은 적이 없기 때문이었다. 그로 말미암아 나는, 평소에는 관심을 가지고 눈여겨보지 않았던 그의 일과를 소상히 목격하게 되었다. 그의 일과 역시 매우 단순하고 건조하기는 마찬가지였다.

해 질 무렵이 되어 정미소의 원동기를 비롯한 모든 기계들이 일제히 작동을 뚝 멈추게 되면, 사위는 미세한 소리도 눈으로 볼 수 있을 만큼 삽시간에 고요해졌다. 맨 먼저 정미소를 나서는 회색 곰을 뒤따라나설 땐, 짧은 겨울 해는 벌써 지고 저녁 이내들이 들녘 위로 스멀스멀 깔리고 있을 무렵이 되었다. 때로는 마주친 마을 사람들이 회색 곰에게 목례를 건네거나 눈인사를 나누기도 했지만,

그는 대체로 고개만 끄덕였다. 한길을 버리고 논둑길로 들어서는 것은 지름길로 가려는 것이었다.

외관부터 썰렁해 보이는 자신의 집 앞에 이른 회색 곰은, 대문으로 들어서기 전에 우리집 쪽으로 흘끗 일별을 보냈다. 그러나 그는 곧장 방으로 들어가는 것이 아니었다. 부엌으로 들어가 빗장을 걸어 잠근 다음, 두툼하게 껴입은 회색 작업복을 알몸이 드러날 때까지 거침없이 벗었다. 전라의 몸이 완벽하게 드러날 만큼 옷을 벗은 순간은, 가마솥으로 데운 물을 물통에다 가득 채우고 난 다음의 일이었다. 그쯤이면, 부엌 안은 물통에서 솟아오른 김으로 시야가 부옇게 흐려졌다.

그가 물통으로 다가가 홀딱 벗은 몸을 하반신부터 목덜미까지 천천히 물속으로 담그기 시작하면, 그 비례만큼 통 속의 물이 가녘으로 넘쳐흘러 부엌바닥을 적셨다. 그의 몸뚱이가 물통 속으로 완전히 침하하고 나면, 그는 물통 가녘으로 얼굴만 빠끔하니 내밀고 부엌 천장을 올려다보았다. 그리고 정미소를 출발한 이후 집에 도착하기까지 집요했던 침묵을 깨뜨리고 최초의 한마디를 입 밖으로 내쏟았다. 어, 시원하다. 그와 함께 그의 두 팔은 물통 속을 종횡무진으로 허우적거리기 시작했다.

문밖에서 훔쳐보고 있는 나를 가장 긴장시키는 순간이 바로 그때였다. 살찐 뱃바닥을 희번덕거리며 맹렬하게 몸부림치는 연어가 언제 그의 두 손에 들려나올지 모르기 때문이었다. 산란기가 되면 계곡의 거센 물살을 거슬러오른다는 연어가 그 물통 속에 없다면, 그의 두 팔이 그토록 격렬하게 무엇을 찾고 있지는 않을 것이란 생각 때문이었다. 아니면 사타구니나 겨드랑이에 묻은 먼지나 땟국을 벗기고 있을 수도 있었다. 그것도 아니라면, 네 개가 있으면서도 두 개밖에 사용하지 않고 있는 앞의 두 발이 영영 퇴화되어버릴까 의심하여 시험하고 있는 것일까. 그러나 그것은 아닐 것이었다. 뿌연 안개자락 속을 헤매는 듯한 그의 유연한 허우적거림이, 내 눈에는 거센 물살 속에서 연어를 찾고 있는 곰의 굼뜬 춤처럼 보였다. 그러나 그는 내가 바랐던 대로 연어를 잡아올리진 않았지만, 물통 속에서 연거푸 방귀를 뀌었기 때문에 꽈리 같은 공기방울이 수면 위로 튀어올라 포자처럼 터지곤 하였다. 그러다가 감춰두었던 알몸뚱이를 갑자기 물통 밖으로 불쑥 뽑아올리는 것이었다. 그 자신이 물보라 속을 헤집고 솟아오른 연어인 것처럼.

그의 시커먼 사타구니에는 말린 대구포처럼 늘어진 생식기가 시계추처럼 흔들거리고 있었다. 그러나 곧장 방으로 뛰어드는 것도 아니었다. 맨발 그대로 부엌 모퉁이로 걸어갔다. 그리고 한없이 고단해 보이는 생식기를 한 손으로 일깨워 수챗구멍을 조준하고 시원스럽게 방뇨를 하는 것이었다. 그리고 물통을 부엌에 둔 채 부뚜막으로 올라서서 수건으로 몸을 닦기 시작했다. 그러나 언젠가 한번은 벗은 몸 그대로 부엌문 앞으로 다가가 우리집 쪽을 유심히 지켜본 적도 있었다. 그러나 그뿐, 엿본 다음이란 것을 예상할 수 있는 어떤 구체적인 행동이 일어난 적은 없었다.

그로 연유된 사건이 있었다면, 오히려 어머니 쪽이었다. 어느 날 공교롭게도 어두워질 무렵이 되었는데도 수탉이 돌아오지 않았다. 닭장 안의 횃대를 세 번이나 살펴보았지만, 횃대 한편에 암탉 두 마리만 웅크리고 앉아 있을 뿐 어머니가 호영이 다음으로 관심을 갖고 있던 수탉의 모습은 보이지 않았다. 땅거미가 내릴 때까지 초조하게 기다렸지만, 진작 돌아올 가망은 없어 보였다. 수탉이 돌아오지 않아 속을 썩인 적은 없었다.

그제야 어머니는 호영이를 내려놓고 툇마루로 나와 앉았다. 그 소슬한 모습은 흡사 유령처럼 을씨년스러웠다. 땅거미가 내린 이후, 날씨는 갑자기 추워져 눈에 젖은 가랑잎들이 어수선하게 굴러다녔다. 어머니는 마당가에 있는 내게 공격적이고 자극적인 언사로 수탉의 행방을 꼬치꼬치 따졌다.

"밥숟갈을 내려놓기 바쁘게 바깥으로만 쏘댕기는 니가 그놈 행방을 모른다는 기 말이나 되나?"

"내가 닭 새끼를 하루종일 뒤따라 안 댕겼는데 우째 알겠습니껴."

"꼭 뒤따라댕겨야 행방을 아나? 그놈이 가근방에 있는 뉘 집 거름 테미를 자주 뒤지고 다니는지 짐작 가는 기 있을 기다. 그 숙맥 같은 놈이 남의 집 횃대에 덜컥 오를 수도 있을 기고. 그런 짐작도 없다는 기가?"

"그 닭이 숙맥은 아입니더. 한 번도 남의 집 횃대에 오르지는 않았습니더."

"남의 집 암탉이 가르릉거리면서 꼬드기면, 그 숙맥 같은 기 얼마든지 뒤따라갈 수도 있는 기라."

"우리집에 암탉이 두 마리나 있는데 이웃 닭이 꼬신다고 따라가겠습니꺼."

"텍도 없는 소리 하지도 마라. 니가 뭘 안다꼬 암탉 수탉 하노."

"어무이가 자꾸 물으니까 대답하는 거 아입니꺼."

"가재는 게 편이라 카디, 니가 시방 누구 편들고 있노?"

"무슨 말인지 모르겠습니더."

"말대꾸하면서 꾸물대지 말고 이웃집 닭장이나 횃대를 뒤져보그라."

"기다려보면, 오겠제요."

"니 자꾸 말대꾸할래?"

어머니가 가라앉은 목소리로 방안에서 재봉틀을 돌리고 있는 창범이네를 큰 소리로 불렀다.

어머니의 성화에 못 이겨 대문을 나서면서 나는 속으로 다짐하고 있었다. 떠나야 돼, 이 집에서 떠나야 돼. 이웃하여 닭을 기르고 있는 집들의 횃대를 차근차근 뒤져보았지만, 수탉이 보일 턱이 없었다. 어머니에겐 연기처럼 사라진 것이었다. 수탉의 행방을 찾아내지 못하자, 배에서 꼬르륵 소리가 더욱 선명했고, 공연히 짜증나고 서러웠다. 다시 집으로 돌아가 어머니와 대거리라도 주고받아야 직성이 풀릴 것 같았다.

그날 밤, 집으로 돌아오는 길에 나는 공교롭게도 전혀 낯선 장소에 있는 어머니를 발견했다. 막 집으로 들어서려는 순간, 나는 두 여자가 옆집의 부엌문 앞에 서 있는 것을 발견하였다. 밤이었기 때문에 처음엔 형용만 여자들이란 것을 깨달았다. 그러나 가까이 다가갔을 땐, 그들 두 사람의 정체가 어머니와 창범이네라는 것을 알아차렸다. 그것을 깨달았을 때, 머리가 땅바닥으로 꼬라박힐 듯한 심정으로 발걸음을 뚝 멈추었다. 두 여자는 옆집 부엌문에 바짝 다가서서 문틈으로 무엇인가를 골똘하게 훔쳐보고 있었다. 무엇보다 나를 놀라게 만들었던 것은 바로 어머니였다. 이웃 나들이를 금기시하던 어머니가 옆집까지 제 발로 걸어갔다는 놀라운 사실에 확신이 들고부터였다. 창범이네가 마침 목간을 하고 있는 옆집 남자를 발견했겠지만, 싫다는 어머니를 강제로 업어가진 결코 않았으리라.

그들은 옆집으로 숨어들 것을 노리고 있는 하얀 유령들처럼 부엌문에 달라붙어 떠날 줄 몰랐다. 주저하던 나는 발소리를 죽여가며 방으로 들어가버렸다. 방 아랫목에는 호영이 혼자 반듯이 누워 있었다. 방에는 사람의 그림자조차 없었는데도, 기특하게 울지 않고 천장을 바라보며 옹알이를 하고 있었다. 나는 호영이를 안아 무릎 위에 올려놓았다. 허벅다리 위로 묵직한 무게감이 느껴지면서 시큼한 비린내가 코끝을 스치고 지나갔다. 그와 함께 내가 호영이를 안아보는 것이 처음이라는 것을 깨달았다.

나는 나를 빤히 쳐다보고 있는 호영이를 마주 내려다보았다. 처음 우리집에 버려질 때보다 얼굴의 윤곽이 한결 또렷해졌다는 것을 느낄 수 있었다. 그러나 오랫동안 호영이의 얼굴을 내려다보았지만, 그 얼굴에서 아버지의 그림자는 찾아볼 수 없었다. 오히려 그 순간, 아버지는 나로부터 더욱더 멀어져버렸다는 낭패가 가슴을 스쳤다.

나는 주먹을 부르쥐고 호영이의 콧잔등을 내리치는 시늉을 해보였다. 기회가 닿는다면 한번은 해보고 싶은 동작이기도 했다. 그러나 호영이는 울음을 터뜨리기는커녕 오히려 웃으려다 말았다. 그때 대문을 들어서는 발소리가 들려왔고 나는 얼른 호영이를 내려놓았다. 어머니는 툇마루 끝에서 신발을 벗으며 혼잣소리로 말했다.

"그기 미욱한 곰이나 할 짓이제, 온전한 정신 가진 사람이 할 짓이가?"

창범이네가 어머니의 혼잣소리를 용하게 알아채고 되받았다.

"오랜만에 구경하는 것이라 그것도 괜찮게 보이데요."

어머니는 방으로 들어서면서 옷소매로 입을 가리며 웃음을 참고 있는 창범이네를 삼엄한 눈총으로 면박을 주었다. 추위 때문인지는 몰라도 나는 어머니의 연지볼께가 붉게 상기되어 있는 것을 발견하였다. 방에 앉아 있는 나를 본 어머니는 흠칫 놀라는 눈치였다. 그러나 곧장 평온으로 되돌아가 나를 추궁하기 시작했다.

"그놈 찾았나?"

"못 찾았습니더. 그놈아가 어디로 갔는지 밤중에는 아무래도 못 찾을 것 같습니더."

그때, 어머니는 목청을 높여 나를 꾸짖었다.

"그놈이라이? 무슨 버르장머리 없는 소리로?"

"그라면, 닭보고 그놈이라 카제 삼촌이라 카까요?"

"니가 또 말대꾸하고 대드나?"

나는 드디어 말대꾸해선 안 되겠다고 스스로를 달래었다. 버르장머리 없음을 들먹이며 꾸중하던 어머니가 무심코 내뱉은 말속에는, 비련의 앙금이 깔려 있는 어머니의 가슴속에 착각을 위안으로 삼아온 슬픔이 있다는 것을 그 순간 깨달았기 때문이었다. 나는 다시 일어섰다.

"한번 더 찾아볼 기라요."

"내하고 같이 가자."

우리 두 사람의 거동을 눈여겨 바라보던 창범이네가 만류하고 나섰다.

"모자가 같이 얼어 죽을라꼬 작정했습니껴. 한밤중에 왜 이렇게 서두르시나들."

어머니는 명주수건을 목에 두르며 말했다.

"밤중 아이라 꼭두새벽이라 캐도 그놈을 찾아야제. 한 식솔로 거둬들이기로 작정한 바에는 말 못하는 짐승이라도 한 식구 아이가?"

"나중 가면 결국은 잡아먹을 짐승인데, 바람이 칼끝 같은 야밤에 골물스럽게 찾아나설 기 뭡니꺼. 이웃집 횃대에 올랐다가, 내일 아침이면 시치미 뚝 잡아떼고 어슬렁거리며 들어올 긴데……"

옷매무시를 수습하다 말고 창범이네를 노려보는 어머니의 눈길에는 적의까지 서려 있었다. 그러나 어머니는 더이상 창범이네와 입씨름을 하진 않았다. 나보다 먼저 문밖으로 나서는 어머니를 뒤따르면서 나는 가슴이 두근거리기 시작했다. 나는 이미 수탉의 행방을 알고 있기 때문이었다. 그러나 어떤 일이 있어도 어머니에게 그것을 말할 수는 없었다.

바야흐로 어머니와 나의 세상 순례는 시작되었다. 한 가지 놀라운 사실은 평소에 문밖출입도 않았던 어머니가 닭을 치고 있는 집을 정확하게 꿰뚫고 있다는 것이었다. 어머니는 거의 정확하게 닭을 치고 있는 집을 가려내어 내게 가리켜주었다. 그러나 그날 밤의 은밀한 순례는 자칫하면 이웃들로부터 혹독한 비난이나 무릎맞춤을 당할 염려가 있었다. 남의 집을 몰래 엿보고 다녔다는 사실이 들통날 경우, 혼자 살고 있는 어머니에겐 회복할 수 없는 낙인이 찍힐지도 몰랐다. 그런데도 어머니는 개의치 않았다.

우리는 곱다시 침입자의 입장이었다. 그러나 우리가 벌이고 있는 행동은 반대로 감시자의 입장이었다. 내가 어떤 집으로 살금살금 기어들어 수탉의 소재를 탐지하고 있는 동안 어머니는 그 집 담벼락에 기대서서 망을 보았기 때문이었다. 망을 보아야 할 사람들은 되레 방안에서 깊은 잠에 떨어져 있고, 침입자의 입장인 어머니가 그 일을 대신하고 있다는 것은 모순이었다. 사리분별이 분명하다는 어머니조차 그 모순을 알아채지 못했다.

모순이야 어떻든 그 혹한 속에서도 나는 야금야금 즐거워지기 시작했다. 우선은 삼라만상이 고요하게 가라앉은 그 시각에 도둑괭이처럼 지극히 탐미적인 관찰로 남의 집 뒤꼍과 닭장을 망꾼까지 세워두고 뒤지고 있다는 긴장과 초조는 나를 담금질하고 전율하게 만들었다. 또다른 한 가지 즐거움은 그것이 어머니의 잘못된 판단과 실패를 바로 코앞에서 눈여겨볼 수 있는 기회가 되었다는 점이었다.

우리는 이웃이라고 말하기엔 거북할 정도로 멀리 떨어진 집까지 뒤졌으나 수탉의 행방을 찾아내는 데는 끝내 실패하고 말았다. 그런데도 어머니는 쉽사리 포기할 기색이 아니었다. 어머니의 그 진지함과 초조가 해바라기 씨앗을 까먹는 일처럼 고소하기 짝이 없었다. 오늘밤이 아니라 한 달에 걸쳐 소재를 수색한다 해도 어머니가 수탉을 찾아내기란 작대기로 별을 따는 일처럼 불가능에 가깝다는 것을 나만의 비밀로 알고 있기 때문이었다. 그러나 그날 밤의 순회는 어머니에게 매우 커다란 뜻이 있었다. 아마도 어머니는 우리 마을로 시집온 이후 그날 밤처럼 철저하게 마을 사람들의 살림살이를 속속들이 살펴볼 기회가 없었을 것이었다.

밤새우기를 예사로 알았던 어머니도 추위 때문에 지친 듯했다. 약초를 말리기 위해 세워놓은 서까래와 옥수숫대들을 세워묶은 강냉이짚 들만 지키고 있는 황량한 마당 순례는 을씨년스럽기만 할 뿐 별다른 의미가 없어지기 시작했다. 창호지를 댄 방문에서는 우렁찬 황소 울음소리를 내뿜고 있었고, 장작을 쌓아올린 굴뚝들에선 간혹 연기가 모락 피어오르고 있었다. 나무껍질로 군불을 지피고 있는 집들이었다. 어머니와 나는 추위로 꽁꽁 얼어붙은 손을 굴뚝을 감싸안아 녹이기도 하였다. 굴뚝을 감싸안고 손을 녹일 때마다 나는 삼례를 떠올리곤 하였다.

어머니와 마주서서 굴뚝에다 손을 녹이면서 문득 어머니에게 한마디를 건넸다.

"어무이요?"

"왜?"

"삼례 누나 어디 있는지 어무이도 모르제요?"

느닷없는 질문에 어머니는 흠칫 놀라는 눈치였다. 어머니는 목소리는 낮았으나 짜증 섞인 말로 대꾸했다.

"닭 찾으러 나온 아가 불각시에 삼례는 왜 찾노?"

"굴뚝에다 손을 녹이고 있으니까, 누나 생각이 굴뚝같이 나니더."

"생각난다고 수다스럽게 입으로 말을 하나? 생각나드라도 그런

양하고 꾹 참고 있어야제."

"삼례 누나는 고향이 없제요?"

"고향이 없다이? 큰일날 소리 하지 마라. 삼례 고향이 바로 길안이라는 거를 몰라서 묻나."

"그 고향은 어무이가 억지로 지어낸 거 아입니꺼."

"내 고향이 길안이라면, 삼례 고향도 길안인 기라."

"삼례 누나는 몸에 털이 없제요?"

"삼례가 곰 새끼라면 몰라도 엉뚱하게 몸에 털이 왜 나겠노."

"몸에 털이 없으면, 얼매나 춥겠습니꺼. 산토끼나 오소리는 몸에 털이 나서 겨울에도 안 얼어 죽고 살아나지 않습니꺼."

"사람은 털이 없는 대신 옷으로 가리고 산다."

우리는 살금살금 그 집을 나섰다. 처음에는 위압적이고 역동적이었던 어머니의 걸음걸이에 피곤의 무게가 실리기 시작하면서 뒤뚱거렸고, 풀이 죽은 얼굴엔 실망의 빛이 가득했다. 어머니의 발길이 무의식적으로 우리집 쪽으로 돌려진 것은 자정을 넘긴 뒤였다.

그런데 우리들이 막 집의 대문을 들어서려 할 무렵이었다. 마을 어디선가 목청을 길게 뽑아 홰를 치는 수탉의 울음소리가 들려왔다. 삼라만상이 고요하게 잠든 자정께였기 때문에 닭이 홰치는 소리는 귀청을 울려줄 정도로 또렷했다. 한 번, 그리고 다시 두 번. 그때 어머니의 발걸음이 뚝 멈춰졌다. 목멘 한마디가 어머니의 입에서 주저 없이 흘러나왔다.

“안 되겠다. 한번 더 찾아보자. 남의 집 횃대에도 못 올라가고 헤매고 다닐 기 분명하다.”

그때야말로 나는 화가 머리끝까지 치밀어올랐다. 그래서 소리를 내질렀다.

“어무이, 또 어디로 가잔 말입니껴?”

“니 금방 닭 우는 소리 못 들었나?”

“들었는데, 왜요?”

“닭 우는 소리를 듣고도 니 입에서 돼지 목 따는 소리가 터져나와야 되겠나?”

그 순간, 나는 한량없는 발설의 욕구를 느꼈다. 내 말 한마디면 이 고통스러운 순회는 끝장이 날 것이었다. 그러나 나는 금방 마음을 고쳐먹기로 했다. 내가 고통을 감내하더라도 어머니의 실패를 더욱더 만끽하고 싶었다. 나는 오히려 그런 어머니를 부추기는 심정으로 되받았다.

“그럼, 저 닭이 우리집 닭이란 말입니껴?”

“설령 우리집 닭이 아이라 카드라도 저 울음소리를 듣고 방에 들어가서 잠이 오겠나?”

“자정이 되면, 닭들이 지도 모르게 홰를 친다 아입니껴.”

그런데도 어머니는 그 자리에 꼿꼿하게 버티고 서서 움직일 줄 몰랐다.

“알 놓는 암탉만 사지, 그 닭은 왜 샀습니껴?”

"수놈이 없으면 암탉들이 씨 없는 달걀을 놓는다는 걸 니가 몰라서 묻고 있나?"

결국은 호영이를 들쳐업고 우리들을 찾아나선 창범이네와 마주치고 나서야 내게는 달콤했던 그날 밤의 순례가 마감되었다.

얼음덩이같이 차갑게 굳은 몸으로 집으로 돌아온 것은 날이 희붐하게 밝아오는 시각이었다. 방으로 들어서자마자, 어머니는 아랫목으로 가서 몸을 뉘었다. 수탉 한 마리가 가진 물리적인 금어치 이상의 무엇을 잃어버렸다는 것을 나는 어머니의 모습에서 감지하기 시작했다. 그 파리한 입술과 탄력을 잃은 동작에는 지극히 세속적인 겸연쩍음과 좌절이 진하게 묻어 있었다. 안락하고 따뜻한 방안에서도 어머니가 짓는 그런 모습은 쉽게 가시지 않았다. 호영이를 보듬어 안는 일도 잊은 채 어머니는 그러한 모습으로 잠이 들었다. 어머니를 괴롭히는 일에 몰두해서 추위조차 잊고 있었던 나 자신이 후회스러웠다. 그러나 수탉의 소재가 어디라는 비밀만은 털어놓을 수 없었다.

이튿날 내가 잠에서 깨어났을 때, 어머니의 모습은 보이지 않았다. 어머니는 벌써 닭장 앞에 쪼그리고 앉아 있었다. 일찌감치 마당에 모이를 뿌려주었는데도 암탉들은 횃대에서 내려올 낌새를 보이지 않았다. 본능적으로 아침마다 자신들을 향도하던 수탉이 없었으므로 횃대에서 내려올 엄두조차 못 내고 있는 것이었다. 암탉들을 마당으로 유인하려는 어머니의 구슬픈 음률을 실은 목소리가 사뭇 계속되고 있었다. 그러나 암탉들은 오히려 닭장 깊숙한 곳으로 뒤뚱뒤뚱 옮겨앉으며 몸을 사리고 있었다. 암탉들의 뒤를 가만가만 따라가보아서 수탉의 소재를 미루어 짐작하려 했던 어머니의 야무진 계략도 그로써 물거품이 되고 말았다. 결국은 잡히지 않으려고 바동거리던 두 마리의 암탉을 가까스로 잡아채 밖으로 끌어내야 했다. 그런데도 평소와는 달리 잠시 모이를 쪼는 시늉만 하다간 슬금슬금 닭장 아래로 숨어들어 움직일 줄을 몰랐다.

암탉들로부터 외면을 당하고 썰렁한 툇마루로 돌아서는 어머니의 입에서 드디어 한숨소리가 터져나왔다. 호영이를 끌어안고 아랫목에 붙박이장처럼 꿈쩍 않고 앉아 있던 어머니의 버릇은 수탉이 행방을 감춘 이후부터 흐트러지기 시작했다.

이상하게도 그날 해 질 무렵부터 눈발이 날리고 있었다. 바느질한 옷을 전달하고 돌아온 창범이네가 방으로 들어서면서 어깨를 툭툭 털었다. 눈이 내린다고 말하자, 어머니는 서둘러 방문을 열었다. 그리고 혼잣소리로 말했다.

"눈이 내리면, 그놈을 영영 못 찾고 말 긴데……"

어머니가 측은했다.

"내가 다시 한번 찾아볼까요?"

물론 그 모든 것은 거짓말이었다. 그렇지만 어머니에게 조금이라도 위안을 드릴 수 있다면, 거짓말이라도 상관없다는 생각이 들었다.

"그럴 거 없다. 그놈도 발 달린 짐승인데, 내키면 지 발로 돌아오겠제."

어머니는 눈이 내리는 허공으로 마뜩잖은 눈길을 보내며 문을 닫았다. 어느새 방안의 공기에서 묵직한 팽만감이 느껴졌다. 한눈이 내릴 조짐이었다. 가슴이 답답해오는 걸 보이 눈이 많이 내릴랑가보네요. 창범이네가 그렇게 말했던 것처럼, 이튿날은 내 무릎이 빠질 만큼의 한눈이 내렸다. 새벽에 눈을 떴을 때, 나도 모르게 부엌문을 벌컥 열어보았을 정도로 많은 눈이 쌓여 있었다.

눈이 많이 내린 날 아침에는 삼례가 보고 싶었다. 밤새 몰래 들어온 삼례가 부엌 아궁이 앞에 쭈그리고 앉아 있을 것만 같았다. 물론 그런 꿈이 현실로 나타날 수는 없었다. 하지만 어머니가 말했던 것처럼, 그날의 눈으로 이제 수탉은 어머니의 현실에서 잊혀지기를 바랐다.

눈이 얼추 녹아 읍내까지 가는 길만이라도 트이기를 기다렸던 그 사흘째가 되던 날 오후, 나는 읍내로 향했다. 미스 민을 만나기 위해서였다. 물론 나는 미스 민이 여자라는 것 외엔 알고 있는 것이 없었다. 지난번 그 술집을 찾아가서 삼례의 소식을 물었을 때, 주인여자가 등뒤를 돌아보며 불렀던 여자가 미스 민이었다는 것만 기억하고 있을 뿐이었다. 담백한 눈밭 위로 오후의 엷은 햇살이 쏟아지고 있는 것을 바라보며, 나는 오늘 미스 민이란 여자를 반드시 만날 수 있으리라 믿었다.

마음속으로 믿었던 것처럼 그 여자는 술집에 있었다. 방금 일어나서 막 세수를 끝낸 여자는 어찌된 셈인지 혼자 집을 지키고 있었다. 주인을 찾았지만 문을 열어준 것이 공교롭게도 그 여자였다.

"누구 찾아왔어요?"

여자는 나를 빤히 바라보며 깍듯이 존대말을 썼다.

"미스 민이라는 분을 찾는데요?"

"미스 민이라면, 바로 난데요?"

너무나 정통으로 마주친 탓으로 나는 당황하고 말았다. 나는, 젊은 나이에 대담하게 궐련을 꼬나물고 있는 여자를 처연히 바라보기만 하고 있었다. 금방 세수를 끝낸 것 같은데도 밤을 꼬박 지새운 사람처럼 피곤해 보였다. 불규칙한 수면, 불균형한 영양, 그리고 손상되어 있는 가슴속의 정한이 여자의 얼굴을 그렇게 만들고 있으리라곤 짐작할 수 없는 나이였기 때문에, 나는 여자의 그런 얼굴에서 아무런 거부감도 느낄 수 없었다. 다만 열적고 초조할 뿐이었다. 여자는 속살이 훤하게 비치는 흐트러진 옷매무시 사이로 드러난 흰 젖가슴을 고쳐 가질 생각도 없이 한 손으로 이마를 가리며 말했다.

"지난번 언젠가 삼례년 찾아왔던 그 총각인가보네. 맞지요?"

"예."

"삼례 그년은 좋겠다. 애타게 찾으려는 사람이 있어서. 내 말 맞죠?"

"예."

"나 눈부시니까, 떨고 서 있지 말고 들어와요. 마침 혼자뿐이니까."

내가 방으로 들어가 엉거주춤 자리를 잡고 앉자마자, 여자는 뜸을 들일 것도 없다는 듯이 묻기 시작했다. 조금 의외라는 듯 내 두 눈을 눈여겨본 그 여자는 우선 열등한 육체에 묶여 있는 내 나이부터 정확하게 꿰뚫어본 한마디를 던져 기선을 제압하려 들었다.

"총각이라고 부르기엔 아직 한참 미숙한 것 같지만, 총각이라 부를게요. 어머니가 삼례의 행방을 찾고 있는 모양이지요?"

"예."

"내가 물을 때마다 꼬박꼬박 예예, 하지 않아도 돼요."

"예."

여자는 이마를 가렸던 그 손으로 이번엔 입을 가리고 웃었다. 그러나 나는 여자의 말에 고개만 끄덕이고 싶지는 않았다. 설혹 여자가 양해를 한다 해도 비위를 건드려서는 안 되겠다는 생각 때문이었다. 여자의 비위를 건드리면, 여자의 입에서 흘러나올 삼례의 행방은 바르게는 북쪽이면서 틀리게는 남쪽일 수도 있었고, 동쪽이면서 서쪽일 수도 있다는 염려가 있었다. 떠돌이들의 말을 믿지 말라는 어머니의 충고는 항상 기억하고 있는 것 중의 하나였다.

그랬다. 여자는 초조하고 긴장된 내 약점을 벌써 꿰뚫고 있다는 한마디를 던졌다. 여자는 새로운 궐련 한 개비를 뽑아 입에 물면서 내게 명령했다.

"총각, 저기 성냥 좀 갖다줄래요?"

물론 나는 잽싸게 성냥을 가져와서 여자가 물고 있는 담배에다 불을 댕겨주었다.

"어머니가 찾고 있다고 그랬죠?"

"예."

"내가 보기엔 헛수고하는 것 같은데……? 속셈이 부엌데기를 시켜볼 심산인 것 같은데, 그게 속셈대로 될까? 나도 마찬가지지만, 이미 타관바람 맵고 짠 맛에 길든 계집애가 다시 부엌 아궁이에 대가리를 처박으려 할까…… 총각한테는 친척 누나겠네?"

"예."

"내가 보기엔 그게 아닌 것 같은데?"

"친척 누나가 맞습니더."

"맞긴 뭐가 맞아. 총각이 보고 싶은 거지."

"아인데……요."

"아직 쬐끄만 총각이 산전수전 다 겪은 나를 속이려 드네?"

나는 그만 말문이 막히고 말았다. 보고 싶다든가, 그립다든가 하는 어휘들을 마음속에 담는 것만으로도 왜 말을 더듬고 얼굴이 붉어지고 손이 떨리게 되는지 그 까닭을 알 수 없었다. 그토록 자연스럽고 아름다운 감정을 부끄러워하고 있는 나 자신도 알 수 없었다.

여자는 더이상 추궁하려 들지 않고, 금세 딴 얼굴이 되어 방구석에 밀쳐놓았던 화장품 그릇을 발가락으로 끌어당겼다. 가만있자, 그게 어디 있나. 혼자 중얼거리면서 화장품 그릇 속을 헤집고 있었다. 그 속에는 나로선 용도를 가늠할 수 없는 여러 가지 화장품들이 뒹굴고 있었다. 곤두박이거나 누워 있는 그것들은 그 여자의 삶처럼 한 가지인들 온전한 것이 없었다. 망치로 내리친 듯 포장이 찌그러졌거나, 내용물이 밖으로 삐죽 흘러나온 것, 반동강이 난 채로 방치된 것, 구부러졌거나 뚜껑이 없는 것 들이 난잡하게 뒤엉켜 곤두박여 있었다.

여자는 그러나 그 속에서 먼지 낀 손거울과 뚜껑이 날아간 콤팩트 하나를 집어들었다. 목덜미를 제외한 얼굴 가득히 분칠을 한 다음, 다시 화장품 그릇 속으로 손가락을 집어넣어 날렵하게 해작이는가 하였더니 몽당연필 하나를 찾아냈다. 그리고 깡마르고 건조한 얼굴을 거울 가까이 들이대고 연필 끝에 침을 발라 눈썹을 그리기 시작했다. 희미하게 돋아 있는 잔털 몇 개가 겨우 눈썹의 자리를 지탱해온 것 같은 눈두덩에, 금방 제비꼬리같이 날렵한 검은 곡선이 양쪽으로 선명하게 그려졌다. 그 작업을 하는 동안 여자는 숨도 쉬지 않을 정도로 몰두해 있었다. 그려진 눈썹이 바라보이는 거울 속의 얼굴을 요모조모 살펴보던 여자가 이번엔 립스틱을 찾아들고 입술 가녘을 그리기 시작했다.

나는 짧은 시간 동안 경이롭게 변화하고 있는 여자의 얼굴을 놀라운 시선으로 바라보고 있었다. 당초에 그 얼굴이 보여주었던 피곤과 공허함 그리고 냉소적이던 모습은 뱀이 허물을 벗듯 한 켜씩 벗어던지고 전혀 예상할 수 없었던 생기발랄하고 당돌한 얼굴로 탈바꿈하고 있었다. 뱀처럼 허물을 벗는 것이 아니고 덧바르는 일 한 가지만으로도 사람들이 감출 수 있는 것은 너무나 많다는 사실이 내겐 놀랍기 그지없었다.

어쨌든 여자는 별로 내켜 하지 않고 있는 게 분명했다. 그러나 시간을 끌면서 내 결의나 작정의 돈독함을 지켜보려는 심산인지도 몰랐다. 나는 화장의 처음과 끝을 지켜본 적이 없었기 때문에 여자가 작정하고 있는 시간의 길이 역시 전혀 짐작할 수 없었다. 그러나 나는 거의 움직이지 않고 여자를 지켜보며 긴 시간 동안 앉아 있었다.

그러다 여자가 나를 흘끗 곁눈질했다. 그리고 다시 혼잣소리로 말했다. 할 수 없군. 그러더니 화장품 그릇 속에서 구겨진 종이쪽지를 꺼내들어 눈썹을 그리던 몽당연필에 침을 발라가며 끼적거렸다.

"삼례나 미숙이를 꼭 찾고 싶다면, 여기로 가봐요. 소개소인데 대구 시내 한가운데 있어요. 그러나 미숙이가 명숙이로 바뀔 수도 있고, 영희로 바뀔 수도 있으니까 찾기가 쉽지 않을 거예요. 주인 아줌마 돌아올 시간 됐으니까, 이젠 가봐요."

나는 고맙다는 인사조차 못 하고 서둘러 술집을 나왔다. 구겨진 종이에는 낯선 주소가 적혀 있었다.

집으로 돌아오는 길엔 달이 무척이나 밝았다. 달을 발견하는 순간 나는 가슴이 덜컥 내려앉았다. 마을까지 그다지 먼 길은 아니었지만, 이 밤길에 나 혼자뿐이라는 것을 깨닫는 순간, 온몸이 까닭 없이 오싹해왔고 머리끝이 쭈뼛했다. 노래를 부르며 마음의 평정을 쉽사리 되찾을 수 있었던 것은, 달빛이 무척이나 밝아 한길은 대낮과 다름없었기 때문이었다. 몸은 금방 후끈 달아올랐고, 숨을 쉴 때마다 입에서 하얀 김이 뿜어졌다.

달빛을 받은 내 그림자가 은박지 같은 눈밭 위로 어른거렸다. 눈밭 위로 떨어졌다가 튀겨지는 달빛 사이로 나는 삼례를 발견했다. 그녀는 발가벗은 채로 한길의 저쪽 멀리서부터 나를 향해 사뿐사뿐 눈을 즈려밟으면서 걸어오고 있었다. 유령이나 도깨비가 아니면, 선녀인지도 모른다. 그런 생각도 들었지만, 나는 곧장 고개를 가로저었다. 유령은 반드시 발등을 덮을 정도로 길고 하얀 옷을 걸치고 있고, 도깨비는 이마에 뿔 같은 붉은 혹이 불거져 있다. 그리고 선녀가 땅에다 발을 내려놓고 걷지는 않는다. 그것은 분명 삼례였다. 바람이 불면 부는 대로 흔들리는 듯하면서도 두메양귀비를 피우겠다는 마음속의 꿈을 놓치지 않는 야생화 같은 여자, 도도하고 당당하게 살면서도 가슴속에 비련의 슬픔을 가지고 있는 여자는 이 화사한 달빛 속에선 발가벗은 채로 걸어갈 것이라고 나는 믿었다.

삼례의 몸은 눈밭에서 튀겨지는 달빛을 받아 눈처럼 하얗게 빛나고 있었다. 그 황홀한 정경을 나는 걸음을 멈추고 서서 바라보았다. 그녀가 우리 마을에 다시 나타난 것이었다. 그러나 한 가지 이상한 것이 있었다. 삼례의 뒤편으로는 수수밭이 가로놓여 있고, 그 뒤로는 눈이 닿는 곳까지 벼가 가득한 푸른 논이 가없이 까마득하게 펼쳐져 있었다. 이 한겨울에 수수밭과 벼포기가 빼곡하게 들어선 푸른 논이 보인다는 것은 얼토당토않은 일이었다. 그러나 그 모순까지도 나는 아주 당연한 것으로 여기고 있었다. 삼례와 관련된 모든 것은 아무리 큰 모순이 있고 불합리한 것이라 할지라도 그 모두가 당연해야 한다고 생각했다.

잠깐 멈추어 서 있던 나는 다시 발걸음을 떼어놓기 시작했다. 우리는 서로를 마주보며 한동안 걸었다. 참으로 내가 예상할 수 없었던 모순은 그때부터 시작되었다. 곧장 마주쳐서 이마라도 부딪칠 것 같았던 그녀와 나 사이의 거리는 전혀 좁혀지려는 조짐이 보이지 않았기 때문이었다. 입에서 단내가 훅훅 풍기는 달음질로 열심히 발걸음을 떼어놓기도 상당한 시간이 흘러갔는데도 불구하고 그녀와 나는 도대체 마주치지 않았다.

나는 애간장을 태웠고, 비로소 이것이 얼어 죽게 될 징조가 아닌가 의심하기 시작했다. 눈이 많이 내리는 겨울만 되면, 술 취한 길손들이나 걸인들이 길을 잃고 눈 속을 헤매다가 눈더미에 묻히거나 가파른 길에서 실족을 하고 나둥그러져서 꽁꽁 얼어붙은 시신으로 발견되었다는 이야기들이 심심찮게 들리곤 했었다. 그렇다면, 삼례의 얼어 죽은 망령이 지금 내 앞에 나타난 것일까. 아니 그렇게 생각하고 있는 내가 지금 강시가 나서 죽어가고 있는 것은 아닐까. 그러나 나는 지금 열심히 걸어가고 있었고, 삼례 또한 자신을 얼어 죽도록까지 내버려둘 아둔한 여자는 아니었다. 남의 집 부엌을 도둑괭이처럼 기어들 수 있을 만치 대담성을 가진 삼례이고 보면, 그런 염려는 공연한 것이었다.

바로 그때였다. 눈 깜짝할 사이에 삼례의 모습이 불과 대여섯 걸음을 사이에 두고 내게로 성큼 다가선 것을 발견하였다. 그런데도 내 입에서 당연히 터져나와야 할 누나라는 말이 흘러나오지 않았다. 내 이름을 부르지 않았던 것은 삼례도 마찬가지였다. 그렇다면, 삼례와 나는 모두가 똑같은 망령이 아닐까. 그랬다. 어쩌면 우리는 망령끼리 만나고 있는지도 몰랐다. 그런데 삼례는 어째서 이 엄동설한에 발가벗은 채로 나타난 것일까. 그때, 지난여름 우리 집을 찾아왔던 매부리코 사내의 말이 생각났다. 삼례를 잡기만 하면, 실오라기 하나 없이 발가벗겨서 길거리로 내쫓아 얼어 죽게 만들리라던 사내의 걸쭉한 욕설과 야무진 저주가 그때에야 불쑥 뇌리에 떠올랐다. 삼례는 사내의 추적을 끝내 따돌리지 못하고 어느 한길가에서 덜미가 잡히고 만 것이었다. 그 사내가 삼례에게 저토록 참혹한 시련을 안긴 것이 틀림없었다. 그 사내의 추격을 따돌리기 위해 우리 읍내까지 찾아와야 했던 삼례의 피나는 도주는 물거품이 되어버린 것이었다. 이 혹한 속에 사람을 발가벗겨 내쫓다니, 사내의 잔혹함에 나는 나도 모르게 이를 갈았다.

나는 드디어, 내장 속에 들어 있던 알몸뚱이가 입 밖으로 툭 튀어나올 정도의 큰 소리로 삼례를 불렀다. 그것과 함께 저만치 서 있던 삼례의 모습도 사라져버렸다. 뿐만 아니라, 그녀의 등뒤로 펼쳐졌던 수수밭과 논두렁까지도 사라져버렸다. 평소에는 풍요롭게만 보이던 외줄기의 하얀 눈길이 싸늘한 달빛 아래로 황폐하게 가로누워 있을 뿐이었다. 그러나 그녀의 모습이 시야에서 사라져버린 이후에도 나는 그것을 잠시 스쳐간 착시현상으로만 믿지는 않았다. 다만 삼례가 멀리로 도망가버린 것이라고 생각했다.

어디서 나타난 것인지 누룽지가 달려와 내 바짓가랑이를 물고 늘어졌다. 시큼한 두엄 냄새가 콧등에 와닿았다. 나는 어느덧 마을 초입에 당도해 있었다. 근방의 눈 속을 뒤지며 뒹굴던 누룽지가 우연히 내 목소리를 알아듣고 달려온 것이었다. 나는 자리에 서서 꼼짝하지 않았다. 삼례가 다시 나타날지도 몰랐기 때문이었다. 그래서 집으로 들어가는 골목 입구에서도 차가운 기운이 목덜미의 살점을 도려낼 듯할 때까지 그렇게 서 있었다.

내가 그 발자국들을 발견한 것은 그때였다. 우리집을 출발한 네 개의 고무신 자국이 골목길을 빠져나와 옆집으로 향하고 있다는 심증이 굳어졌을 때, 나는 나도 모르게 그 발자국들을 뒤따라가기 시작했다. 눈밭 위로 선명하게 드러난 네 개의 발자국은 옆집의 부억문까지 가서 서성이다가 다시 우리집으로 돌아와 있었다. 옆집 남자는 오늘밤에도 부엌에서 목간을 한 것이었다. 비우지 않고 그대로 둔 목간통에서는 물방울이 꽈리처럼 터지고 있지는 않았지만, 아직 김이 솟아오르고 있었다. 그 목간통 속에는 정말 아버지가 먹기 즐겨 했다는 가오리나 연어가 살고 있을지 몰랐다. 그러한 예상은 세상으로 쫓겨난 삼례의 발가벗은 모습을 목격한 나로선 가능한 일이라고 믿었기 때문이었다.

나는 부엌문을 가만히 흔들어보았다. 안쪽으로 빗장이 걸려 있지 않은 걸 보면, 옆집 남자는 목간을 마치고 외출한 것이 틀림없었다. 나는 일같잖게 열리는 문을 열고 부엌 안으로 들어섰다. 밖에 내린 눈과 달빛으로 말미암아 부엌 안도 해 질 무렵의 시각처럼 요염하게 밝았다. 다시 문을 아금받게 닫아걸고, 아궁이 앞에 놓인 부지깽이를 집어들었다. 부지깽이를 두 손으로 잡아 목간통 속으로 깊숙이 찔러넣은 다음, 물속을 휘휘 내둘러보았다. 가오리나 연어가 놀라서 목간통 밖으로 튀어오를 때를 대비해 얼굴만은 물통에서 멀찌감치 떼어놓았다. 그러나 부지깽이 끝으로 묵직하다거나 요동치는 듯한 충격적인 전달력은 느껴지지 않았다.

나는 부지깽이를 버리고, 옷을 벗기 시작했다. 알몸이 된 나는 아스스 떨면서 한쪽 가랑이를 한껏 쳐들고 가까스로 물통 속으로 기어들었다. 두 다리가 물통의 밑바닥에 닿았을 때, 내 겨드랑이는 수면과 평행을 유지하며 멈춰졌다. 탱탱하게 긴장되었던 사추리가 따끔따끔하리만치 물은 아직 뜨거웠다. 옆집 남자가 그랬던 것처럼 두 손으로 물통 속을 내저어보았으나 역시 가오리나 연어가 잡히진 않았다. 그것들은 본래 거기에 살고 있었지만, 옆집 남자가 모조리 잡아먹었는지 몰랐다. 그 대신 물통 밖으로 솟아오른 더운 김이 시야를 뿌옇게 흐려놓았다. 나는 제법 넉살을 부리며 두 팔을 물통 가녘에 걸치고, 바닥에 닿아 있던 두 발을 천천히 떼어놓았다. 그러자 양수 속에 떠 있는 자궁 안의 태아처럼 편안해졌다.

무력해서 달콤한 부유감이 잔허리를 타고 내려가 배꼽노리 밑바닥까지 전달되면서, 나는 금방 구름 위에 떠오른 내 모습을 발견하였다. 구름 위에선 세상의 모든 것을 명료하게 바라볼 수 있었다. 삼례가 그 사내에게 핍박을 당하고 있는 것도 알 수 있었고, 어머니가 옆집 남자를 흠모하게 된 수수께끼 같은 까닭도 알아낼 수 있는 명징한 눈도 가질 수 있었다.

어머니는 지금, 방금 목간을 하고 외출한 옆집 남자와 밀회를 즐기고 있을 게 틀림없었다. 나는 두 눈을 부릅뜨고 바람에 떠밀리듯 구름 아래로 흘러가는 하계下界의 짙푸른 들녘을 내려다보았다. 두 사람은 어디에 숨어 있을까. 아마도 하늘에선 가려서 보이지 않는 큰 느티나무 아래나, 눈으로 덮인 움집이거나 가파른 길 아래의 눈 속일 수도 있었다. 어머니는 내가 발견하기 훨씬 이전부터 옆집 남자의 목욕 광경을 훔쳐보아왔을 것이고, 지금쯤은 이웃 사람들이 두 사람의 밀회를 알아차려도 좋다는 배짱까지 지니게 되었으리라는 예상까지 가능했다. 왜냐하면 어머니만큼 이웃의 소문을 두려워한 사람은 없었고, 어머니가 혼자 살다시피 하고 있는 옆집 남자의 목욕 광경을 훔쳐보기 위해 남긴 발자국을 염두에 두지 않았을 리 만무했기 때문이었다. 두 사람은 나도 모르는 사이에 바늘 쌈지를 입에 문 것처럼 따가운 이웃의 입방아나 비난 따위는 아랑곳하지 않으리만큼, 눈이 먼 밀회를 나누게 된 것이었다.

호영이가 나타난 이후부터 더욱더 칩거했던 어머니가 어떻게 옆집 남자와 밀회를 나누는 단계에까지 발전하게 되었는지 참으로 알 수 없는 일이었다. 그렇게 되기까진 물론 창범이네의 역할이 있었을 것이었다. 그렇다면, 내가 가봐야 할 곳이 딱 한 군데 있었다. 그곳에 간다면, 필경 두 사람이 같이 있는 현장을 목격할 수 있으리라.

나는 들어갈 때보다 더욱 바동거리며 목간통 속에서 빠져나왔다. 가슴까지 두근거리기 시작했으므로 통 밖으로 기어나오는 일은 더욱 힘들었다. 젖은 몸을 닦기는커녕 벗어두었던 옷가지를 얼추 꿰입는 길로 부엌에서 탈출했다.

내가 찾아갈 곳은 정미소였다. 그곳은 마을의 인가에서 멀리 떨어져 있었으므로 한낮에도 사람들의 눈을 따돌리기에 손쉬운 장소였고, 정미소 한쪽에는 정미소 일로 밤을 지새우게 될 때 인부들이 휴식을 취하곤 하던 봉놋방이 마련되어 있었다.

역시 눈길은 트여 있었다. 바짓가랑이가 온통 눈투성이가 되었지만 정미소까지 당도하는 데는 성공했다. 나는 가슴이 뛰기 시작했다. 어머니라는 이름의 가면 뒤에 숨겨진 여자의 본능을 확인하고 훔쳐볼 수 있게 되었다는 긴장감이 내 가슴을 뛰게 만들었다. 어쩌면 내 운명조차 바꿔놓을지 모를 모험의 본질 속으로 진입하고 있다는 전율을 느꼈다. 설명하기가 매우 모호하고 혼란스러운 기대감과 배신감은 벌써 나를 담금질하고 있었다.

그러나 내가 남의 뒤를 밟는 일에는 이골이 났다는 것을 알고 있을 어머니가 문을 허술하게 단속했을 리 없었다. 기계와 벨트들이 돌기 시작할 때면 곧장 무너져 주저앉고 말 것 같았던 허술한 흙벽도 그날 밤의 나에겐 너무나 견고해서, 몸을 던져 부딪쳐보았지만 끄떡도 하지 않았다. 등에서 땀이 흐르도록 돌격적인 안간힘으로 안쪽으로 들어갈 수 있는 틈새나 구멍을 찾아보았으나, 그것도 결국 헛수고가 되고 말았다.

그렇다면 밖에서 기다려보는 수밖에 없었다. 나는 정미소 문 앞에 쪼그리고 앉으며 이빨을 앙다물었다. 그들이 언젠가는 숨을 들이켜는 낮은 목소리로 속삭이며 이 문 밖으로 모습을 드러낼 것이었다. 그때를 기다리자는 심산이었다. 그러나 바깥의 눈길을 헤매고 다닌 지 꽤나 오랜 시간이 흘러간 뒤였으므로 쪼그리고 앉긴 했으나 금방 추위가 온 삭신을 옥죄고 들었다. 나는 발치에 앉아 있는 누룽지의 꼬리를 잡았다. 끌려오지 않으려고 가만히 버티는 누룽지의 잔허리를 가만히 껴안았다. 누룽지는 별다른 저항 없이 내가 당기는 대로 끌려와 안기었다. 앞가슴께의 추위는 그로써 약간 막아낼 수 있었지만, 엉덩이와 등줄기는 칼끝으로 베어내는 것처럼 얼얼해왔다. 도저히 그대로 앉아 견딜 수 없을 것 같았다.

멀리로 우리집에서 켜둔 불빛이 바라보였다. 불빛이 희미하게 바라보이는 것은 너무나 밝은 달빛 탓이었다. 우리 마을에서 밤늦도록 불이 켜져 있는 집은 언제나 우리집이란 생각이 뒤통수를 치고 지나갔다. 불빛은 흡사 달빛 속 허공에 꿰어 매달아둔 한 개의 홍당무 같았다. 홍당무는 가만히 멈춰 있는가 하면, 때로는 달빛을 밀어내며 조금씩 흔들리고 있는 것처럼 보였다. 내가 알고 있는 것과 달리 어머니는 지금 집에 있는지도 몰랐다. 불현듯 그런 생각이 스쳐가는 것과 동시에 나는 앉은 자리에서 벌떡 몸을 일으켰다. 온몸을 뒤채어 털을 털고 있는 누룽지를 앞세우며 나는 집으로 뛰기 시작했다.

미스 민이라는 여자가 건네준 종이쪽지를 담구멍 속에 감추고 난 뒤 방문을 벌컥 열었을 때, 어머니는 호영이를 부둥켜안고 잠을 재우는 중이었고, 창범이네는 재봉틀의 북에다 실타래를 넣고 있었다. 내가 방으로 들어서는 것과 동시에 나를 흘끗 일별하던 어머니가 가만히 말했다.

"밤바람이 억시기 춥제? 니 그놈의 닭 찾느라꼬 밤늦도록 쏘다녔제?"

나는 그럴싸하게 둘러댈 말을 찾지 못하고, 나에게는 난생처음으로 낯설게만 보였던 방안의 정돈된 풍경에 애매한 시선을 던지고 있었다.

"오늘밤에서야 겨우 그놈의 행방을 알아냈다 카이. 행방을 찾아내려고 동분서주했던 보답은 있었다만, 종국에 가서는 헛수고가 된 셈이제."

땅이 꺼질 듯한 한숨소리와 함께 흘러나온 어머니의 말을 듣는 순간, 나는 가슴이 덜컥 내려앉았다. 결국은 탄로나고 말았구나 하는 절망과 낭패 때문이었다. 눈앞이 콱 막히는 기분이었다. 그러나 어머니의 말은 이어지고 있었다.

"철없는 니한테까지 이런 말을 해야 될지 모르겠다만, 우짜겠노. 내가 그 사람 체면만 생각하고 입을 꾹 다물고 있으면, 천진난만한 니가 이 엄동설한에 그놈 행방 한 가지를 찾아내겠다고 밤마다 눈길을 헤매고 다닐 기 뻔한 거 아이겠나. 그러다가 고뿔이라도 들어서 몸져눕기라도 한다면, 그 벌충을 어디 가서 하겠노."

그제야 나는 겨우 한마디 거들 만한 여유를 되찾았다.

"닭을 찾았습니껴?"

"종적을 찾기는 했다만 헛수고가 됐뿌렀다 아이가."

나는 선 채로 어머니를 내려다보고 있었다. 허탈 바로 그것이었다. 그런데 어째서 창범이네는 지금까지 단 한마디도 거들지 않은 채 등을 돌리고 앉아만 있는 것일까. 나는 어머니가 전후사정을 죄다 쏟아내줄 때까지 기다리기로 했다. 그 순간 어머니의 목소리가 낮아졌다.

"니가 들어도 초풍을 할 일이제. 옆집 장독간에서 우리 닭을 잡느라꼬 뜯어낸 닭의 한쪽 날갯죽지를 찾아냈다 카이. 그 고운 깃털이 살아 있을 때와 똑같이 곱더래이…… 그것도 처음에는 흔적을 없앤다꼬 눈 속에다 파묻어놓았던 긴데, 개숫물하고 목욕물을 내쏟아 눈이 녹으면서 드러나고 말았던 기라. 세상에 허우대가 멀쩡하게 생긴 이웃 사내가 우째 그런 일을 저지를 수 있겠노. 본래부터 내가 의심을 두고 그 집을 유심히 살펴보기는 했다만, 그러면서도 마음 한편으로는 바로 옆집을 의심하고 있는 기 죄받을 일을 자초하는 짓이라는 생각이 들어서 크게 내키지가 않았다. 그런데 이렇게 증거까지 확실하게 드러나고 말았으이 가슴 쓰린 사람은 오히려 내라 카이. 니는 이 일을 우짜면 좋겠노?"

나는 어머니 눈 속으로 가득하게 고이는 눈물을 보았다. 철들어서 지금까지 그토록 처절하게 절망적인 표정을 짓고 있는 어머니의 얼굴을 본 적이 없었다. 그러나 나로선 지금의 어머니를 위로할 수 있는 아무런 명분도 건덕지도 없었다.

참으로 이상한 일이었다. 닭의 날개를 옆집 굴뚝 밑에다 묻어둔 장본인은 바로 나였다. 그것이 어떻게 장독대까지 끌려나오게 되었는지 전혀 이해가 되지 않았다. 그러나 나는 금방 속으로 아차하였다. 굴뚝 밑에다 그것을 묻고 있을 때, 시종 누룽지가 곁에서 지켜보고 있었다는 것을 기억한 것이었다.

"믿는 도끼에 발등 찍힌다는 옛말 하나도 그른 기 없대이. 저 작자가 겉으로는 우리집 고단한 것을 걱정하는 척하면서도 속으로는 그런 모질고 사악한 심보를 품고 있었다는 기 백일하에 드러난 셈이제. 그러나 아무리 사악한 심보를 품고 있는 작자라 한들 썩은 계란 낳지 말라꼬 데려다놓은 씨닭을 몽둥이로 때려서 잡아먹고 딱 잡아떼는 법이 어디 있노. 장차는 상종도 못할 사람이대이."

그때였다. 어머니의 푸념을 길게 듣고 있기가 민망했던 창범이네가 뒤돌아보며 한마디 거들었다.

"성님요, 이제 그만하고 주무시소. 이미 그렇게 된 일인데 자꾸만 곱씹으면, 마음만 상하지 무슨 소득이 있겠는교. 다음 장날에 나가서 다시 한 마리 사오는 수밖에 뾰족한 도리가 없잖겠습니껴."

"팔도에 있는 장터를 모조리 훑는다 할지라도 그만한 토종은 구하기 어렵네."

"찾아보면 왜 없겠습니껴."

"임자는 남의 복장 지르지 말고 가만있기나 하게."

"다른 곳에 있던 걸 뉘 집 개가 그 집 장독대에 물어다놓을 수도 있잖습니껴. 그 점잖은 양반이 설마하니 동네 건달들처럼 남의 닭이나 잡아먹고 시치미를 잡아떼겠습니껴."

"열 길 물속은 알아도 한 길 사람 속은 모른다는 옛말이 있네."

"그래도 나는 아리송합니더."

"잡아먹었다는 증거가 뚜렷한데 아리송하다이? 임자가 남의 창자 속을 뒤집을라꼬 아주 발 벗고 나서는구먼. 내 말이 맞제?"

옆집 남자를 두둔하던 창범이네가 머쓱해서 말문을 닫았다.

나는 입술이 간질간질하였다. 우리집 수탉은 옆집 남자가 잡아 먹은 것이 아니고, 누룽지가 공격해서 물어 죽인 것이었다. 나는 이미 수탉의 시체를 옆집 두엄더미에서 찾아내었다. 누룽지의 주둥이가 피로 벌겋게 물들어 있었다. 닭을 물어뜯던 누룽지는 나를 보자 꼬리를 감추고 멀리로 달아나버렸다. 나는 한동안 암담한 기분이었다. 누룽지가 감당해야 할 시련이 눈에 선했다. 어머니는 본래부터 누룽지를 썩 달가워하지 않았다. 그런 누룽지가 우리집 수탉을 물어 죽였다고 곧이곧대로 일러바친다면, 어머니는 결코 가만있지 않을 것이었다.

나는 아직 따뜻한 체온이 남아 피가 뚝뚝 떨어지는 수탉을 수습하여 윗도리 속에 감추었다. 그 시신을 버린 곳은 방천둑 아래에 있는 소택지였다. 그렇게 조처하고 나서도 뒤통수가 메슥메슥해서, 다시 두엄더미 근처를 샅샅이 살펴보았다. 그때 발견한 것이 따로 떨어져나간 수탉의 날갯죽지였다. 누룽지는 그것조차 유심히 보아두었다가 철저하게 파헤쳐 끌고 다니다가 결국 장독간 근처에다 팽개친 것이었다.

내가 누룽지가 저지른 범죄의 흔적을 지워주는 데 그토록 심혈을 기울였던 것은 나름대로 까닭이 있었다. 그것은 어머니와 호영이로부터 비롯되는 적개심과 미움 때문이었다. 내가 저지르고 말았어야 할 일을 누룽지가 대신해주었다는 깊은 동료애와 쾌감이 내 깊은 내면에는 숨어 있었다. 그래서 나와 누룽지는 손쉽게 한통속이 된 것이었다. 내가 차마 저지르지 못했던 일을 누룽지가 대신해준 이상, 내가 그 종범이 되는 일을 탐탁지 않게 여겨서는 안 된다고 생각했다. 솔직한 속내 같아서는 누룽지를 끌어안고 방천둑 눈밭 위라도 구르고 싶었다.

그런데 문제는 그 모든 죗값을 옆집 남자가 고스란히 떠안게 되었고, 이제 와선 어머니의 곡해를 해명할 여지조차 없어져버렸다는 것이었다. 내가 입을 다물고 있는 이상 옆집 남자는 곱다시 겉 다르고 속 다른 표리부동의 사람이며, 부도덕한 철면피로 낙인찍히고 말 것이었다. 그러나 나는 끝내 입을 다물었다. 장차 두 사람 사이에 어떤 갈등이나 마찰이 벌어지든 나와는 상관없는 일이라고 생각해버렸다.

어머니는 사흘 동안이나 문밖출입을 하지 않았다. 그리고 장날이 돌아왔다. 우리는 아침 일찍 읍내 장터로 향했다. 새로운 식구가 될 수탉을 찾아내기 위함이었다. 우리는 죽은 수탉을 살 때처럼 장터 담벼락에 기대서서 해바라기를 하며 장이 서기를 기다렸다. 그리고 사람들의 목소리로 장터가 시끌벅적해질 때까지 기다렸다. 수탉 찾기 순례는 그때부터 시작되었다.

세상 보기를 바닷가의 불결한 여인숙처럼 여기는 어머니가 잃어버린 수탉을 다시 찾기 위해 삼가던 장터거리로 나가 염치 불고

하고 수탉 찾는 일에 몰두하는 것은 너무나 큰 변화였다. 장터의 가게와 골목을 샅샅이 뒤졌던 그날의 순례에서 우리는 애석하게도 잃어버린 수탉의 형용과 흡사한 수탉을 찾아내지 못했다. 그러나 역시 어머니는 옛날처럼 쉽사리 포기하지 않았다.

눈바람이 몰아치는 장터는 아침부터 해질녘까지 시종 썰렁했다. 모닥불을 피워놓은 몇 군데만 장꾼들이 서성이고 있을 뿐, 그들이 하는 말처럼 두 사람이 싸우면 만류할 사람도 없을 정도였다. 아무나 쬘 수 있도록 피워놓은 모닥불 가까이 다가가고 싶은 마음은 간절했으나, 어머니가 그쪽으로는 고개조차 돌리지 못하도록 삼엄한 경계를 두었으므로 얼씬도 할 수 없었다.

어느덧 짧은 겨울 해가 산등성이를 넘고 땅거미가 내릴 때까지, 우리는 사시나무 떨듯 하며 장터 모퉁이 여기저기를 서성거렸다. 지난해 가을에 걷지 않아 새까맣게 메마르고 비틀어진 호박넝쿨이 그대로 매달려 있는 어느 집 담벼락 아래에 어머니는 엉덩방아를 찧으며 쪼그리고 앉았다. 현기증이 찾아온 것이었다. 눈을 감고 까물까물한 정신을 가다듬고 있던 어머니가 눈을 떴을 때, 나는 두 눈에 가득 고여 있는 눈물을 보았다. 어머니가 앉아 있는 담벼락 아래에는 흙탕물이 튄 눈더미가 쌓여 있었다. 어머니의 엉덩이는 벌써 그 더러운 눈 속에 반쯤이나 파묻혀 있었지만, 어머니는 그것을 눈치채지 못할 만큼 지쳐 있었다.

"어무이요, 이제 그만 가시더."

"그래, 이제는 그만 가야 되겠제. 니캉 내캉 이런 발버둥을 치고 있는 꼴이 너그 아부지 꿈에 보일까봐 겁이 덜컥 난다. 이게 무슨 몹쓸 짓이고."

"아부지는 왜 들먹입니꺼. 호영이 때문에 닭을 사려는 기 아입니꺼?"

그것은 어머니의 아픈 곳을 정통으로 겨냥한 말이라고 생각했다. 그리고 나로선 가슴속에 넣어두고 굴리기만 하면서 차마 발설하기 두려워했던 한마디이기도 했다. 내 예상은 제대로 들어맞은 것 같았다. 어머니는 한동안 아무 말 없이 나를 바라보기만 했다. 그러나 흘러나오는 말은 내가 예상했던 것이 아니었다.

"그거는 니가 모르는 소리다. 니나 호영이나 단 한 치도 차이 없이 똑같은 너그 아부지 자식이다. 그걸 잊어뿌리지 말그라. 그리고 수탉은 내 가슴이 하도 허전해서 키우려는 것이지 호영이 때문에 사려는 기 아이다. 호영이가 아직은 말도 못 하지만, 언제 내보고 수탉 사달라꼬 앙탈 부리는 거 보았나? 그기 아이다. 그 수탉을 잃어버리고 나이 어찌된 셈인지, 내 마음이 뜬구름 같아져서 건잡을 수가 없어졌다 카이. 차라리 처음부터 집에서 키우지 않았으면 이런 마음고생을 하지 않아도 되었을 긴데…… 오늘에사 생각하이 후회막급이다."

"그라면, 어무이가 닭모이를 안 주고 왜 내보고만 하라 캤습니꺼?"

"그놈을 알뜰하게 거두는 내 거동을 이웃 사람들이 보기라도 한다면, 입방아를 찧을까봐 내가 지레 겁을 먹었던 탓이다."

"닭모이를 주는데 뭐가 겁이 납니껴?"

"세상 사람들 모두 니 같으면 얼매나 좋겠노. 어른들이란, 밤마다 똥걸레를 입에 물고 잠을 자는지 주둥이가 더럽기 짝이 없제."

어머니는 부축하려 드는 나를 향해 손을 흩뿌리고 나서 손수 담벼락을 붙잡고 가까스로 일어났다. 어머니가 깔고 앉았던 눈더미 위에는 멧방석을 내려놓았던 것처럼, 어머니 엉덩이보다 더 커다란 눈자국이 남았다. 그때 장터에는 떨어진 곡식 낟알을 찾아온 참새떼들만 내려앉아 재잘거리고 있었다.

장터 길을 벗어나 한길로 들어섰을 때, 어머니는 나를 뒤돌아보며 앞장서라는 눈짓을 보냈다. 등뒤에서 어머니의 독백이 들려왔다.

"이 세상에는 헤아릴 수조차 없는 엄청난 사람들이 살고 있다카더라. 내도 그중에서 한 사람인 것은 틀림없지만, 이런 산골 외딴 곳에 살고 있는 내를 알고 있는 사람은 아무리 따져봐도 너그 아부지하고 니하고 단 두 사람뿐이더라. 그렇게 하잘것없이 기죽어 살아가는 내 같은 여자가 명줄을 근근이 부지하기도 왜 이토록 곡경이 많고 고단한 것인지 알 수가 없다…… 없어진 그놈을 대신 벌충해줄 닭을 사겠다꼬 장터거리로 나선 오늘의 일도 곰곰이 생각해보면 얼굴이 뜨겁고 남사스러운 일이제……"

어머니의 슬픔은 내가 감히 넘겨짚을 수 없으리만큼 깊은 곳에 자리잡고 있다는 것을 어렴풋이 짐작할 수 있었다. 그러나 내가 그 깊은 슬픔에 가까이 접근할 수는 없었다. 다만 어머니를 조금이라도 위로해줄 방법이 내게 있다면, 수탉의 행방을 곧이곧대로 일러주는 일뿐이었다. 나는 발걸음을 지척거릴 정도로 혼란을 느끼고 있었다. 그러나 끝내는 누룽지가 당할 가혹한 징벌이 몸서리쳐지도록 싫었다. 그 징벌은, 누룽지가 죽음에까지 이르지는 않더라도 어머니와 옆집 남자로부터 오랫동안 매질이나 괄시를 감당해야 할 게 분명했다. 누룽지를 그런 곤경에 빠뜨릴 수는 없었다. 내린 눈은 그대로 꽁꽁 얼어붙어 있었으므로 우리는 갓길을 찾아 까치걸음을 흉내내며 걸어야 했다.

"혼례를 치르고 난 뒤…… 신접살림을 차리고 나서도 한참 뒤에야 너그 아부지가 특별한 일거리가 없는 사람이라는 걸 알았제. 그럴듯한 가문의 후손이란 허울만 있었지, 논농사든 밭농사든 순전히 남의 품을 빌려서 짓는 건달이나 다름없었제. 그렇다고 머릿속에 식자깨나 들어 있어서 이웃간에 대접을 받는 처지도 아이었다. 그런 사람이면서, 일 년 삼백육십오 일 두고 밥숟갈을 놓기가 무섭게 바깥출입을 할 만치 무척이나 바쁜 사람이었제. 한번 나가면 밤중 아이면 돌아오는 법이 없었고, 어떤 때는 사나흘씩이나 종무소식일 때도 있었다. 그런데도 나는 트집을 잡을 건더기가 없었다. 남정네들이란 으레껏 그만한 소간이 있어서 출입이 바쁜 것이라고 생각했제. 내 생각이 그랬는데 무슨 강짜를 놓겠노. 나는 오히려 뒷전에서 개평이나 뜯는 못난 사람 되지 말고 투전판에 뛰어들어서 패를 돌리는 사람이 되라꼬 부추겼다. 그기 남자로 태어나서 해야 할 처신이 아이겠나."

그것이 아버지를 비난하는 것이든, 아니면 두둔하는 것이든 그렇게 길게 아버지의 이야기를 들려준 것은 난생처음이었다. 나는 아버지가 건달이었든 허울만 좋은 농사꾼이었든 상관없었다. 다만 어머니가 처음으로 아버지의 이야기를 터놓고 얘기하고 있다는 것에 솔깃함을 넘어 가슴 뿌듯한 팽만감을 느꼈다. 그러나 어머니는 금기시해왔던 말문을 우연히 터놓긴 하였으나 엉뚱하게 결론짓고 말았다.

"옛날 일이긴 하지만, 너그 아부지가 노름판이나 기웃거리며 소일하는 사람이란 걸 내한테 귀띔해준 사람이 누군지 아나? 바로 우리 닭을 잡아먹은 그 작자였다. 친숙하게 지내는 이웃 사람에게 흉허물이 있다면, 그걸 애써 덮어줘야 할 긴데, 그 작자 심보는 그게 아이었제. 남의 허물이나 고자질하고 댕기는 작자를 두고 창범이네가 점잖은 양반이라고 두둔하는 걸 보이 하도 기가 차서 말문이 막히더라."

어머니의 머릿속에서 잃어버린 수탉을 지우기란 매우 어렵다는 것을 깨달았다. 그러나 어머니에게선 그다음 장날이 돌아왔는데도 내게 읍내로 가자는 분부가 없었다. 옆집 남자에게 분풀이를 하기 위해서라도 보란 듯이 새 식구가 될 수탉을 사와야 할 처지였는데, 어머니는 그 일을 씻은 듯이 잊어버린 것이었다. 잊었다기보다 더욱 위급한 일이 닥친 것인지도 몰랐다.

더욱더 이상한 것은 어머니가 살금살금 집안 정리를 하기 시작했다는 사실이었다. 몇 년째 벽장 속에서 잠자고 있던 이불채를 꺼내어 겉보를 다시 갈고, 장독대의 옹가지와 독 들을 씻으면서 한나절을 온전히 보내고 있었다. 깔끔한 부뚜막에 새벽질을 다시 하는가 하면, 뒤곁에 쌓아둔 장작들을 다시 정돈해서 쌓기도 하였다. 집안일 때문에 수탉을 사러 가는 따위는 엄두조차 못 낼 것 같았다.

어머니의 그런 돌출행동에서 나는 비로소 아버지를 예감하기 시작했다. 마을에서 가까운 곳까지 아버지가 다가와 있거나, 아니면 먼 곳에 있다 할지라도 집으로 돌아올 준비를 하고 있다는 기별을 받았다는 추리가 가능했다. 아버지와 관련된 소식이 아니라면, 칩거만을 고집해왔던 어머니를 그토록 부지런히 움직이게 만드는 묘약은 있을 수 없었다.

집안을 정돈하고 있는 동안 어머니의 얼굴에는 홍조가 가득했다. 한 가지 이상한 것은 아버지가 돌아온다는 소식을 언제 듣게 되었으며, 그것을 내게조차 내색 않고 비밀로 묻어두고 있는 까닭을 알 수 없다는 사실이었다. 그즈음 우리집을 다녀간 사람도 없었고, 우체부가 다녀간 흔적도 없었다.

그러나 시간이 흐르면서 그런 사실들을 비밀로 묻어둔 것은 이해할 만했다. 어머니는 소문을 두려워하고 있음이 분명했다. 먼저 떠오르는 사람은 춘일옥 남자였다. 그 사람이 아버지에게 가진 보복 의지가 퇴색되지 않은 이상, 아버지가 집으로 돌아오는 일은 극비에 부쳐져야 할 것이었다. 어머니가 내게조차 내색 않고 있는 까닭은 바로 그것 때문이었다.

대엿새 동안이나 계속되었던 어머니의 가역이 거의 끝나갈 무렵, 내가 예상하고 있던 것이 현실로 다가섰다. 그러나 아버지가 나타난 것은 아니었다. 열병에 버금갔던 며칠 동안의 긴장을 겪고 난 내 앞에 모습을 드러낸 사람은 공교롭게도 길안에 살고 있다는 외삼촌이었다. 먼 눈길을 걸어왔을 그가 우리집 대문을 소리도 없이 가만히 밀고 들어섰을 때, 내 가슴을 쳤던 실망감은 인내의 한계를 넘어선 것이었다. 어머니로 하여금 아버지와의 결혼을 은근히 반대했던 사람, 어머니가 겪고 있는 고통을 나누어 가져야 할 혈육으로서의 정리를 외면해왔었다는 왜소한 체구의 외삼촌이 집안으로 들어서던 그날의 해 질 무렵, 나는 오직 어디로 가야 한다는 강박감에 몸둘 바를 몰랐다. 기다리고 있던 어머니와 수인사를 나누는 동안, 나는 부리나케 집을 나서고 말았다. 집을 뛰쳐나왔다기보다 나와는 첫대면인 외삼촌으로부터 도망치고 싶었다. 그러나 가슴 한편으로는 원망스러움과 얽혀 있는 정체불명의 연민이 깔리기 시작했다.

골목에는 외삼촌이 남겨놓은 발자국들이 눈 위에 선명하게 남아 있었다. 나는 남겨진 그 발자국을 거꾸로 덧밟아보았다. 우리집으로 들어온 방문자가 있었다는 증거가 너무나 뚜렷했던 발자국들은 내가 거꾸로 밟아준 발자국으로 말미암아 하나하나 무의미하게 지워지기 시작했다. 외삼촌의 방문이 그처럼 무의미해지기를 나는 속으로 빌었다.

나는 곧장 한길로 나섰다. 눈과 진흙이 뒤섞여 범벅이 되어 나뒹구는 한길에는 사람들의 내왕이 뜸하였다. 대문만 나서면 그토록 갈 곳이 많았던 평소와는 달리 저녁 이내가 설핏하게 깔리고 있는 그 시각은 이상하게 두 다리가 뚝 잘려나간 듯 갈 곳이 없었다. 정미소의 문도 닫혔을 것이었다. 이미 죽고 없는 수탉의 행방을 찾아나선다는 것도 나에겐 무의미했다. 나는 세찬 하늬바람이 적설을 헤치고 있는 산 구릉들의 유장한 흐름을 하염없이 바라보았다. 우쭐거리며 달려나간 거무튀튀한 산자락들은 시야로부터 아득하게 멀어지면서 회색의 하늘 속으로 숨어버리곤 하였다.

섬뜩한 추위가 곧장 나를 엄습해왔다. 나는 문득 아래를 내려다보았다. 두 다리가 온전하다는 것을 알아채는 순간, 저절로 발걸음이 옮겨졌다. 그러다 얼마 만엔가 눈앞에 나타난 광경에 스스로 놀라 걸음을 멈추었다. 그곳은 나 혼자만의 장소였던 읍내의 선술집 앞이었다. 그러나 항상 남폿불을 환하게 밝혔던 방에는 불빛이 보이지 않았다. 불 꺼진 방에 인기척이 있을 수 없었고, 식사를 장만하던 노파가 항상 분주하게 들락거리던 부엌문도 그날 밤은 굳게 닫혀 있었다. 개도 기르지 않는 그 집은 폐가처럼 괴괴할 뿐이었다. 다소 과장된 인기척을 하였으나 아무런 대응도 없었다. 나중엔 마당 가운데로 돌팔매질까지 하였으나, 정적만 가득한 그 집에 사람이 없다는 것만 알아냈을 뿐이었다. 삼례로 연결되어 있던 모든 상념들이 내 머릿속에서 깡그리 소멸되어버린 듯한 절망으로 나는 떨기 시작했다.

나는 눈을 감아버렸다. 그 순간 발아래를 굽어보기조차 두려운 낭떠러지 위에 서 있는 나를 발견한 것 같았다. 순발력 있는 변신으로 삽시간에 독수리가 되지 않는다면, 그 낭떠러지 위에서 절망을 수습할 수 없을 것 같았다. 이제 삼례는 나로부터 영원히 떠나버린 것이었다. 영업중인 것을 광고하기 위해 무심히 내거는 선술집의 등불 하나가 내겐 희망과 절망의 경계를 삼엄하게 가름해주는 표적인 것을 그때에야 깨달았다. 그러나 내가 가까스로 도달하여 그것을 깨달았을 땐, 언제나 그랬듯이 이미 등불은 존재하지 않았다. 어머니와 나, 그리고 아버지와 나, 삼례와 나로부터 연결되어 있던 모든 것들은 사소한 것과 그렇지 않았던 것을 막론하고 그런 모습의 지리멸렬로 결말이 날 것 같았다.

나는 낭떠러지 위에서 단 한 걸음도 옮겨놓지 못한 채 떨고 있었다. 밟고 있는 흙이 아래로 허물어지고 있었다. 날지 않는다면 수십 미터 아래로 곤두박여 박살이 나고 말 것이었다. 어머니로부터 돈을 갈취해가던 매부리코 사내가 뇌리에 떠올랐다. 그 사내처럼 세상의 후미진 곳으로부터 자신을 위해 허점을 절묘하게 사용할 수 있는 사술이 있다면, 나도 이 절망으로부터 탈출할 수 있을 것이었다. 그러나 나는 그것이 없었다.

나는 급작스러운 갈증을 느꼈고 부지중 눈을 퍼먹기 시작했다. 하얀 박꽃송이 같은 눈덩이를 얼마나 먹었을까. 배가 불러, 나는 털썩 눈 위에 주저앉았다. 나는 낭떠러지 위에 있지도 않았고, 뱃구레가 박덩이처럼 불러왔으므로 독수리로 변신하는 데 실패할 수밖에 없었다. 삼례를 찾아낼 수 있는 여지는 아직도 충분했다. 내 절망은 담구멍 속에 넣어두었던 삼례의 주소가 적힌 쪽지를 잊고 있었던 탓이었다.

집으로 돌아왔을 때 방에는 불이 켜져 있었지만, 재봉틀 돌아가는 소리는 들리지 않았다. 창범이네는 일찌감치 집으로 돌아간 것 같았다. 나는 가만히 툇마루에 걸터앉았다.

"내 잠자리 걱정은 말그라. 내하고도 구면인 옆집의 장씨를 만나 진작 양해를 구해놨다. 그 댁 식솔들도 마침 대구로 출타중이라 지금은 혼자 기거를 한다이, 하룻밤 잠자리쯤이야 장씨가 크게 불편해할 것도 없제."

"모처럼 누이동생 집에 댕기러 오신 오라버니를 하룻밤인들 남의 집에 기거하시게 둘 수는 없습니더."

"지금 세상에 자네처럼 사리분별을 촘촘하게 따지고 예법을 챙기다보면, 숨막혀서 지레 죽네. 크게 폐단만 안 된다면 상부상조하고 살아가는 기 서로간에 속 편한 일이제. 춘일옥 그 작자도 소가지가 자네처럼 외곬이었다면, 내가 과실 판 돈은 고사하고 억만금을 갖다 바치고 적선을 빌었기로서니 그럭저럭 화해를 했겠는가. 화해를 하다보이 복에 없던 아우 하나를 얻게 되었네만…… 거북한들 어쩌겠나, 그러자고 했제."

"이런 날벼락이 있나. 그 작자가 오라버니더러 감히 형님 하자고 그럽디껴?"

"그 작자가 먼저 그러자고 했다니까."

"이런 수치가 어디 있습니껴?"

"수치 될 거 없네. 지금이 어떤 세상인데 미주알고주알 반상을 찾겠는가. 객지에 나가서 얻은 피붙이까지 업어다 자네한테 맡기는 불한당 같은 처남을 둔 내가, 양반의 등뼈를 삶아먹은 처지라 한들 형님 아우 하고 트자는 말을 매정하게 내칠 수 있겠나."

"그 말씀은 아까 하신 말씀인데 왜 자꾸 곱씹어서 복장을 지르십니껴?"

"처남 험담하는 말이라면 사소한 것이라도 자네가 탐탁잖게 여긴다는 것은 소싯적부터 알고 있네만, 말을 씹다보이 그렇게 되었네. 양해하시게. 어쨌든 그 사람이 돌아오게 되었으이 두 번 다시 가문에 똥칠을 하는 불상사는 없도록 자네가 잡도리 잘하게. 가정의 평화란 기 따로 있겠나. 그 집에서 날마다 옹가지 깨지는 소리가 터져나오더라도 언필칭 부부 된 것을 파기하지 않는 이상은, 두

번 말할 것도 없이 같은 지붕 밑에서 평생해로를 해야제. 다른 사람들도 모두 그렇게들 살고 있지 않나. 소가 닭 보드키 그렇게 무심해서 되겠는가."

그때에야 나는 다시 대문께로 가서 인기척을 하였고, 그로써 두 사람의 대화는 끊어졌다. 문을 열어준 사람은 외삼촌이었다. 외삼촌은 놀란 눈으로 막 툇마루로 올라서려는 내게 물었다.

"니 이 밤중에 어디 갔다가 인제사 들어오노?"

그러나 대답은 어머니가 대신했다.

"세영이가 요지간 들어서 몽유병을 앓고 있니더."

어머니를 흘끗 돌아보는 외삼촌의 두 눈이 휘둥그레졌다.

"몽유병이라이? 그기 무슨 소리로?"

그러나 어머니는 대수롭지 않게 응대하고 있었다.

"그기 무슨 큰 병이라꼬 놀라십니껴."

"자네 넋이 빠진 사람 아이가? 그기 큰 병이 아이란 말이가?"

"나도 걱정이 돼서 읍내 의원을 찾아가 물어봤더이, 저만한 나이 때가 되면 열 중에서 대여섯은 한 번씩 앓는 병이라꼬 이구동성으로 말들 하데요."

"의원까지 찾아갔다면서 약도 안 썼단 말이가?"

"약을 안 써도 한두 달 저러다가 저절로 가신 듯이 낫는다 캅디더."

"처남이 알면, 원망 들을 긴데?"

"걱정 마이소."

어머니가 왜 그런 엉뚱한 거짓말을 했는지 나는 알 수 없었다. 나를 두둔하기 위한 것인지도 몰랐고, 나를 비아냥거린 말 같기도 했다. 그런데 나 역시 몽유병을 앓는 것처럼 대꾸 한마디 않고 나의 소중한 공간인 도장방의 문을 열고 들어갔다. 그러나 곧장 어머니의 분부가 떨어졌다.

"세영아, 외삼촌 옆집으로 모셔가서 잠자리 봐드리고 오니라."

"잠자리까지 봐줄 거 없네. 엎어지면 코 닿을 자린데, 혼자서 가제."

"그럴 수는 없제요. 세영아, 퍼뜩 안 나서고 뭐하노?"

나는 외삼촌과 집을 나섰다. 잔설이 깔린 골목길을 나서자 불이 환하게 밝혀진 옆집이 바라보였다. 외삼촌이 내 어깨에다 손을 얹었다.

"세영이 니도 어리다 카지만, 마음고생이 왜 없었겠노. 몽유병도 그래서 생긴 거 아이라?"

"몽유병 앓는다 카는 말은 어무이가 택도 없이 지어낸 말이시더."

"어무이가 귀한 자식을 두고 병이 들었다꼬 엉뚱한 말을 할 택이 있나. 그거는 니가 잘 모르고 하는 소리다. 몽유병이란 기 니 같은 또래들이 자주 앓는 병이대이. 어쨌거나 아부지가 집으로 돌아오게 되었으이, 그런 쓸데없는 병도 곧 나을 기다. 아부지가 돌아오면 의원에 데리고 가서 진맥도 해줄 기다. 그 병이 아이라 카드라도 니가 불가불 의원은 한번 다녀와야 할 처지 아이가."

이상한 것은 아버지가 집으로 돌아오게 되었다는 어른들의 은밀한 예고에도 불구하고 내 마음은 담담하기 그지없다는 사실이었다. 홀로서기에 익숙해 있던 나에겐 아버지가 돌아온다는 사실이 오히려 풀리지 않는 거대한 수수께끼와 같아서 기대나 흥분보다는 착란과 환멸을 더 가깝게 느끼고 있는 때문인지도 몰랐다. 내겐 황량한 초토의 기억으로만 남아 있을 뿐인 아버지의 출현을 두고, 어른들은 무슨 장중한 의식이라도 치를 것처럼 흥분되어 있었지만, 내겐 그처럼 착란만 유발시키는 것이었다. 아버지를 몹시 그리워했었기 때문에 어머니를 증오할 수 있는 배반의 증거를 찾아 헤매었고 아버지의 환영을 좇아 방천둑 위를 배회하기도 했었지만, 실상 아버지가 집으로 돌아오면 언제 어디서 무엇을 어떻게 하겠다는 화사한 꿈이 나에겐 없었다. 나에게 아버지란 미답지는 그처럼 허상에 불과했다는 것을 비로소 깨달았다. 그래서 기쁘기보다는 오히려 두려웠고, 기대보다는 모호하고 혼란스러울 뿐이었다.

마당가의 잔설이 부서지는 소리를 듣고 있던 옆집 남자가 먼저 문을 열었다. 방안에는 이미 조촐한 술상 하나가 휑뎅그렁하게 놓여 있었다. 두 사람은 수다스럽도록 긴 인사말을 나눈 뒤, 술상을 가운데 놓고 마주앉았다. 외삼촌으로부터 돌아가도 좋다는 분부가 떨어지지 않았으므로 나는 술상으로부터 멀리 떨어진 바람벽 아래로 가서 꿇어앉았다. 옆집 남자는 소반 위의 주전자를 들어 외삼촌 앞에 놓인 술잔에다 막걸리를 가득 채웠다. 그 술잔을 건네받은 외삼촌이 느닷없이 나에게 손짓하였다.

"세영아, 이리 썩 댕겨앉그라."

소스라쳤던 나는 얼떨결에 술상 앞으로 당겨앉았다. 외삼촌은 내가 아닌 옆집 남자가 들으라 하고 말했다.

"세영이 니도 어엿한 너그 집 장손이다. 그렇다면 너그 아부지를 대신해서 외삼촌하고 합석을 한다 캐도 조금도 손색이 없다. 내가 마시기 전에 니 먼저 마시는 흉내라도 내그라."

느닷없이 떨어진 외삼촌의 분부에 나는 당황하고 말았다. 쥐구멍이라도 있다면 머리부터 처박고 싶은 심정으로 와락 바람벽 아래로 물러앉고 말았다. 그러나 사태는 그렇게 간단치 않았다. 이번엔 옆집 남자까지 가세하여 나를 부추기기 시작했다. 막무가내인 두 사람의 강권을 뿌리칠 재간이 없었던 나는, 드디어 외삼촌이 내밀고 있는 술잔 가녘으로 입을 가져가 쪼록쪼록 술잔을 빨기 시작해서 단숨에 반나마 축내버렸다. 진작부터 호기심을 갖고 있긴 했지만 감히 접근할 수 없었던 그날 밤의 음주는 난생처음이었다.

드디어 외삼촌으로부터 돌아가도 좋다는 허락이 떨어졌다. 허둥지둥 밖으로 나서자, 툇마루 아래에서 나를 기다리고 있던 누룽지가 뒤따라나섰다. 난생처음 술을 마셨던 그날 밤, 내가 할 수 있었던 충동적인 방만은 이대로 곧장 집으로 돌아갈 수는 없다는 것이었다. 나는 고삐 풀린 망아지처럼 마을 앞뒤의 들녘을 무작정 배회하기 시작했다. 하늘엔 달이 떠 있었고, 사위는 언젠가처럼 소리가 눈으로 보일 정도로 고요했다. 누룽지가 네발로 잔설의 표피를 사각사각 튀기며 뒤따라오는 소리가 명료했다.

나는 어느새 방천둑 위에 당도해 있었다. 방천둑의 북쪽 벼랑 끝에 외롭게 서 있는 자작나무 한 그루가 바라보였다. 눈처럼 하얀 껍질을 가지고 있는 자작나무는 미루나무처럼 한 해마다 눈에 띄도록 무럭무럭 자라나지는 않았으나, 언제나 벼랑 끝에 꿇어앉은 모습으로 단호하게 서 있었다. 단호한 모습으로 서 있는 것은 유독 자작나무뿐만 아니었다. 마을 어귀에 있는 느티나무와 봇도랑의 둑을 따라 띄엄띄엄 늘어선 미루나무들도 겨울의 삭풍을 견디며 버텨나가기는 마찬가지였다.

그러나 오래도록 내 시선을 끌지 못했던 꿇어앉은 자작나무 한 그루가 그곳에 서 있었다는 사실이 신기했다. 언젠가 마을 사람들이 그 나무의 밑둥치에 구멍을 내고 깔때기를 꽂아 수액을 받아가곤 하였다. 그것이 뇌리에 떠오르는 순간, 나는 아랫배의 방광이 터져나갈 듯 팽창되어 있다는 것을 깨달았다. 배꼽노리를 손가락으로 누르면 오줌이 저절로 흘러나올 것 같았다. 나는 바지 단추를 끌러 그것을 꺼낸 다음, 자작나무 그루터기를 조준하고 시원스럽게 방뇨를 한 뒤 바지를 추슬러 가다듬었다. 그리고 두 손을 깔때기처럼 만들어 입에 댄 다음, 마을 쪽을 향해 목청껏 소리질렀다.

"이 새끼들아, 우리 아부지가 인제 온다 카이."

아버지가 집으로 돌아오게 되었다는 사실보다 나도 욕설을 할 수 있게 되었다는 것을 사람들이 알게 되기를 바라면서 가슴이 터져라 하고 내지른 소리였다. 몇 번인가 연거푸 소리를 지르고 난 다음에야 뱃속이 허전해지면서 추위가 느껴지기 시작했다.

집으로 돌아왔을 때, 어머니는 호영이를 안고 곤하게 잠들어 있었다. 창범이네가 혼자 재봉틀을 돌리고 있다가 한밤중에 쏘다니고 있는 나를 꾸짖었다. 창범이네는 호영이에게 입힐 옷을 마름질하고 있었다. 나는 도장방으로 들어가 몸을 뉘었다. 피곤이 뼛속까지 스며드는 것이 선명하게 느껴졌다. 살점 속으로 아지랑이 무늬 같은 피곤이 저며드는 그토록 달콤한 잠을 자보기도 그날 밤이 처음처럼 생각되었다.

이튿날부터 어머니는 또다시 아버지를 맞이할 준비에 골똘하기 시작했다. 어머니가 처음으로 시도한 것은 안방의 벽지를 새로 바르는 일이었다. 창범이네와 읍내로 나갔던 어머니는 엷은 분홍색 바탕에 민들레 꽃잎들이 연쇄적으로 박혀 있는 벽지를 사들고 돌아왔다. 두 여자는 그 벽지를 머리에 이고 마을 한길 한가운데를 도도한 걸음으로 가로질러 집에 당도한 것이었다.

도배는 이튿날부터 착수되었다. 내가 벽지에 골고루 풀칠을 해주면, 어머니는 호영이를 업은 채 풀먹은 벽지의 양 귀퉁이를 들고 누렇게 변색된 헌 벽지 위를 덧발라나가는 작업이었다. 방안은 시큼한 풀 비린내로 가득찼고, 어머니가 허리를 굽힐 때마다 압박감을 느낀 호영이는 칭얼거렸다. 헌 벽지는 오랫동안 방치되어 왔던 먼지와 땟국, 그리고 그을음까지 묻어 검회색을 띠고 있었다. 그 위로 새로운 벽지가 한 장 한 장 덧씌워질 때마다, 방안은 햇살이 비치는 물속처럼 명암의 감도가 급속도로 바뀌어갔다. 그러나 풀물에 젖은 벽지를 서투르게 다루다가 망가뜨린 적도 많았다. 마을에는 이런 궂은일을 도맡아 해주는 도배공이 있었지만, 어머니에겐 남의 일손을 빌릴 속셈은 전혀 없어 보였다. 그래서 하루의 공정을 마치고 난 뒤에도 새로운 벽지는 태반이나 남아 있었다.

그러나 담장을 고치는 일만은 남의 일손을 빌려야 했다. 내가 옆집 남자를 찾아간 것은 그 때문이었다. 정미소를 찾아갔을 때, 그는 일꾼들이 쓰는 봉놋방에서 화투를 치고 있었다. 내가 찾아왔다는 낌새를 알아챈 그는 고무신을 끌고 정미소 문 앞까지 걸어나왔다.

"이 추운데 니가 무슨 일로 찾아왔노?"

"어무이가 집 축담 고쳐줄 일꾼들을 수배해달라 하시데요."

우리는 누가 먼저랄 것도 없이 햇살이 잘 드는 정미소 모퉁이 쪽으로 비켜섰다.

"너그 어무이가 내한테 가서 부탁하라 카시드나?"

"예."

옆집 남자는 바지주머니에서 담배를 꺼내 입에 물었다. 문득 그의 기색이 지난날처럼 호의적이지 않다는 것을 깨달았지만, 나는 오만하고 무뚝뚝한 얼굴로 서 있었다. 옆집 남자는 꺼낸 담배에 불을 댕겨 연기를 두어 모금 빨아들이는가 했는데, 금방 아래로 떨구어 발로 비벼 꺼버렸다. 시간이 흘러갈수록 탐탁잖아하는 기색이 얼굴 전체로 선명하게 번지고 있었다. 항상 그랬듯이 팔짱 끼고 정미소 앞의 한길을 물끄러미 바라보고 있던 그는 침울한 목소리로 중얼거렸다.

"며칠 지나지 않아서 너그 아부지가 집으로 돌아오실 긴데…… 돌아오시면 그런 일이야 너그 아부지가 척척 알아서 처리하실 긴데, 나를 왜 찾는지 모를 일이대이."

우리집에 관한 일인 이상, 옆집 남자가 그처럼 개운찮아하는 반응을 보이긴 처음이었다. 어머니가 보여준 냉소적 대응이나 수모에 가까운 무관심에도 불구하고, 그는 허세 섞인 넉살까지 동원해서 우리들에게 우호적이려 애써왔었다. 어머니의 반응이 냉담하면 할수록 막무가내로 고충을 덜어주는 일을 두려워한 적이 없었다. 더불어 그는 아버지가 집으로 돌아오지 못하고 있는 것을 가장 안타깝게 여겨온 유일한 사람이었고, 어머니의 스산한 속내를 마음속으로부터 동정해왔던 장본인이었다. 그런데 바로 그가 드디어 아버지를 헐뜯고 있었다.

"니한테 이런 말 해서 타박 들을지는 모르겠지만, 객지에 나가서 떠돌이 생활로 동가식서가숙하던 사람이 설혹 집으로 돌아온다 캐서 지 버릇 개한테 던져주겠나. 또 무슨 사단을 벌이고 가정을 시끄럽게 만들지 모르제…… 니한테는 섭섭하게 들리겠지만, 너그 아부지가 발소리 크게 울려가며 돌아올 처지는 아이란 걸 알고 있는지 모르겠다. 길안에 살고 있는 너그 외삼촌한테 너그 아부지 거처를 통기해 준 사람이 너그 어무이라?"

"그거는 잘 모르겠습니더."

"참, 이상한 일이대이. 육 년 동안이나 집에는 한마디 통기도 없이 타관으로 싸돌아댕기면서 제멋대로 살던 사람을 왜 불러들이는지 알 수 없대이. 이기 뭔가 잘못된 기라. 너그 외삼촌이 우째 알았는지 참말로 모르겠나?"

"지는 잘 모르겠습니더."

그것보다 그의 태도가 돌변한 까닭을 알 수 없었다. 내가 어머니를 증오했던 것처럼 그도 엉뚱하게 아버지에 대한 증오를 키우고 있었던 것일까. 그렇다면, 그동안 어머니와 나에게 보여주었던 호의와 배려는 어디서 비롯되었던 것일까.

나는 옆집 남자의 대답을 기다릴 것도 없이 정미소 앞을 벗어나 한길로 나서고 말았다. 뒷덜미가 걷어챈 듯이 까닭 없이 화끈거렸다. 뿌옇게 눈앞이 흐려왔다. 가슴이 뻥 뚫린 것 같았고, 공연한 죄책감 같은 것이 느껴졌다. 눈물이 흥건히 고였다가 뜨겁게 볼을 타고 송진처럼 흘러내렸다. 물론 그의 냉담했던 대답을 그대로 전달하지 않았지만, 거절당했다는 얘기를 귀담아듣던 어머니의 태도 역시 이해할 수 없는 것이 많았다. 어머니의 안색이 변하는 것을 발견할 수 없었고, 비난도 하지 않았다. 응당 그러려니 하는 눈치였다. 대신 창범이네가 나서서 막일꾼을 수소문하고 다녀야 했다.

담장을 보수하는 가역이 시작되면서 아버지를 맞이할 준비로 우리집은 어수선해지기 시작했다. 그런 와중에서도 나는 옆집 남자가 무심코 흘렸던 한마디를 되씹어보았다. 살붙이들끼리였는데도 불구하고 어머니와는 해묵은 숙혐이라도 있는 사이처럼 단호하게 교류를 끊고 지내던 외삼촌에게 아버지의 거처를 연락하고, 그 아버지를 집으로까지 불러들이게 만든 파격적인 발상과 명분을 만들어준 장본인은 도대체 누구였을까. 그 사람을 어머니로 지목하기에는 어머니가 가진 현실적 단서들이 너무나 빈약했다. 어머니가 육 년이란 긴 세월 동안 고통이 오히려 황홀스러웠을 만치 아버지를 기다려온 것은 사실이었다. 그러나 그 기다림은 아버지가 자신의 삶을 망쳐가는 데 걸리는 시간을 지켜보는 것에 불과한 가치밖에 없었다는 것을 가장 잘 알고 있는 사람은 바로 나였다. 그러나 무덤 속에서 꺼낸 토기의 때깔로 지난 사람들의 삶의 무늬들을 손색없이 유추해내는 어른들의 지혜와 정곡을 찌르는 추리력 같은 것이 내겐 없었다. 조팝나무에 싹이 트는 계절은 언제이며, 가슴을 데워 몸을 비틀어 호들갑스러운 소리를 내는 버들 호드기는 언제 꺾는 것일까. 그런 따위의 몽환적 분위기에만 젖어 있던 내가 그 장본인을 찾아낼 수 있는 현실적 자질을 갖추고 있지는 못했다. 그래서 그것은 눈밭 위에 찍혀 있는 이름 모를 사람의 발자국과 같은 것이었다. 엄연히 존재하고 있었으나 누구의 것인지는 알 수 없는.

밤이 되면, 어머니는 요사이 와서 갑자기 앙탈이 심해진 호영이를 업은 채로 재봉틀 앞에 앉았다. 아버지의 옷을 짓는 일만은 창범이네에게 맡겨두고 싶지 않았기 때문이었다. 심사가 뒤틀린 창범이네가 딴죽을 걸고 들어도 전혀 귀담아들으려 하지 않았다. 오랜만에 장독 뚜껑을 열어 해바라기를 시키고 장맛을 보아 짜고 싱거운 것을 꼼꼼하게 점검하였다. 그러나 어머니가 기다리는 조바심의 부피만치 아버지는 진작 모습을 드러내지 않고 있었다. 그런데도 어머니는 나에게 조바심에 쫓기고 있는 심사를 내색하지 않았다.

어머니의 태연자약을 가장한 모습은 저수지의 수면 위를 유유자적으로 떠다니는 물오리들의 모습과 비교할 수 있었다. 물오리들의 유영이 겉으로 보기엔 수면 위를 미끄러지듯 세련되어 보일지는 모르지만, 겉으로 드러난 그런 평화로운 모습과는 딴판으로 물속에 담가둔 물갈퀴만은 몸서리치는 허우적거림을 촌각인들 멈추지 말아야 할 것이었다.

어머니의 남모를 속앓이는 옆집 남자도 앓고 있는 것처럼 보였다. 허물어진 담장을 고치고 그 위로 이엉까지 올려쌓기 시작하자, 우리집 툇마루에 올라서면 그 안마당까지도 훤히 들여다보이던 옆집의 내밀한 풍경이 야금야금 시야에서 가려지기 시작했다. 아버지만 집으로 돌아오면, 그나마 마지막 남은 이웃과도 완벽하게 인연을 단절하고 살아도 거리낌이 없다는 어머니의 의지가 그

담장의 높이에서 결연하게 드러나고 있었다.

옆집 남자가 그의 집 앞에서 내가 나타나기를 기다리고 있었던 것은, 담장 손질이 끝나갈 무렵이었다. 그는 나를 자기 집 안방으로 불러앉히었다.

"내가 이런 말을 물어서 될랑가 모르겠다마는…… 너그 아부지 언제 오신다 카드노?"

"잘 모르겠심더."

"니로 말하면 엄연한 너그 집 장손인데, 모른다 카는 기 말이 되나? 너그 어무이가 니를 불러앉히고 알아듣도록 세세하게 이바구를 안 했을 택이 없을 긴데?"

"어무이한테 세세한 이야기를 못 들었심더."

옆집 남자는 의구심이 가득한 시선으로 나를 노려보았다. 그 눈초리에는 지금까지는 전혀 볼 수 없었던 적의까지 담겨 있었다. 나는 벽에 걸려 있는 액자에 빼곡하게 끼워져 있는 가족들의 흑백사진을 물끄러미 쳐다보는 것으로 그의 가파른 시선을 애써 외면하고 있었다. 그러나 나의 그런 방만한 태도가 애초부터 불편했던 옆집 남자의 심기를 더욱 부채질한 것이 틀림없었다. 그는 우정 목소리를 가다듬으며 다그치고 들었다.

"너그 어무이 성품이 매정하다 카는 거는 내가 진작부터 알고 있었지만, 자식에게 해야 할 도리까지 저버리는 사람인 줄은 몰랐다. 너그 아부지가 돌아오게 된 사실을 니한테 귀띔 안 했다 카면,

부모로서 할 도리를 저버리는 처사가 아이가."

액자 속에 담겨 있는 많은 인물들은, 거개가 푸석푸석한 머릿결과 수척한 몸매에도 불구하고 누가 매질을 해가며 다그친 것처럼 어색한 웃음들을 짓고 있었다. 그리고 단체사진의 뒷줄에 서 있는 사람들은 한결같이 앞줄에 앉아 있는 사람들의 어깨에 손을 얹어놓고 있었다. 가족이나 혹은 친척 간의 우의나 연대감이 돈독하다는 것을 아슬아슬하게 유지하려는 노력이 역력하게 느껴지도록 만들어 촬영한 사진들처럼 보였다. 그런데 저토록 웃고 있는 가족들은 모두 어디에 있는 것일까. 특히 옆집 남자의 아내로 보이는 여자를 나는 몇 번인가 본 기억은 있었지만 스쳐보기만 했을 뿐 정면으로 마주친다거나 얘기를 나눠본 기억은 없었다. 물론 어머니와도 소원한 관계를 유지했던 여자였다. 이제 나는 저토록 어색한 웃음을 짓는 사람들과는 인연을 갖지 않는 별세계로 진입하는 찰나에 있는지도 몰랐다.

"너그 외삼촌이 왔을 때, 다잡고 물어볼 걸 내가 잘못했다. 남의 제사에 감 놔라 배 놔라 굴러간다 주워놔라 한다는 기 무불간섭이라 카는 긴데, 그렇게 되면 너그 외삼촌이 혹간 나를 곡해할 수도 있겠다 싶어서 입술이 간질간질하는 거를 꾹 참고 있었던 기 잘못이었다는 기 지금 와서 판명나뿌렀다마는, 그기 무슨 큰 비밀이라꼬 장손인 니한테조차 아서라 하고 있는지 그 속내를 모르겠다. 니 참말로 모르나? 정 그렇다면, 나도 방도가 없지는 않다."

옆집 남자가 일깨워준 그 방도라는 것을 나는 어렴풋하게 짐작하고 있었다. 그것은 어머니와 거의 생활을 같이하고 있는 창범이네를 설복하여 아버지에 대한 정보를 얻어내려는 속셈이었다. 그러나 내겐 어설프게 보이는 그런 계략을 짜낸다 하더라도 별다른 효험이 있을 것 같지는 않았다. 하지만 그 한마디가 내 호기심을 자극하기에는 충분했다. 왜냐하면, 아버지가 언제 나타나는 것인지 창자가 뒤틀릴 정도로 궁금한 것은 나도 마찬가지였기 때문이었다. 옆집 남자를 주목한다면, 손쉽게 내막을 알 수 있겠다는 기대는 나를 흥분시켰다. 나를 잡고 집요하게 파고들어보았자 별 소득이 없다는 것을 알아챈 옆집 남자는 나를 놓아주었고, 그로부터 놓여난 나는 창범이네를 관찰하기 시작했다.

그날 밤 창범이네는 자정을 넘기고서야 명주목도리로 목덜미를 감고 우리집을 나섰다. 다행스럽게도 창범이네가 자리를 털고 일어날 때는 피곤에 지친 어머니가 호영이를 업은 채로 아랫목에 엎드려 잠들어 있었다. 곤하게 잠든 어머니를 깨우기 안쓰러웠던 창범이네가 도장방 문을 살짝 열고 내게 나지막한 목소리로 작별인사를 했다. 잠시 후 시치미를 잡아떼고 있던 나는 도장방을 나와 부엌으로 나섰다. 그리고 막 골목 밖으로 나서는 창범이네를 뒤좇았다. 이제 우리집 툇마루에선 볼 수 없게 된 옆집도 불이 꺼져 있었다.

골목길로 들어선 창범이네는 옆도 돌아보지 않고 종종걸음으로 한길 쪽으로 걸어갔다. 그 여자의 집은 한길을 건너가서 바라보이는 긴 골목길 안쪽에 자리잡고 있었다. 그러나 창범이네는 한길과 마주치는 공터 앞에서 별안간 걸음을 멈추었다. 그리고 뒤집어쓴 수건을 살짝 들치고 사위를 돌아보았다. 내왕이 부산하던 한길 근처라 하더라도 그 시각에 인적이 있을 턱이 없었다.

창범이네가 왔던 길로 다시 발길을 돌린 것은 그때였다. 그리고 남의 집 두엄더미 뒤에 몸을 숨긴 나를 전혀 눈치채지 못하고 우리 집 쪽을 겨냥하고 종종걸음을 치기 시작했다. 그러나 내가 짐작하고 있었던 대로 창범이네가 찾아간 곳은 옆집이었다. 하지만 옆집으로 들어가는 방법만큼은 내가 예측할 수 있던 것이 아니었다. 창범이네는 그 집 앞에 이르자, 또다시 걸음을 멈추고 촉각을 곤두세워 집 안팎의 기척을 살피기 시작했다. 그리고 까치걸음으로 얄기죽얄기죽 걸어서 툇마루로 올라선 다음, 서둘러 신발을 챙겨 치마 속에 감추었다. 창범이네가 신발까지 챙겨들고 방으로 들어갔는데도 안에서 불이 켜지지 않았던 것은 물론이었고, 도대체 알은체하는 사람의 기척이 없었다. 그러고 보면, 방문도 잠그지 않았다는 것이 판명된 셈이었다. 사람이 없는 빈집으로 들어간 것일까. 그런 의구심이 날 정도로 집안에서는 전혀 기척을 느낄 수 없었다.

더욱더 수상한 것은 툇마루 밑을 지키고 있던 누룽지의 태도였다. 창범이네가 뜰에서부터 툇마루 위로 올라설 때까지 짖지 않았던 것은 물론이었고, 알은체조차 않던 누룽지가 창범이네가 문을 열고 연기처럼 방안으로 사라지는 순간, 툇마루 아래로부터 기어나와 꼬리를 몇 번 살랑살랑 흔들다간 다시 툇마루 아래로 기어들었다.

어머니를 사이에 두고 이루어지는 그들의 은밀한 만남이 그토록 비밀스러워야 하는 것인지 알 수 없는 일이었다. 창범이네가 방으로 들어가서 한동안이 지났는데도 역시 불은 켜지지 않았고, 수작을 주고받는 소리도 없었다. 그러나 뭔가 몹시 서두르는 듯한 사람의 움직임을 예상할 수 있는 소리가 들려오기 시작했다. 옷을 벗는 소리일 수도 있었고, 입는 소리일 수도 있었다. 뒤이어 가파르게 몰아쉬는 숨소리까지 들려왔다. 그로써 나는 창범이네가 방으로 들어가기 전에 방안에는 사람이 있었다는 것을 알아챌 수 있었다. 몰아쉬는 숨소리는 점점 거칠어졌고, 살과 살이 서로 맞닿아 부딪치고 감겼다가 풀어지는 소리가 낭자해지기 시작했다. 그때에야 나는 방안에서 어떤 일이 벌어지고 있는지 짐작할 수 있었다.

나는 툇마루 아래 몸을 숨기고 앉아 누룽지의 목덜미를 힘껏 끌어안았다. 내 정수리와 맞닿아 있는 툇마루의 널빤지가 삐그덕거리기 시작했다. 뿐만 아니었다. 방 문고리도 딸그닥거리며 흔들리고 있는 것 같았다. 그렇다면 툇마루뿐만 아니라, 이 집 전체가 흔들리고 있을지도 모른다는 위기감이 뇌리를 스쳤다. 그 순간, 나는 몸을 날리듯 잽싸게 툇마루 밑에서 기어나왔다. 그리고 집 전체의 모습이 바라보일 수 있을 만큼 뜰 저쪽으로 멀찌감치 비켜나 뒤돌아보았다. 그때 방안에서 두런두런 말소리가 들려오기 시작했다. 나는 다시 툇마루 아래로 기어들었다.

"내가 이런 쓸데없는 간섭을 해서 될랑가 모르겠지만, 오늘 세영이를 만난 김에 붙잡고 물어봐도 그 자슥아는 지 애비가 언제 집으로 돌아오는지 그것도 모르고 있데?"

"그런 일을 세상 물정도 어두운 아들한테까지 세세하게 말하겠습니껴."

"세상 물정에 밝은 니는 세세한 내막을 알고 있겠네?"

"그 새침데기가 지 혼자만 알고 있지 내한테 말하겠습니껴."

"그기 무슨 큰 비밀이라꼬 니한테까지 일언반구도 없다 말이가?"

"자식새끼한테도 말 않는 일을 내한테 말하겠습니껴. 궁금하거든 이녁이 직접 가서 물어보든가 안 그러면 고만 잊어뿌이소. 세영이 아부지가 돌아오면 왔지, 이녁이 그렇게 기를 쓰고 오는 날짜를 손꼽아서 얻다 쓸라 캅니껴. 여편네도 있고 자식새끼도 있는데 이녁이 읍내까지 마중이라도 나갈라 캅니껴?"

"내가 마중까지 나갈 건 없지만, 명색이 이웃사촌인데 알 건 알아야 속 시원할 기 아이가. 내가 그 사람하고는 죽마고우 아이가."

"그런 엉뚱한 말 하지 마소. 내가 이녁의 속셈을 모르는 줄 아니껴."

"그기 무슨 귀신 씻나락 까먹는 소리로?"

"꼭 떠먹이듯이 말해야 되겠습니꺼?"

"말문을 열었으면 속시원하게 털어놔뿌러야제, 입안에 넣고 우물거리며 벙어리 냉가슴 앓듯 하다보면, 지도 모르는 사이에 화병된다 카는 거 모르나?"

"참말로 말할까요?"

"어허, 말하라 카이. 칼을 뽑았으면 내리쳐야지 쳐들고 변죽만 울리면 죽도 밥도 안 된다."

"이녁이 저 새침데기에게 눈독을 들이고 군침을 껄떡거린 지가 햇수로도 여러 해째가 된다 카는 걸 내가 모르는 줄 아니꺼?"

"아이고, 생사람 잡네. 마른하늘에 이게 웬 날벼락이로…… 니도 알다시피 내가 여편네는 있다 카지만 가정형편상 홀애비나 다름없이 살아가는 처지이고, 또 생활이 그렇다보이 색이라면 회가 동하는 것도 사실이다. 그러나 내 생활이 개차반이라 카더라도 언감생심 죽마고우라 카는 친구 마누라한테 눈독을 들이고 있는 시러베아들 같은 놈은 아이다. 니하고 내하고 이렇게 홀딱 벗고 누워서 그런 생사람 잡는 이바구를 해서 되겠나?"

"온 동네에 소문이 파다한데 시치미 잡아떼는 소리는 하지도 마소. 아이 땐 굴뚝에서 연기 나는 거 봤습니꺼? 근본 없는 일이 벌어진 걸 본 일이 있으면 있다 카이소. 속시원하게 털어놓을 사람은 내가 아이고 바로 이녁입니더."

"길안댁이 서방 한 놈 잘못 둔 죄로 몇 년 동안이나 생과부로 살아가는 꼴이 바로 곁에서 바라보기에 안슬퍼서, 이웃간에 돌봐줄 일이 있으면 남의 눈총 염두에 두지 않고 나섰더이 이런 억울한 소리 듣게 되었다는 거만 알고 있그라."

"억울하기는 뭐가 억울합니꺼. 아이, 손 저리 치우소."

"또 앙탈 부린다. 뜨끈뜨끈한 거 좀 만져보면 안 되나."

"거짓말 자꾸 하면, 나도 정신 채리고 인제는 안 올랍니더."

"바른말하면 오고?"

"날 속이고 딴마음 먹으면 안 올랍니더. 믿는 구석이 있어야 출입을 하제요. 혼자 사는 여자라면 되든 안 되든 한번 찔러보는 기 이녁의 행사가 아입니꺼."

툇마루 아래이긴 했지만, 나는 두 사람이 방안에서 나누는 대화를 한마디도 빠뜨리지 않고 죄다 챙겨들었다. 그럴 수 있었던 것은 창범이네가 가는 귀가 먹어 두 사람이 그들 자신도 모르게 목청을 돋운 때문이었다.

그러나 가장 실망스러웠던 것은, 내 앞에선 나를 우리집 장손이라고 치켜세우기를 즐겨 했던 옆집 남자가 창범이네와 얘기를 나눌 적에는 그 자슥아로 폄훼하고 있다는 것이었다. 더욱이나 길안댁이란 엄연한 택호가 있음에도 불구하고 창범이네까지 어머니를 새침데기라는 별호로 부르고 있다는 것에 배신감조차 느껴졌다. 그즈음 내가 갖고 있던 어머니에 대한 적의에도 불구하고 이런 사실은 어머니가 깨닫고 있어야 한다고 생각했다. 그러나 그런 놀라운 내막을 고자질한들 어머니가 곧이곧대로 믿어줄 것 같지 않았다. 옆집 툇마루 밑에 숨어서 엿들은 사실들이라면, 어머니는 믿기는커녕 회초리부터 갖고 오라는 분부를 내릴 것을 나는 잘 알고 있기 때문이었다.

이튿날도 창범이네는 아침 일찍 우리집으로 달려왔다. 그러나 지난밤의 흔적 따위는 상상조차 할 수 없으리만큼 말짱한 얼굴이었다.

그로부터 사흘이 지난 날 오후, 어머니는 옷을 갈아입기 시작했다. 그날은 즐겨 입던 소복이 아닌 물색 옷이었다. 그러나 옷매무시를 여러 번 살펴 입는 어머니의 손놀림에서 나는 드디어 아버지의 그림자를 읽었다. 그리고 정갈하게 씻어서 툇마루에 가지런하게 놓아 해바라기를 시켰던 흰 고무신을 신으며, 항상 그래왔듯이 나를 불러 앞장세웠다. 집 앞 골목길을 벗어난 곳에 이르러서야 어머니의 나지막한 한마디가 귓전에 들려왔다.

"오늘이 너그 아부지가 오시는 날이다."

그러고는 읍내에 당도할 때까지 더이상 입을 열지 않았다.

어머니는 눈길 속이기 때문에 더욱 하얗게 돋보이는 고무신이 진흙에 더럽혀지지 않도록 마른자리를 골라 걸음을 옮겨놓는 일에 열중하고 있었다. 그런데 이상하게 어머니에게 뭔가를 고백하고 싶다는 욕구가 가슴을 치받기 시작했다. 전혀 예비되지 않았던 그런 욕구가 어디서 비롯되었는지 알 수 없었다. 사흘 전에 훔쳐보았던 옆집 남자와 창범이네의 일을 차제에 직토할 수도 있었고, 누룽지가 수탉의 멱을 물어 죽였다고 고백할 수도 있었다. 심지어는 삼례의 대구 주소를 담벼락 구멍에 숨겨놓았다는 사실도 아낌없이 털어놓을 결심까지 하게 되었다. 그러나 마을을 나서서 읍내에 당도할 때까지 조금의 틈도 없이 유지되었던 어머니의 삼엄한 침묵이 끝내 말문을 가로막고 말았다.

우리 마을에서 읍내로 들어서는 초입에 자리잡았던 건어물가게 앞에서 어머니는 드디어 걸음을 멈추었다. 그리고 살가죽에 장바닥 먼지가 뽀얗게 앉은 홍어 한 마리를 샀다. 홍어에 묻은 먼지를 알뜰하게 털어낸 다음, 가지고 간 보자기에 싸들었다. 그리고 찾아간 곳이 읍내 서쪽 끝에 자리잡은 정류장이었다. 우리는 그 썰렁한 정류장에서 읍내로 들어오는 마지막 버스가 도착하기를 기다렸다.

읍내 한가운데를 관통하고 있는 한길에는 희붐한 저녁 이내가 깔리고 있었다. 춥고 을씨년스러웠다. 우리 두 사람의 시선은 오래전부터 마지막 버스가 모습을 드러낼 한길의 동쪽에 고정되어 있었다. 오한에 시달림을 받고 있던 나는 조금씩 떨기 시작했다. 아버지를 만나면, 지금은 바지주머니에 찔러넣고 있는 내 두 손을 어떻게 할까. 뒷짐을 질까, 아니면 배꼽노리 아래로 늘어뜨리고 서 있어야 하는 것일까, 아니면 허리춤에다 꽂고 있을까. 아버지를 만나는 의식을 치르는 일 중에서 가장 거치적거리고 거북한 것이 바로 두 손이라고 생각하며 나는 안절부절못했다. 그러나 미동도 않고 서 있는 어머니의 양볼에는 희미하게 홍조가 피어나고 있었다. 버스가 다가오는 땅울림을 어머니는 벌써 듣고 있었던 것이다.

한길 저쪽으로부터 색 바랜 버스 한 대가 내키지 않는 듯 느릿느릿 다가오고 있었다. 정류장에 도착한 버스의 차창 속에는 열 명 남짓한 승객들이 타고 있었다. 하차하는 승객들에 끼여 아버지가 내린 것 같았다. 어머니는 떨리는 손으로 내 등을 밀며 침착한 목소리로 말했다.

"저분이 너그 아부지다. 가서 인사 올리그라."

어머니는 승강장으로 내려서고 있는 승객 중의 한 사람을 손짓으로 가리켰다. 머뭇거리고 있는 내게 어머니는 다시 한번 다그쳤다. 나는 이상하게 내키지 않는 일이 바로 코앞에 닥친 것을 깨달았다. 어머니가 해야 할 일을 내가 대신한 적은 헤아릴 수 없을 만큼 많았다. 그런데 이 순간, 아버지께 인사드리는 일만은 너무나 거북해서 싫었다.

그렇지만 어머니의 분부였으므로 나는 어머니가 가리켜준 한 사내 앞으로 다가갔다. 그리고 신사복을 말쑥하게 차려입은 그에게 말없이 고개를 숙였다. 갑자기 코앞으로 바짝 다가서며 꾸벅 허리를 굽히는 나를 발견한 아버지는 일순 당황하는 눈치가 역력했다. 그러나 저만치 거리를 두고 서 있는 어머니를 발견한 뒤 떠나갔던 눈길은 다시 내게로 돌아왔다.

"세영이로구나."

아버지는 그렇게 말하고 손으로 내 정수리를 한번 쓰다듬었다. 바로 그 순간, 나는 왠지 눈뿌리가 시큰하면서 눈물이 쑥 터져나오는 것을 느꼈다. 아버지는 손에 들고 있던 작은 보퉁이를 내게 건네주었다. 그리고 미동도 않고 서 있는 어머니에게 다가가 몇 마디 주고받았다. 아버지가 다시 내게로 다가서며 말했다.

"가자."

아버지의 보퉁이를 건네받은 내가 선머리에 서고 네댓 발짝 뒤 떨어져서 아버지가 걷고 있었고, 그다음 대여섯 발짝 뒤를 어머니가 따라오는 이상한 구도의 일렬종대 행진은 그때부터 시작되었다.

2월 하순인데도 눈이 내리고 있었다. 해는 벌써 떨어지고 난 뒤였으나 쌓인 눈으로 사방은 훤하게 밝았고, 춥던 날씨도 포근해졌다. 평소에는 느낄 수 없었던 이상한 허기증으로 입안이 메말랐던 나는, 내리는 눈송이를 혓바닥을 내밀어 받아먹곤 하였다. 혓바닥으로 내려앉는 눈송이는 가을바람에 날리는 민들레 씨앗처럼 보였다. 더욱 갈증을 느꼈던 나는 윗도리 단추를 끌렀다. 가슴 위에도 민들레 씨앗은 내려앉고 있었다. 나는 어느새 민들레와 같이 허공을 날아가고 있었다. 나뿐이 아니었다. 내 뒤를 따라 아버지와 어머니도 나와 같이 민들레 씨앗을 타고 어디론가 날아가고 있었다. 우리 세 사람은 모두 두툼한 솜옷과 외투와 명주목도리 따위를 미련 없이 벗어던진 알몸이었다. 그러나 조금도 추위를 느낄 수 없었다. 따가운 햇살이 우리 세 사람의 몸을 감싸고 있었기 때문이었다.

그러나 이변이 일어났다. 따가운 햇살이 비치던 대지 위로 회색 구름이 몰려오기 시작했다. 그것과 함께 쾌적한 기류를 따라 날고 있던 우리 세 사람의 비행도 궤도를 잃고 뒤뚱거리기 시작했다. 나는 어머니의 발에 신겨 있던 유난히도 하얀 고무신 한 짝이 벗겨져 아득한 공간 속으로 떨어지는 것을 보았다. 아버지를 맞이할 날을 위해 예비되었던 그 하얀 고무신 한 짝이 벗겨져 달아나는 순간, 나는 소스라쳐 걸음을 멈추고 말았다.

그러나 나는 곧장 걸음을 빨리하기 시작했다. 아버지가 내 등뒤를 바짝 뒤따르는 것이 탐탁잖았기 때문이었다. 무엇보다 아버지가 내게 말을 건넬까봐 두려웠다. 읍내의 정류장에서 어머니의 분부를 거역할 수 없어 아버지께 인사를 올렸을 때의 당혹감을 뇌리에서 지울 수 없었다.

지난 초여름 우리집을 찾아왔던 그 사내와 아버지의 외양은 흡사 다식판으로 찍어놓은 듯 닮아 있었다. 정수리 한가운데를 정확하게 세로지른 가르마, 그리고 깡마른 얼굴에 윗입술 언저리를 펠 듯 겁없이 길게 뻗어내린 매부리코, 날카롭게 각진 턱과 좁은 이마, 사람을 적이 내려다볼수록 더욱 음험하게 느껴지는 눈길, 눈이 내리고 있는 한길가의 정경을 쉴새없이 두리번거리며 걷는 행동거지까지도 그 사내를 빼꽂은 듯 닮아 있었다. 지난해 우리집으로 찾아왔던 그 의문투성이의 사내에게 보여준 어머니의 호의적인 태도를 이해한 것은 그때였다. 그리고 내 몽환의 날개를 타고 나타났던 때와는 달리 아버지의 육신이 너무나 멀쩡하다는 것도 다행스러운 일이었다.

그런데도 마을 초입에 당도할 때까지 우리 세 사람이 균형 있게 나누어 가진 발걸음의 간격은 더이상 좁혀지지도 않았고, 넓혀지지도 않았다. 우리는 흡사 그 간격이 좁혀지나 넓혀지나를 시험해보기 위해 읍내에서 집까지 걸어온 사람들 같았다. 그러나 우리 세 사람이 집에 도착했을 때, 나는 어머니의 한 손에 씀바귀 한 줌이 들려 있는 것을 발견했다. 밭두렁 눈 틈에 파릇파릇 돋아난 것을 뜯어 얼음물에 헹구어 날로 먹던 씀바귀. 어머니는 우리 두 사람 뒤를 따라오면서 밭두렁을 만나면 씀바귀를 뜯었던 모양이었다.

아버지는 불이 환하게 켜진 방으로 거리낌 없이 들어가 좌정하였다. 아버지가 방으로 들어가 좌정한 뒤부터 어머니가 보여주는 태도는 딴판이었다. 어머니는 창범이네가 업고 있던 호영이를 건네받아 아버지에게 안겨주었다. 그리고 초례청으로 들어선 신부가 신랑에게 맞절을 올리듯 이마를 조아려 아버지께 재회의 인사를 올렸다. 배춧잎처럼 부푼 담청색 치마에 단이 짧은 흰 저고리를 받쳐입고 절을 올리는 어머니의 다소곳한 콧날은 고개를 숙일수록 더욱 선명하게 돋보였다.

어색한 표정을 짓는 아버지를 앉혀두고 어머니는 서둘러 부엌으로 나갔다. 반찬은 읍내로 나서기 전에 이미 조리를 해두었기 때문에 지어놓은 밥을 데우기만 하는 일이란 오래갈 것이 없었다. 정성을 쏟아 차린 저녁상을 아버지 앞에 놓아드린 어머니는 호영이를 다시 건네받았다. 밥상 위에 놓인 은수저를 손에 들며 아버지는 방 윗목에 꿇어앉아 있는 나를 턱짓으로 가리키며 난데없는 한마디를 던졌다.

"세영이 사팔눈은 아직 고치지 못했군."

귀에 젖도록 들어왔던 사투리의 억양이 씻은 듯 가신 그 말에 어머니는 달다 쓰다 대꾸가 없었다.

그러나 나는 화들짝 놀라고 말았다. 오랫동안 망각의 맨 가장자리에 남겨두고 잊어왔던 내 치부를 아버지의 한마디가 일깨워준 때문이었다. 그랬을까. 어머니가 부엌 문설주에 걸어두었던 말린 홍어가 가오리연으로 보였던 것은 그 때문이었을까. 성냥불에 비치는 삼례의 모습이 한 송이의 노란 두메양귀비로 보였던 것도 그 때문이었을까. 히말라야 산정에서 보았다고 믿고 있는 눈의 궁전도 그 때문이었을까. 옆집 남자가 목간통에서 연어를 잡아올리기를 기다렸던 것도 그 때문이었고, 정미소의 일꾼들이 회색 곰처럼 보였던 것도 그 때문이었는지 몰랐다. 그 모든 것보다 아버지의 모습이 지난해 우리집을 찾아왔던 사내의 외양과 너무나 흡사해 보이는 것은 사팔뜨기만 볼 수 있는 착시의 장난이었을까.

아버지의 한마디는 열네 살의 나이가 가지고 있는 모든 몽환의 날개를, 누룽지가 수탉의 날개를 요절내고 말았듯이 깡그리 물어 비틀어버리고 말았다. 나는 조용히 일어나 내 처소인 도장방으로 들어가 꼬부리고 누웠다. 나도 모르게 흘린 눈물이 볼을 적시고 있었다. 그리고 잠이 들었다.

잠이 깬 것은 이튿날 늦은 아침이었다. 아버지와 호영이는 아랫목에 잠들어 있었다. 아버지가 덮고 자는 이부자리에는 아버지와 나란히 꼬부리고 누웠다가 빠져나간 어머니의 흔적이 뚜렷하게 남아 있었다. 지난밤 정교한 의식이 치러졌을 그 이불 속에선 뭐라고 형언할 수 없는 그윽한 향기가 스며나고 있었다.

나는 아버지가 깨어나지 않도록 발뒤축을 들고 방을 가로질러 문을 열고 툇마루로 나섰다. 고개를 드는 순간, 금방 눈뿌리가 시려왔다. 간밤에 내린 눈으로 마을과 들녘은 온통 눈나라가 되어 있었고, 산기슭의 나무들에는 상고대가 때 이르게 핀 목련처럼 흐드러졌다. 뜰과 골목길과 새로 손질한 담장의 이엉 위로 눈 무더기가 누가 한 자루 쏟아붓고 자취를 감춘 듯 소복하게 쌓여 있었다.

아버지는 눈의 궁전에서 찾아온 눈의 사자인지도 몰랐다. 우연의 일치로 보기엔 너무나 많은 눈이 내려 있었다. 그때, 나는 골목길로부터 우리집 뜰을 가로질러 툇마루 아래에서 멈춘 외줄기 고무신 발자국을 보았다. 그러나 들어왔던 발자국이 집밖으로 나간 흔적은 없었다. 언젠가 이엉 속에 둥지를 튼 참새들을 잡을 적에 삼례가 즐겨 구사했던 부재증명이었다. 분명히 있었는데 신발을 돌려 신었으므로 없었던 것처럼 자취를 감추는 그 알량한 계략은 삼례만이 알고 있다고 믿었었는데 누가 또 알고 있었을까. 아무리 눈여겨 살펴보아도 나간 사람의 발자국은 발견할 수 없었다.

그제야 내 뒤통수를 치는 것이 있었다. 목젖이 뚝 떨어질 듯 놀란 나는 맨발인 채로 뒤뜰로 달려갔다. 그리고 나 혼자만 알고 있던 담구멍에 손을 디밀어넣었다. 그러나 구멍 속을 휘저어보아도 손에 만져지는 것은 아무것도 없었다. 읍내의 술집 여자가 눈썹 그리는 몽당연필로 끼적여주었던 삼례의 주소를 적은 쪽지가 거기엔 이미 없었다.

어머니는 내 모든 것을 속속들이 알고 있었고, 심지어 읍내의 그 술집 여자를 만나고 왔다는 것조차 진작부터 눈치채고 있었던 게 분명했다. 그리고 끝내는 아버지를 떠나기 위해 내게서 삼례를 훔쳐간 것이었다. 우리집으로 들어오는 것처럼 가장한 어머니의 신발자국은 두 번 다시는 집으로 돌아오지 않겠다는 어머니의 결연한 의지를 아버지가 아닌 내게 은밀하게 귀띔한 것이었다.

아버지가 집으로 돌아온 바로 이튿날, 어머니는 어째서 그런 결심을 하게 된 것일까. 어머니의 가슴속에 육 년 동안이나 간직되었던 아버지에 대한 환상이, 아침에 문을 열고 내다보았던 폭설로 말미암아 모두가 허상으로 침몰되어버린 것을 깨달았기 때문일까. 아버지의 환상을 잡았다고 생각했을 때, 놀랍게도 그것은 벽에 어른거리는 그림자에 불과했다는 것을 깨닫게 된 것일까. 어머니의 지순했던 자존심은 오히려 굴욕으로 손상되고 말았고, 슬픔에 찌들어가면서도 담금질해왔던 사랑의 열매도 한낱 허상이었다는 사실을 깨달았던 것일까. 그래서 어머니는 굴욕보다 더욱 격정적인 세상으로부터의 모험을 선택한 것일까.

그로써 어머니가 돌아오지 않을 것이란 확신은 명확해진 것이었지만, 나는 떠나간 어머니 때문에 절망적인 동요를 느끼지는 않았다. 아버지가 집으로 돌아올 수 있도록 주선하기 위해 외삼촌을 찾아갔던 삼례는 눈에 보이지 않고 있었지만 항상 어머니와 내 곁에 남아 있다는 것을 증명해왔던 것처럼, 나 역시 그 종이쪽지에 적혀 있는 주소를 이미 암기하고 있었기 때문이었다.

해설

나비가 되려는 홍어의 꿈

김화영(문학평론가)

"태백산 남쪽 막바지 기슭에 자리잡은 이 마을"에 폭설이 쏟아지던 어느 날 아침, 삯바느질로 연명하는 젊은 어머니와 열세 살 난 사내아이 세영, 이 두 사람의 "단출한 식구"는 잠에서 깨자 갈 곳 없이 떠돌던 열여섯 살짜리 "낯선 계집아이" 하나가 밤새 자기네 집 부엌으로 숨어든 것을 발견한다. "반들거리는 눈"에 "당찬 성깔과 넉살"이 만만치 않은 이 아이를 어머니는 하는 수 없이 집안에 거두어 한식구로 삼고 삼례라는 이름을 지어준다.

옆집 남자가 아들아이 세영에게 들려준 이야기에 따르면 '홍어'라는 별명을 가진 아버지는 읍내의 주막 춘일옥 부인네하고 불미스런 일을 저지르고 도망친 후 여러 해 동안 소식이 없다고 한다. 어머니는 돌아올 기약 없는 아버지를 기다리며 말없이 긴 겨울을 견딘다.

몽유병과 연날리기와 새잡기와 한밤중의 밀회 등 온갖 수상하고 신기한 행동으로 소년에게 "온 삭신이 옥죄어드는 듯한 섬뜩한 흡인력"을 행사하던 삼례는 겨울이 끝나가던 어느 날 마을 자전거포에서 일하던 청년과 사라져버린다. 그녀가 캐어다놓은 씀바귀 반 아름만 부엌 문설주에 파릇파릇하게 매달려 있다.

아버지가 떠난 지 육 년 후인 이듬해 봄날, 이 집으로 한 낯선 사내가 찾아와 결혼 후 종적을 감춘 삼례의 간 곳을 대라고 위협한다. 어머니가 돈을 주어 달래자 떠난 그는 가끔씩 마을 방천둑과 소택지 부근을 배회하곤 한다. 그러나 그 역시 여름이 되자 아주 사라진다.

12월, 옆집 남자는 삼례가 술집 색시가 되어 읍내에 나타났음을 귀띔한다. 눈 내린 밤, 혼자 읍내를 헤매다가 어느 술집에서 삼례를 찾아낸 세영은 여러 차례 그녀를 찾아가 만난다. 마침내 읍내로 나간 어머니가 삼례를 불러낸 다음, 그동안 아버지를 찾기 위하여 모아둔 고액의 돈을 쥐여주고 그녀를 멀리 떠나보낸다.

그후 어느 날, "흡사 삼례를 대신한 것처럼" 삼십대 초반의 젊은 여자가 갓난아이를 업고 찾아든다. 사흘을 묵고 난 뒤 그 여자는 차편을 알아본다고 읍내에 나간 뒤 "연기처럼 사라지고" 돌아오지 않는다. "겨울 눈 속이란 게 감당키 어려운 일들이 자주 일어"난다고 어머니는 말한다. 아버지가 떠난 날도 그랬다.

여인이 남기고 간 갓난아이가 소식 없는 남편의 소생임을 눈치 챈 어머니는 아이를 거두어 키운다. 세영은 난데없는 이복동생에게 쏟는 어머니의 관심과 정성에 일종의 배신감을 느낀다. 어린 호영에게 계란을 먹이기 위하여 일부러 사온 수탉이 자취를 감춘다. 이웃집 개 누룽지가 닭을 물어 죽인 것을 알면서도 그 사실을 어머니에게 숨기면서 세영은 '대리복수'의 쾌감을 맛본다. 그 결과 어머니는 이웃집 남자가 수탉을 잡아먹은 것으로 오해한다.

어머니의 채근에 못 이겨 수탉을 찾아 밤중에 마을을 돌아다니던 세영은 정미소에서 일하고 돌아온 이웃집 남자가 밤에 자기 집 부엌에서 혼자 "회색 곰"처럼 목욕하는 광경을 몰래 훔쳐보기도 하고 어머니의 바느질을 돕는 창범이네가 옆집 남자와 정을 통하고 있다는 사실도 알게 된다. 한편 삼례에 대한 그리움에 그는 읍내의 선술집을 찾아가 미스 민으로부터 대구 쪽으로 떠난 삼례의 주소를 얻어 뒤꼍 담 구멍 속에 숨겨놓는다.

어느 날 발길을 끊었던 세영의 외삼촌이 뜻밖에 찾아온다. 아버지가 돌아올 수 있도록 하기 위하여 삼례가 외삼촌을 찾아갔었고 외삼촌의 주선으로 어머니는 춘일옥 주인과 화해한 것이다. 2월 하순, 마침내 집을 떠나 있던 아버지가 돌아온다. 그러나 아버지가 돌아온 이튿날 아침, 잠에서 깬 세영은 "간밤에 내린 눈으로 마을과 들녘은 온통 눈나라가 되어 있었고" 그 오랜 세월 동안 아버지를 기다렸던 어머니가 숨겨둔 삼례의 주소쪽지를 지닌 채 사라지고 없다는 것을 발견한다. 어머니는 "아버지를 떠나기 위해 내게서 삼례를 훔쳐간 것"이라고 세영은 생각한다.

*

김주영의 초기 단편 「익는 산머루」에 뿌리를 두고 있는 장편소설 『홍어』는 작중화자인 동시에 등장인물인 '나' 세영의 성장소설의 형식을 취하고 있다. 그의 어린 눈에 비친 어머니, 삼례, 옆집 남자, 읍내의 술집여자들, 문득 찾아든 사내 '엘 콘도르', 낯선 삼십대 여자와 그녀가 남기고 간 어린 호영, 그리고 소설의 끝에 가서야 집으로 돌아오는 아버지, 이들 모두는 그에게 신기한 '발견'의 대상이고 또 대다수의 인물들은 삶의 비의를 드러내는 나름대로의 안내자들이기도 하다. 세영의 성장은 "깊은 잠에서 깨어나는" 고통스런 과정인 동시에 정적이고 내향적, 폐쇄적인 누에고치에서 껍질을 깨고 능동적, 외향적인 날개를 달고 생명의 춤과 비상으로 나아가는 과정으로 나타난다.

사실 소설의 도입부 약 열 페이지에 걸쳐서 지극히 인상적으로 서술되고 있는 폭설의 아침과 하얀 눈 속에 파묻힌 채 외부와 단절된 두메산골의 초가집 안방에서 잠이 깨는 "두 사람의 단출한 식구"는 그 흰색과 닫혀진 공간과 침묵, 그리고 고적함으로 인하여 누에고치 속의 번데기를 연상시킨다. 그들의 세계는 누에고치 속처럼 아늑한 만큼 고독하게 격리, 폐쇄된 공간이다.

"뒤척이며 밤을 새운 어머니의 자리옷은 옷고름 하나 흐트러진 데 없이 단정한 그대로"인 채 "조촐한 가난"을 인고하는 어머니는 이 누에고치를 영원히 닫혀진 보호의 세계로 지키고자 한다. "남편으로부터 외면당하고 있는 아내로서의 모멸감과 오 년 동안 홀로 스산한 집을 지키며 살아가는 여자로서의 고적감 외에 겉모습만 보면, 어머니의 생활은 그래서 별다른 고통이나 질곡을 겪고 있는 것 같지 않았다."

그러나 그 평화와 안식은 겉모습뿐인 평화요 중독된 안식이다. 세영은 마침내 그것은 삶이 아니라 '분묘 속의 은폐', 즉 죽음의 변형임을 깨닫기에 이른다. "어머니는 스스로 쌓아올린 작은 분묘 속에 몸을 숨기고 있는 꼴이었다. 그러나 사람들은 그 분묘의 존재를 확연하게 바라보고 있었다. 고치의 겉모양은 땅콩처럼 생겼지만, 그 속에는 땅콩 아닌 누에가 들어 있다는 것을 누구나 알고 있다." 땅콩이 아닌 누에는 잠에서 깨어나고 마침내 나비가 되어 날아오르고자 한다.

이런 인식과 비상에의 꿈에 이르는 과정에서 결정적인 역할을 담당하는 인물은 물론 삼례다. 그녀는 눈에 덮인 아침, 돌연 이 고요하게 밀폐된 세계 속에 난폭한 위반의 모습으로 출현하여 소년과 어머니의 삶을 송두리째 뒤흔들어놓는다. 우선 요란한 '코고는 소리'로 모자의 잠을 깨우는 그녀의 첫 등장은 어머니의 '비명'을 촉발한다. 비린내를 씻는 그의 목욕은 겉보기에는 이 폐쇄적 세계 속으로 편입되기 위한 일종의 세례의식이겠지만 오히려 세례를 받게 되는 쪽은 누에고치 속의 두 모자다.

그녀의 난데없는 출현은 소년의 "호기심의 뇌관에다 불을 댕길 충분한 폭발력"을 갖고 있다. 삼례는 그 자체가 '불량기'이며 '섬뜩한 흡인력'이며 '폭발물'이다. "간절하게 기다리는 마음이 없는 사람에겐 얼굴도 마주할 수 없다는 도도한 자태의 노란 두메양귀비꽃"인 그녀는 눈밭에서도 살아 있는 생명 그 자체다. "허연 엉덩이를 까내"리고 배설을 서슴지 않는 그녀는 반항이며 위반이며 해방이며 성의 유혹, 생명의 바람기다. 삼례는 요지부동의 격리된 세계에 이처럼 해방과 유혹의 바람을 몰고 온 유목민이며 떠돌이다. 그녀는 "몽환의 공간을 떠다니"며 생명의 춤을 춘다. 그녀는 가오리연을 날리기보다는 살아 있는 새를 잡는다. 그리하여 "폭설이 마을을 덮쳐 오랫동안 머물렀던 그해 겨울, 우리 마을에서 살아 있었던 사람은 삼례 한 사람뿐이었다".

그녀의 생명력과 위반의 유혹은 강한 전염성을 지닌다. "낯선 사람이라도 찾아왔으면 좋겠다는 기대"는 이리하여 삼례가 모자의 마음속에 드리우고 간 "길고 긴 그림자"가 된다. 과연 그녀가 사라진 뒤, 철저히 격리되어 있던 이 집으로 낯선 사내 '엘 콘도르'와 '삼십대 여인'과 '외삼촌'과 '아버지'가 차례로 찾아든다. 하얀 눈으로 상징된 고치의 단단한 껍질은 깨어졌다. "삼례는 드디어 어머니의 메마른 가슴속에 응고되어 있던 회한의 심지에 불을 댕긴 것이었다."

그녀가 발산하는 생명력의 강한 전염성은 결국 굳게 닫혀 있던 어머니의 가슴속에마저 존재론적 변화를 가져온다. 마침내 "삼례를 따라 떠나고 싶었"다는 어머니, "겨드랑이에 날개가 달려 있는" 어머니 역시 파릇파릇한 씀바귀를 남기고 집을 떠난다. 뒤에 남은 세영도 "종이쪽지에 적혀 있는" 삼례의 주소를 기억한다. 그러나 그 주소는 어느 낯선 붙박이 장소가 아니라 '떠남' 그 자체, '삶의 발견' 그 자체일 뿐이다.

그런데 아이로니컬하게도 김주영의 소설 『홍어』에 홍어는 없다. 소설의 시작과 더불어 홍어는 '사라지고 없는' 것이다. 게다가 없어진 홍어도 본래 살아 있는 홍어가 아니라 "언제나 부엌 문설주에 너부죽하게 꿰어 매달려 연기와 그을음을 뒤집어쓰고 있던" 말린 홍어, 즉 부재하는 아버지의 '별명'에 불과하다. 그것은 메마른 상징일 뿐이다. 중요한 것은 그 마른 홍어를 살아나게 하는 가슴속의 생명력이다. 이리하여 물속의 홍어는 차례로, 언 땅을 뚫고 솟아나는 씀바귀, 가오리연, 새, 나비로 상승하는 과정을 밟고 있다.

그러면 홍어는 대체 누가 먹었을까? 비린내를 풍기는 삼례가? 비린내를 풍기는 누렁이가? 어쩌면 그런 것은 중요하지 않을지도 모른다. 중요한 것은 이 소설이 존재하는 홍어가 아니라 '없어진' 홍어, '홍어의 부재'에 관한 이야기라는 사실이다. 말린 홍어가 비워놓은 자리, 그 결핍의 공간은 비로소 삶에 대한 치열한 욕망이 싹트는 자리이기 때문이다. 거기에는 한겨울의 씀바귀가 파릇파릇하게 살아나고, 지느러미를 파상으로 움직이며 유유히 소택지를 헤엄치고 싶은 홍어의 꿈, 하늘 높이 날고 싶은 가오리연의 꿈이 요동친다.

그 격정적인 꿈이 탕진되는 날, 그 홍어가 남긴 빈자리로 피폐한 아버지가 돌아오는 날, 고만한 나이면 앓게 되는 '몽유병'이, 이곳에 몸을 두고도 늘 저곳을 꿈꾸는 '사팔뜨기'가 치유되는 날, 소년은 마침내 어른이 되어, 또다른 아버지가 되기 위하여 집을 떠날 것이다. 그때 마른 홍어는 다시 문설주에 돌아와 매달리고 폭설이 쏟아지는 어느 날, 소설은 다시 시작될 것이다.

| 문학동네 한국문학전집 발간에 부쳐 |

한국문학의 '새로운 20년'을 향하여

문학동네가 창립 20주년을 맞아 '문학동네 한국문학전집'을 발간한다. 1993년 12월 출판사 간판을 내건 문학동네는 이듬해 창간한 계간 『문학동네』와 함께 지난 20년간 한국문학의 또다른 플랫폼이고자 했다. 특정 이념이나 편협한 논리를 넘어 다양한 문학적 입장들이 서로 소통하는 열린 공간이고자 했다. 특히 세기말 세기초에 출현하는 젊은 문학의 도전과 열정을 폭넓게 수용해 한국문학의 활력을 높이는 데 이바지하고자 했다.

돌아보면 세기말은 안팎으로 대전환기였다. 탈이념화를 중심으로 디지털 기반 정보화와 신자유주의 세계화가 서로 뒤엉켰다. 포스트 시대의 복잡성은 광범위하고 급격했다. 오래된 편견과 억압이 무너지는가 싶더니 도처에 새로운 차이와 경계가 생겨났다. 개인과 사회를 하나의 개념으로 묶어내기 힘든 형국이었다. 많은 시대가 겹쳐 있었고, 많은 사회가 명멸했다. 과잉과 결핍이 롤러코스터를 타고 전 지구적 일극 체제를 강화했다.

지난 20년간 문학을 둘러싼 환경은 호의적이지 않았다. 새삼스럽지만, 문학의 위기, 문학의 죽음은 언제나 현재진행형이다. 그래서 문학의 황금기는 언제나 과거에 존재한다. 시간의 주름을 펼치고 그 속에서 불멸의 성좌를 찾아내야 한다. 과거를 지금-여기로 호출하지 않고서는 현재에 대한 의미부여, 미래에 대한 상상은 불가능하다. 한 선각이 말했듯이, 미래 전망은 기억을 예언으로 승화하는 일이다. 과거를 재발견, 재정의하지 않고서는 더 나은 세상을 꿈꿀 수 없다. 문학동네가 한국문학전집을 새로 엮어내는 이유가 여기에 있다.

이번 전집은 몇 가지 특징을 갖는다. 먼저, 한글세대가 펴내는 한국문학전집이라는 것이다. 문학동네는 전후 한글세대를 중심으로 1990년대 이후 한국문학의 주요 생태계를 형성해왔다. 이번 전집은 지난 20년간 문학동네를 통해 독자와 만나온 한국문학의 빛나는 성취를 우선적으로 선정했다. 하지만 앞으로 세대와 장르 등 범위를 확대하면서 21세기 한국문학의 정전을 완성해나가고자 한다.

문학동네 한국문학전집의 두번째 특징은 이번 문학전집이 1990년대 이후 크게 달라진 문학 환경에 적극 대응해온 결과물이라는 것이다. 문학동네는 계간 『문학동네』의 풍성한 지면과 작가상, 소설상, 신인상, 대학소설상, 청소년문학상, 어린이문학상 등 다양한 발굴 채널을 통해 새로운 문학적 징후와 가능성을 실시간대로 포착하면서 문학의 영토를 확장하는 데 기여해왔다. 그래서 이번 전집을 21세기 한국문학의 집대성을 위한 의미 있는 출발이라고 해도 좋을 것이다.

셋째, 이번 전집에는 듬직한 동반자가 있다는 것이다. 김승옥, 박완서, 최인호, 김소진 등 작가별 문학전(선)집과 세계문학전집, 그리고 한국고전문학전집이 그것이다. 문학동네는 창립 초기부터 한국문학의 해외 진출을 위해 지속적인 노력을 기울여왔다. 문학동네 한국문학전집은 통상적으로 펴내는 작품집과 작가별 전(선)집과 함께 한국문학의 특수성을 세계문학의 보편성과 접목시키는 매개 역할을 수행해나갈 것이다.

새로운 한국문학전집을 펴내면서 '문학동네 20년'이 문학동네 자신의 역량만으로 이루어졌다고 자부하려는 것은 아니다. 문인, 문단, 출판계, 독서계의 성원과 격려가 없었다면 문학동네의 오늘은 불가능했을 것이다. 그러므로 오늘, 문학동네 성년식의 진정한 주인공은 문학인과 독자 여러분이어야 한다. 이 자리를 빌려 거듭 감사드린다. 창립 20주년을 맞아, 문학동네는 한국문학의 더 나은 미래를 위해 한국문학전집 1차분 20권을 선보인다. 문학동네는 해를 거듭할수록 그 가치를 더해갈 한국문학전집과 함께, 그리고 문학인과 독자 여러분과 함께 '새로운 20년'을 향해 한 걸음 한 걸음 나아가고자 한다. 많은 관심과 성원을 부탁드린다.

문학동네 한국문학전집 편집위원
권희철 김홍중 남진우 류보선 서영채 신수정 신형철 이문재 차미령 황종연

김주영

1939년 경북 청송에서 태어나 서라벌예술대학 문예창작과를 졸업했다. 1970년 「여름 사냥」이 『월간문학』에 가작으로 뽑히고, 1971년 「휴면기」로 『월간문학』 신인상을 받으면서 문단에 나왔다. 『객주』 『활빈도』 『천둥소리』 『고기잡이는 갈대를 꺾지 않는다』 『화척』 『홍어』 『아라리 난장』 『멸치』 『빈집』 『잘 가요 엄마』 『뜻밖의 생』 『아무도 모르는 기적』 『광덕산 딱새 죽이기』 등 다수의 작품이 있고, 유주현문학상 대한민국문화예술상 이산문학상 대산문학상 김동리문학상 은관문화훈장 김만중문학상 만해문예대상 등을 수상했다.

문학동네 한국문학전집 005
홍어

1판 1쇄 2014년 1월 15일
1판 7쇄 2024년 5월 7일

지은이 김주영

펴낸곳 (주)문학동네 | 펴낸이 김소영
출판등록 1993년 10월 22일 제2003-000045호
주소 10881 경기도 파주시 회동길 210
전자우편 editor@munhak.com | 대표전화 031) 955-8888 | 팩스 031) 955-8855
문의전화 031) 955-2696(마케팅) 031) 955-8864(편집)
문학동네카페 http://cafe.naver.com/mhdn
인스타그램 @munhakdongne | 트위터 @munhakdongne
북클럽문학동네 http://bookclubmunhak.com

ISBN 978-89-546-2328-5 04810
978-89-546-2322-3 (세트)

잘못된 책은 구입하신 서점에서 교환해드립니다.
기타 교환 문의 031) 955-2661, 3580

www.munhak.com